中國語言文字研究輯刊

二六編

第 8 冊

金元醫籍名詞作狀語研究

涂海強 著

花木蘭文化事業有限公司

國家圖書館出版品預行編目資料

金元醫籍名詞作狀語研究／涂海強 著 -- 初版 -- 新北市：花
木蘭文化事業有限公司，2024〔民 113〕

目 4+222 面；21×29.7 公分

（中國語言文字研究輯刊 二六編；第 8 冊）

ISBN 978-626-344-604-5（精裝）

1.CST：名詞 2.CST：中醫典籍 3.CST：金代 4.CST：元代

802.08   112022487

ISBN-978-626-344-604-5

9 786263 446045

中國語言文字研究輯刊

二六編 第 八 冊   ISBN：978-626-344-604-5

金元醫籍名詞作狀語研究

作　　者　涂海強

總 編 輯　杜潔祥

副總編輯　楊嘉樂

編輯主任　許郁翎

編　　輯　潘玟靜、蔡正宣　美術編輯　陳逸婷

出　　版　花木蘭文化事業有限公司

發 行 人　高小娟

聯絡地址　235 新北市中和區中安街七二號十三樓

　　　　　電話：02-2923-1455 ／傳真：02-2923-1452

網　　址　http://www.huamulan.tw 信箱 service@huamulans.com

印　　刷　普羅文化出版廣告事業

初　　版　2024 年 3 月

定　　價　二六編 16 冊（精裝）新台幣 55,000 元

金元醫籍名詞作狀語研究

涂海強 著

作者簡介

涂海強（1978～），四川大學語言學及應用語言學博士，師承趙振鐸先生。溫州大學國際教育學院副教授，碩士生導師，主要從事詞彙語義學和國際中文教育研究。2017 年至 2018 年赴臺灣大學語言學研究所訪學半年。近年來在《漢語史研究集刊》《語言教學與研究》《中國社會科學報》（理論版）及《International Journal of Mental Health Promotion》（SSCI）等中英文刊物上發表學術論文 20 餘篇，專著 4 部。主持國家社科基金項目 1 項、國家級創新創業項目 1 項、省部級項目 1 項，省廳級項目 1 項；參與完成國家社科基金項目 3 項，教育部人文社科項目 1 項，省部級項目 1 項。2019 年和 2020 年指導學生參加各類學科競賽，先後獲得省級三等獎 3 項，2019 年獲得溫州市第十七屆哲學社會科學優秀成果獎三等獎。

提　要

　　本書是金元醫籍名詞作狀語專題語法研究，通過對金元醫籍名詞作狀語語法結構的研究，探求金元特殊歷史時期，由於蒙古族的入侵，影響醫籍文獻名詞作狀語的形式變化，尋求語言融合與漢民族語言固有語言結構之間的相互作用機制。根據共時分析與歷時對比，名詞作狀語在兩種狀語構式中的表現形式，體現出了構式成分音節發展規律與語義選擇偏向。從構式成分 NP 與 VP 在金元醫籍的共時分析與漢至清的歷時演變看，名詞作狀語的內在動因主要是構式成分的音節驅動、語義制約以及語言接觸的影響，其中音節與語義制約共同起作用促使了狀語表達式的選擇偏向。語言接觸在金元時期較為明顯，通過句法拷貝，一定程度上促成「NP+VP+（O）」狀語表達式的選擇偏向。本書的研究是醫理與文理相結合的跨學科研究，對於漢語史和醫籍史及臨床實踐都有重要的學術價值與應用價值：研究名詞作狀語在醫籍語言中的語言表達形式的變化，可以豐富金元特殊歷史時期因語言融合出現的語言現象，也可以豐富漢語語法學研究的語料與文本，補充語言研究的材料，提供新的佐證。有利於中華文化的對外傳播以及漢語語法學研究的國際交流。

本專著係國家社會科學基金
一般項目階段性成果
（17BYY134）

目次

第一章　緒　論

第一節　國內外研究現狀

　　金元醫籍是中國古代醫籍文化的寶貴遺產。《四庫全書總目提要》指出「醫之門戶分於金元」，既表明了金元醫籍的重要，也揭示了金元時期「醫學爭鳴，學派蜂起」的歷史現實。這一時期先後湧現了劉完素、張從正、李東垣和朱震亨四位中醫學大師，人稱「金元四大家」，他們推動了醫學長足的發展。與他們相關的金元醫籍文獻得以挖掘、整理。學界採用影印版本和點校版編纂了《金元四大家醫學全書》的語料，這是中醫學界的一大瑰寶，也是研究金元醫籍語言現象的重要參考語料。之前，學者對醫籍文獻的研究集中在先秦兩漢的醫籍與出土的簡帛、醫簡和敦煌醫藥文書上，如《馬王堆漢墓帛書》《武威漢代醫簡》、張家山漢簡、敦煌漢簡醫藥簡、居延漢簡醫藥簡、居延新簡醫藥簡、敦煌吐魯番醫藥文書等，忽略了金元醫籍文獻的語言研究。金元醫籍是中醫古籍史上的重要時期，承前啟後，具有重要醫學史和漢語史地位。

　　醫籍是語言語料庫研究的重要文本，醫籍文獻中某一語法結構的變化反映了不同時代語言的發展變化，某一語法結構的變異可以作為文獻斷代的佐證。如崔錫章、張寶文、陳婷（2004）對漢代醫學典籍語法研究的論述〔註1〕，就

〔註1〕崔錫章，張寶文，陳婷：《漢代醫學典籍語法研究》，《醫古文知識》2004 年第 4 期。

指明了語法研究的這一作用。目前醫籍語法研究主要在詞法上，如副詞、疊韻詞、重言、時間詞或名詞活用方面。

一、副　詞

副詞研究開始於二十世紀八十年代。榮鴻（1986）《醫籍譯釋應注重虛詞——評目前通行的幾本譯釋本中虛詞的疏誤》〔註2〕主張翻譯古醫籍不能忽視虛詞的作用，如《素問‧五常政大論》：「夫經絡以通，血氣以從，復其不足，與眾齊同。」虛詞「以」通「已」，是時間副詞，表「已經」。《素問今釋》將虛詞「以」棄之未論。王盡忠（1991）《「宜」字用法例釋》〔註3〕指出「宜」構詞能力強，詞性多用，語法功能強，可作名詞、代詞、副詞、形容詞和動詞，作副詞如「肝色青，宜食甘，粳米牛肉棗葵皆甘。」（《素問‧藏氣法時論》）於文霞（2007）碩士論文《〈五十二病方〉和〈武威漢代醫簡〉副詞比較研究》〔註4〕。二十一世紀初葉，醫籍副詞的研究以程文文為代表。她研究了簡帛醫書裏的副詞，成果顯著，結論比較可靠。如程文文（2014）《簡帛醫籍程度副詞研究》〔註5〕窮盡調查先秦簡帛醫籍 13 個程度副詞，指出程度副詞單音節詞占多數，雙音節詞有所發展。簡帛程度副詞有利於辭書編纂，可以為辭書提供釋義增補、書證補晚。程文文、明茂修（2017）《「皆」的語法功能探究——以出土醫書和傳世醫書為中心的考察》〔註6〕考察了簡帛文獻中副詞「皆」的範圍指向與語義指向。程文文、張顯成（2018）《先秦兩漢醫籍否定副詞「毋」「勿」研究》〔註7〕，通過對出土先秦醫籍和傳世早期醫籍中「毋」與「勿」的全面考察，指出「毋」表禁止否定的頻率是表敘述否定的 3 倍；「勿」表禁止否定的頻率是表敘述否定的 9.3 倍。傳世文獻醫籍中否定副詞「勿」的用例遠遠高於「毋」，也承擔了更多的語法功能。由於語言經濟原則的制約，最終

〔註2〕榮鴻：《醫籍譯釋應注重虛詞——評目前通行的幾本譯釋本中虛詞的疏誤》，《上海中醫藥雜誌》1986 年第 2 期。

〔註3〕王盡忠：《「宜」字用法例釋》，《中醫藥文化》1991 年第 4 期。

〔註4〕於文霞：《〈五十二病方〉和〈武威漢代醫簡〉副詞比較研究》，華東師範大學 2007 年碩士學位論文。

〔註5〕程文文：《簡帛醫籍程度副詞研究》，《開封教育學院學報》2014 年第 8 期。

〔註6〕程文文，明茂修：《「皆」的語法功能探究——以出土醫書和傳世醫書為中心的考察》，《貴州工程應用技術學院學報》，2017 年第 4 期。

〔註7〕程文文，張顯成：《先秦兩漢醫籍否定副詞「毋」「勿」研究》，《古漢語研究》2018 年第 1 期。

「勿」取代「毋」。

二、疊韻詞與重言

疊韻詞、重言主要是專書裏的重疊詞研究。如王方飛（1986）《〈內經〉中的重疊詞輯釋》〔註8〕，李振彬（1988）《〈傷寒論〉重言考析》〔註9〕，范開珍（1997）《漫談古典醫籍中名詞活用的識別》〔註10〕，范開珍（2003）《〈內經〉〈傷寒論〉重言詞辨析》〔註11〕，崔錫章（2007）《〈內經〉疊音詞釋義方法探究》〔註12〕，崔錫章（2009）《從〈脈經〉看〈漢語大詞典〉迭音詞收錄之不足》〔註13〕，沙恒玉（2008）《經典醫籍中疊韻詞運用的價值》〔註14〕等。

三、時間詞語

李從明（1990）還闡釋了《本草綱目》中的時間用語，如「比歲」「歲朝」「夏杪」「寒水」「五月三伏日」與「六月上伏日」等〔註15〕。

語法研究在句式和結構方面最為薄弱，如比較句、比擬句和名量結構少有人論述，只有數量極少的論文，比如張顯成（1994）《從簡帛文獻研究看使成式的形成》〔註16〕，認為使成式產生於先秦，成熟於春秋戰國。另外，詞法方面的碩士論文主要有西南大學張正霞（2003）《〈五十二病方〉構詞法研究》〔註17〕。

醫籍方面的研究成果非常廣泛，但總的研究比較零碎，不夠全面，尤其是語法研究最為薄弱。本書以名詞作狀語為專題研究對象，全面深入地探討金元醫籍語法現象。

〔註8〕王方飛：《〈內經〉中的重疊詞輯釋》，《甘肅中醫學院學報》1986 年第 1 期。

〔註9〕李振彬：《〈傷寒論〉重言考析》，《國醫論壇》1988 年 3 月。

〔註10〕范開珍：《漫談古典醫籍中名詞活用的識別》，《恩施醫專學報》1997 年 Z1 期。

〔註11〕范開珍：《〈內經〉〈傷寒論〉重言詞辨析》，《浙江中醫雜誌》2003 年第 2 期。

〔註12〕崔錫章：《〈內經〉疊音詞釋義方法探究》，《中醫文獻雜誌》2007 年第 2 期。

〔註13〕崔錫章：《從〈脈經〉看〈漢語大詞典〉迭音詞收錄之不足》，《中華中醫藥學會會議論文集》2009 年 10 月 29 日，第 275～282 頁。

〔註14〕沙恒玉：《經典醫籍中疊韻詞運用的價值》，《中國中醫藥報》2008 年 1 月 7 日第004 版。

〔註15〕李從明：《〈本草綱目〉時間詞語類編》，《中醫藥文化》1990 年第 4 期。《〈本草綱目〉時間詞語類釋》（一），《陝西中醫函授》1990 年第 4 期。《〈本草綱目〉時間詞語類釋》（二），《陝西中醫函授》1990 年第 6 期。

〔註16〕張顯成：《從簡帛文獻研究看使成式的形成》，《古漢語研究》1994 年第 1 期。

〔註17〕張正霞：《〈五十二病方〉構詞法研究》，西南師範大學 2003 年碩士學位論文。

第二節　版本情況

本書研究版本精當，選用時代最早的影印版本。比如金代著名醫家劉完素的《素問玄機原病式》，其版本流傳眾多且雜亂，專著通過眾版本的校勘與比較，選用明代吳勉學校勘的《古今醫統正脈全書》影印本，剔除《四庫全書》本，並參校明嘉靖十四年乙未本和《劉河間傷寒三書》與《劉河間傷寒六書》本。根據考察的語料，金元時期文獻版本選用情況如下：

一、金劉完素醫籍版本

1.《素問玄機原病式》：底本是吳勉學刻《古今醫統正脈全書》，參校本是明嘉靖十四年乙未年和《劉河間傷寒三書》《劉河間傷寒六書》。

2.《黃帝素問宣明論方》（十五卷）：底本是《古今醫統正脈全書》，參校本是《劉河間傷寒六書》。

3.《素問病機氣宜保命集》：底本是《古今醫統正脈全書》，參校本是《河間六書》《素問》《靈樞》。

4.《新刊圖解素問要旨論》《劉河間傷寒醫鑒》《傷寒心要》：底本是《古今醫統正脈全書》。

5.《傷寒直格論方》：底本是《古今醫統正脈全書》，參校本是《劉河間傷寒六書》。

6.《傷寒標本心法類萃》：底本是《古今醫統正脈全書》，參校本是《劉河間六書》。

7.《保童秘要》：底本是日本文化元年（1861）江戶學訓堂仿朝鮮鉛印本。

二、金張從正醫籍版本

1.《儒門事親》：選用通行的底本為明王肯堂匯輯，明萬曆二十九年辛丑（1601年）新安吳勉學校刻本、步月樓刻《古今醫統正脈全書》本（映旭齋藏板），參校本為清江陰朱文震校刻本，原浙江書局於光緒壬辰（1892年）據武陵顧氏影宋嘉祐刻本《醫統正脈全書》與清宣統元年（1909年）排印於梁園節署的《豫醫雙璧》本，並參考上海科學技術出版社排印本及河南科學技術出版社的《儒門事親校注》二版本。

2.《張子和心鏡別集》：以《古今醫統正脈全書》為底本，參校叢書集成初

編《儒門事親・張子和心鏡別集》（四）

三、金李杲醫籍版本

1.《內外傷辨惑論》：底本是吳勉學校刻《古今醫統正脈全書》；參校本是明嘉靖八年（1529年）《東垣十書》和國家圖書館出版的中華再造善本（二函十二冊）。

2.《脾胃論》與《蘭室秘藏》：底本是吳勉學校刻《古今醫統正脈全書》；參校本是明嘉靖八年乙丑年（1529年）《東垣十書》和上海涵芬樓影印元延佑二年（1315年）《濟生拔萃》。

3.《東垣試效方》：底本是吳勉學校刻《古今醫統正脈全書》；參校本是上海科學技術出版社1984年出版影印明倪維德刊本《東垣試效方》。

4.《醫學發明》（節本與殘本）：底本是吳勉學校刻《古今醫統正脈全書》；參校本是上海涵芬樓影印元延佑二年（1315年）《濟生拔萃》、中華書局1991年版《醫學發明》叢書集成初編。

5.《活發機要》：底本是吳勉學校刻《古今醫統正脈全書》；參校本是上海涵芬樓影印元延佑二年（1315年）《濟生拔萃》、商務印書館1937年（民國26年初版木刻影印）《丹溪心法》。

6.《丹溪脈訣指掌》：底本是吳勉學校刻《古今醫統正脈全書》；參校本是清劉吉人輯錄校正《二三醫書》。

7.《藥類法象》：底本是吳勉學校刻《古今醫統正脈全書》；參校本是元王好古《湯液本草》、明嘉靖八年（1529年）《東垣十書》、人民衛生出版社1978年鉛印任秋校點本《醫學啟源》、上海科學技術出版社1984年出版影印明倪維德刊本《東垣試效方》以及中國醫藥出版社2019年版元代羅天益著《衛生寶鑒》。

8.《用藥心法》：底本是吳勉學校刻《古今醫統正脈全書》；參校本是明嘉靖八年乙丑年（1529年）《東垣十書》。

四、元朱丹溪醫籍版本

1.《格致餘論》：底本是吳勉學校刻《古今醫統正脈全書》；參校本是人民衛生出版社1956年出版的影印本。

2.《局方發揮》：底本是吳勉學校刻《古今醫統正脈全書》；參校本是人民衛生出版社 1956 年出版的影印本。

3.《本草衍義補遺》：底本是藏浙江圖書館的明嘉靖十五年刻本；參校本是存中國中醫研究院圖書館的清大文堂所刻（節林吳氏梓行）《丹溪心法附餘》。

4.《金匱鉤玄》：底本是吳勉學校刻《古今醫統正脈全書》；參校本是清刊本《古今醫統正脈全書》、清二酉堂藏版《丹溪心法附餘》、人民衛生出版社出版 1980 年版《金匱鉤玄》。

5.《丹溪手鏡》：底本是吳勉學校刻《古今醫統正脈全書》；參校本是中國科學院圖書館所藏 1621 年（明天啟年間）的刊本、人民衛生出版社 1982 年版校點本。

6.《丹溪心法》：底本是吳勉學校刻《古今醫統正脈全書》；參校本是北京市中國書店 1986 年版，上海科學技術出版社 1959 年版。

7.《脈因證治》：底本是吳勉學校刻《古今醫統正脈全書》；參校本是上海科學技術出版社 1986 版。

根據不同版本，以底本為主，其他為輔，比刊各校本，尊重底本原貌，擇善而從。

第三節　研究方法

以現代語言學理論為指導採用歸納分析、數據統計、文獻互證等方法，同時運用共時對比和歷時比較相結合、靜態描寫與動態解釋相結合、窮盡調查與抽樣分析相結合等方法。根據研究對象，綜合使用各種研究方法，以全面系統地研究金元醫籍名詞作狀語，探求語言深層次動因與機制。

一、共時對比與歷時比較相結合

名詞作狀語專題語法研究，採用共時層面的對比與歷時比較相結合。共時分析金元時期各個代表醫家的醫籍作品中的名詞作狀語的表達形式特點，總結規律。根據金元醫籍的時代特性與語言特點，考察名詞作狀語的歷時比較，從歷時的發展角度發現名詞作狀語的演變規律與表達形式的制約因素。

二、靜態描寫與動態解釋相結合

金元醫籍語言研究，如名詞作狀語，採用靜態描寫與動態解釋相結合的方法。首先靜態描寫金元醫籍名詞作狀語的語義類型，統計數據，分析同期各個語料的使用頻率，總結規律。分析名詞作狀語時謂語中心語的語義類型，然後歷時比較近代漢語醫籍語料的使用情況，動態解釋名詞作狀語的內在動因與制約機制。

三、窮盡調查與抽樣分析

金元醫籍名詞作狀語的研究採用了窮盡調查研究的方法，全面系統的分析金元醫籍的語言現象，總結規律。為探求語言發展演變的內在深層原因，抽樣比較近代漢語各時期的語料，在窮盡分析金元醫籍所考察的各個語料的基礎上，抽樣分析近代漢語醫籍與非醫籍的部分語料，通過定性與定量相結合，深入分析金元特殊歷史時期，語言融合在醫籍語言中的影響，抽樣對比非醫籍語料，探求不同文本性質對語言結構使用的偏向。

第四節　研究內容與目的及意義

一、研究內容

本書研究主要內容是名詞作狀語的專題研究。為了保證語料的可靠性，專著對各種版本進行了比較鑒定，精選最為可靠的本子為底本，去偽存真，剔除偽託作品，選用最早期的影印版本或木刻本，參考點校本。比如金代張從正的《儒門事親》，根據它成書時間、初刊時間及其以後的再次刊刻情況，選定邵輔刊本，即嘉靖二十年辛丑影印本與《古今醫統正脈全書》本。其他三位也作同樣處理。

二、研究目的

本書是金元醫籍名詞作狀語專題語法研究，通過對金元醫籍名詞作狀語語法結構的研究，探求金元特殊歷史時期，由於蒙古族的入侵，影響醫籍文獻名詞作狀語的形式變化，尋求語言融合與漢民族語言固有語言結構之間的相互作用機制。

三、研究意義

本書的研究是醫理與文理相結合的跨學科研究，對於漢語史和醫籍史及臨床實踐都有重要的學術價值與應用價值。

（一）學術價值

本書是名詞作狀語專題語法研究，這是以往醫籍文獻研究的薄弱環節。金元時期，異族語言滲透在語言的各個方面，名詞作狀語在金元時期的大量出現，也或多或少地受到了蒙古語法影響。蒙古語不用介詞前置系統，主要使用後置詞系統，名詞作狀語在蒙古語中主要通過後綴或後附成分表示介詞的語法意義，構式拷貝沒有發生語法意義的變化，沒有後置詞系統，NP 與 VP 共同承擔起狀語的語義角色，拷貝的是句法形式。研究名詞作狀語在醫籍語言中的語言表達形式的變化，可以豐富金元特殊歷史時期因語言融合出現的語言現象，也可以豐富漢語語法學研究的語料與文本，補充語言研究的材料，提供新的佐證。

（二）應用價值

中華文化博大精深，其中古代醫籍是一大寶庫，榮獲諾貝爾醫學獎的屠呦呦教授就是受古代醫籍的啟發而有所發現的。古代醫籍的語言和術語時代性、專業性強，比較難懂，掃清語言障礙，深入發掘其內涵，對於更好地學習和繼承我國優秀的中醫藥學傳統具有重要的應用價值和文化傳承價值。從更大的方面說，本書有利於中醫藥學研究的國際化、中華文化的對外傳播以及漢語語法學研究的國際交流。

第二章　金元醫籍語言特點與語料價值

第一節　語言特點

金元醫籍是唐宋與明清之際的關鍵過渡期，承前啟後。當時「醫學爭鳴、學派蜂起」，湧現出了金元四大醫學流派，如劉完素的火熱說、張從正的攻邪說、李杲（李東垣）的脾胃說和朱震亨的養陰說。他們著述醫籍、闡明醫理、治病求人，豐富了中醫臨床理論。這些醫籍文獻語言與古代文學作品語言相比，除了保留一定程度的文言性外，還體現著自己的特性。

一、口語性與專門性

金元醫籍文獻不同於近代漢語文學作品語言，它除了醫籍本身的專業術語，晦澀難懂外，還融合吸收了當時的口語性詞彙，朗朗上口。它如實地反映了金元時期口語的詞彙與語法現象，這是近代漢語研究不可多得的寶貴材料。摘錄李杲語段如下：

（1）**枳實導滯丸** 治傷濕熱之物，不得施化，而作痞病，悶亂不安。枳實炒·去穰·五錢 黃芩 黃連去鬚·各五錢 茯苓去皮 澤瀉各二錢 白術 炒曲各五錢 大黃一兩 上件為末，湯浸炊餅為丸，如梧子大，每服五十丸至七八十丸，食遠，溫水送下，量虛實加減，更衣止後服。

（《東垣先生試效方·飲食勞倦門·勞倦所傷論》卷一）

（2）**加味青娥丸** 治腎虛腰痛，或風寒中之，血氣相搏為痛。

杜仲薑汁浸炒，十二兩 破故紙水淘，十二兩，芝麻同炒變色，去麻，瓦上焙乾為末 沉香六兩 胡桃去皮膈，另研，六兩 沒藥另研 乳香另研，各六兩 右為末，用肉蓯蓉十二兩，酒浸成膏，和劑搗千餘杵，丸如梧桐子大，每服三十丸，空心溫酒或鹽湯任下。（《蘭室秘藏·腰痛門》卷中）

上述李杲的《東垣先生試效方》與《蘭室秘藏》記載的藥方「枳實導滯丸」與「加味青娥丸」裏面的口語詞彙相當豐富，如服藥動詞「送下」與「任下」「食遠」與「空心」「湯浸」與「酒浸」「更衣」「施化」「虛實」「搗」等。這些口語詞彙既是前代醫籍文獻的承接，也是當時口語詞彙的記錄，保留了前代語言的使用規範。這些醫籍中的口語詞彙往往是近代漢語研究忽視的地方。比如「送下」，現代漢語指送客，送行。近代漢語醫籍裏指服藥動作動詞。金元醫籍中，與「送下」搭配的受事名詞，與「下」基本一致，用法非常普遍。它可以是倒流水（泉水）、薑湯、米飲、茶清或茶、醋湯、白湯、茶湯、溫水、米飲、散劑、湯藥以及童便等。「任下」，口語性比較強，在江淮官話中常用，是常見服藥動詞，表示服下；吞下。「任下」有時省作「任」。如「川芎天麻散 川芎 細辛 苦參 地骨皮 菖蒲 何首烏 蔓荊子 薄荷葉 杜錢梨 牛蒡子 荊芥穗 虼蚾草 威靈仙 防風 天麻各一兩 甘草二兩，炙 上為末，每服二三錢，研蜜水調下，茶水任，不計時候。（《黃帝素問宣明論方·藥證方》卷三）」《漢語大詞典》未收。「任下」在醫籍中，往往需要吞服的輔助飲品，如茶、酒、醋、鹽湯等。它在現代漢語中少用，而在方言區指稱藥物時，常常使用。

醫籍詞彙的專業性，比較明顯，如藥名、病症等詞彙。這是上古到近代醫籍不可避免的自然語言現象。如「濕熱之物」「痞病」「悶亂」「腎虛腰痛」「血氣相搏」「風寒」等詞彙。中醫與人們的日常生活休戚與共，人們的衣、食、住、行都離不開醫學，隨著醫學用語的廣泛應用，醫學專業詞彙有的已融入現代漢語基本詞彙中，成為全民族共同語的一部分。

二、傳承性與創新性

醫籍文獻都有較強的傳承性，醫學著作者大都受前代醫籍的影響，在詞彙與語法方面因襲前代，有的文獻照抄照錄。但每一個特定的時代都有特定的語言現象，體現出了各自時代的創新性。以劉完素《素問病機氣宜保命集》和《黃

帝素問宣明論方》文獻中的「消進」與「消克」為例。

（1）**利膈丸**　主胸中不利，痰嗽喘促，利脾胃壅滯，調秘瀉髒，推陳致新，<u>消進</u>飲食，治利膈氣之勝藥也。（《素問病機氣宜保命集·咳嗽論》卷下）

（2）設病癒後，老弱虛人常人，常服保養，宣通氣血，<u>消進</u>酒食。（《黃帝素問宣明論方·水濕門·水濕總論》卷八）

（3）自下而損者，一損於腎，骨痿不能起於床；二損損於肝，筋緩不能自收持；三損損於脾；飲食不能<u>消克</u>。（《素問病機氣宜保命集·虛損論》卷下）

《廣韻·宵韻》：「消，滅也。盡也。息也。」「進」有進食，飲食義。「消進」複合詞表示飲食的消化，吸收。《漢語大詞典》收錄「消化」，未收錄「消進」。「消進」在唐代還不是一個凝固化程度高的詞，結構比較鬆散，可以分離。比如唐王燾《外臺秘要·崔氏療腳氣遍身腫方》第十九卷「藥<u>消進</u>食，食<u>消</u>又更<u>進</u>二服」〔註1〕。「消」指藥物和飲食的消化。「進」指飲食的進食，吸收。到了宋代，「消進」的詞彙化程度加深。如宋錢乙《小兒藥證直訣·記嘗所治病二十三證》卷中：「大胡黃連丸　治一切驚疳，腹脹，蟲動，好吃泥土生米，不思飲食，多睡，嗞啀，臟腑或秘或瀉，肌膚黃瘦，毛焦發黃，飲水，五心煩熱。能殺蟲，<u>消進</u>飲食，兼治瘡癬。常服不瀉痢方。」〔註2〕

金元時期，「消進」詞彙化已經穩固。元曾世榮《活幼心書·信效方·湯散門·醍醐散》卷下：「治吐瀉後，調和脾胃，<u>消進</u>飲食；及丁奚哺露，虛熱煩渴，氣逆心惡。」〔註3〕明代存用，如明王肯堂撰《證治準繩·幼科·脾臟部（上）·不乳食》集之七「<u>消進</u>奶（妳）食」〔註4〕。清代罕見。從「消進」的詞彙化角度考證，「消進」在唐代是詞彙化的萌芽，詞彙結構比較鬆散，處於離散狀態。宋代開始詞彙化的進程，金元時期詞彙化過程完成。「消進」的賓語比較單一，基本上是飲食、酒食、奶食。明代存用，清代基本上不用。

〔註1〕〔唐〕王燾：《重訂唐王燾外臺秘要方》，〔明〕程衍道重訂，明代養壽院經餘居本，第2頁。

〔註2〕〔宋〕錢乙：《小兒藥證直訣》，〔宋〕閻孝忠整理，人民衛生出版社2006年版，第65頁。

〔註3〕〔元〕曾世榮：《活幼心書》，翁寧榕校注，中國中醫藥出版社2016年版，第97頁。

〔註4〕〔明〕王肯堂：《證治準繩》，上海科學技術出版社影印1959年版，第510頁。

《廣韻・德韻》:「克,能也。勝也。」「消克」表示飲食的消化。《漢語大詞典》亦未收。「消化」最初在宋代《二程遺書》卷第二上中出現,如「道則不消克」〔註5〕。此時「消克」詞彙化過程沒有完成,「消」與「克」各自語素義明顯,組合成複合詞「消克」也不是指飲食的消化,吸收。「消克」表示丟棄克己復禮的道理。「消克」在金元時期完成詞彙化,表示飲食的消化。明清時期進一步鞏固了詞彙化。如明朱橚《普濟方・痰飲門・留飲附論》卷一百六十六:「此藥化痰止嗽,消克飲食。」〔註6〕這是《普濟方》中記載的「辰砂利痰丸」的藥效,可以止咳化痰,也可以消化飲食。清張璐《本草逢原・隰草部・麥門冬》卷二:「《本經》主心腹結氣,傷中傷飽,胃絡脈絕,羸瘦短氣,一氣貫下,言因過飽傷胃而致心腹氣結,脈絕不通,羸瘦短氣,故宜以此滋其津液,通其肺胃。殊非開豁痰氣,消克飲食之謂。」〔註7〕

明清時期,「消克」作為名詞,表示具有消克作用的藥物,如明薛己《外科樞要・治驗》卷三:「一男子因勞役過度,面色青黑,發熱咳嗽,面生疣子,腹內一塊,攻上攻下作痛,小便秘澀,服消克之藥愈甚。」〔註8〕清魏之琇《續名醫類案・癱瘓》卷十三:「或者謂痰、謂火、謂風,多與清涼消克發散之劑。」〔註9〕前者「消克之藥」指消疣與痞塊的藥,後者指消痰散結的藥,其對象都是病症或病理產物。

從「消進」與「消克」的詞彙演變來看,既有傳承前代醫籍的用法,也有金元時期語言的創新性。

三、方言地域性

金元醫籍以金元四大家為代表,他們醫籍文獻用語,也帶有明顯的地域性特徵。以詞彙為例。

> 用蛛絲勒瘤子根,三二日自然退落。(《儒門事親・瘡瘍癰腫・治頭面生瘤子》卷十五)

醫籍文獻例證表明:「退落」常用來描述疤痕、瘡痂、瘤子等印記的消退;

〔註5〕〔宋〕程顥,程頤:《二程遺書》,上海古籍出版社 2020 年版,第 76 頁。
〔註6〕〔明〕朱橚:《普濟方》(第四冊),人民衛生出版社 1959 年版,第 1962 頁。
〔註7〕〔清〕張璐:《本草逢原》,劉從明校注,中醫古籍出版社 2017 年版,第 87 頁。
〔註8〕〔明〕薛己:《外科樞要》,人民衛生出版社 1983 年版,第 231 頁。
〔註9〕〔清〕魏之琇:《續名醫類案》,人民衛生出版社 1957 年版,第 303 頁。

毛髮的掉落；病症的減退。此義項初見於宋代，如《聖濟總錄·小兒急疳》卷第一百七十二記載「蝦蟆丸方」，治療小兒急疳，製藥後日三服，「如急疳，曾<u>退落</u>牙齒者，以倒流水化五七丸，塗齦上」〔註10〕。金元時期偶見，明清多有用例。「退落」口語性強，在西南官話區或江淮方言區中常見。《漢語大詞典》只列舉一個義項：倒退落後，引證現代文學用例。

又如：

（1）升麻八分　生地黃十二分　犀角屑　夜干　黃芩　梔子　玄參各五分藍子_{去皮}　芍藥　羚羊角　大黃各四分　黃柏三分　右並細銼，綿裹，取成煉了豬脂，詳酌多少，以慢火與藥同煎，候藥紫色即取出，濾去滓，<u>放冷</u>，用摩腫處。(《保童秘要·癰疽》)

（2）梔子仁　蛇啣各五分　犀角三分　升麻四分　生地黃　黃芩各八分青藍_{葉切，取五合}　右細切如豆，以綿裹，取成煉了豬脂，詳酌多少，用慢火煎三上三下，候藥色紫即取出，去滓<u>放冷</u>，每用以少許塗腫處。(《保童秘要·癰疽》)

「放冷」的方言地域性非常強，湖北、四川、安徽、浙江等地都有使用。

第二節　語料價值

金元醫籍語料，學者研究不多，但同屬醫籍文獻在整個漢語史和醫籍史中有著重要的語料價值，理應成為語言研究的重要文獻之一。

一、提供語言研究材料

金元醫籍中的詞彙與某些語法結構，是整個漢語史的重要組成部分。學界對金元醫籍中的詞彙和語法現象缺乏系統搜集、整理與解釋，一些重要的字典、詞典、語典等工具書以及詞彙研究專著對金元醫籍中的俗語詞與醫籍諺語也大都失收，這成為漢語詞彙史研究的薄弱部分。袁賓（2001）說：「一些醫藥和科技方面的文獻集中記載了當時疾病診治和工農業生產方面的日常用語和專門用語，可以說是語言研究特別是詞彙研究的寶貴資料。」〔註11〕金元

〔註10〕〔宋〕太醫院：《聖濟總錄》，鄭金生、汪惟剛校點，人民衛生出版社2013年版，第1934頁。
〔註11〕袁賓：《二十世紀的近代漢語研究》，書海出版社2001年版，第969頁。

醫籍有很強的口語性語料，是近代漢語研究的對象，理應引起學者的關注。王雲路（2010）指出「口語性強的語料最接近民間語言，因而具有語言研究價值。」〔註12〕金元醫籍能為漢語史和醫籍史提供重要的語言研究材料。例如：

1. 差消：

> 胃熱差消，脾病不化，食積與病勢已甚矣。此時節擇飲食以養胃氣，省出入以避風寒，候汗透而安。（《格致餘論·大病不守禁忌論）

「差消」表消化不良。金元亦不多見，明清罕見，是元代醫籍特徵詞。

2. 鎮墜：

《廣韻·震韻》：「鎮，壓也。」「墜」，《大詞典》釋義「落下；陷入」。「墜」是往下落的過程與方向。醫籍文獻中，「鎮墜」比喻利用藥物性能壓制或鎮壓人體上升之氣或浮越之氣。從詞語句法特徵來看，「鎮墜」可以作動詞，也可以作名詞。字典、辭書一般未收錄。金元醫籍有 7 例。

> 遂與蘇子降氣湯、四磨湯下黑鉛丹、養氣丹，鎮墜上升之氣，且硫黃、黑錫佐以香熱，又無補養之性，藉此果能生氣而補腎乎？
> （《金匱鉤玄·氣屬陽動作火論》附錄二）

二、修訂或編撰語文辭書

對比《漢語大字典》《漢語大詞典》《近代漢語詞典》與《中醫大辭典》等大型語文工具書，發現它們收錄的詞語義項存在失收、孤證、書證較晚等問題。金元醫籍詞語考釋，可以幫助義項新立、釋義增補、書證補晚。以詞彙「清利」為例

> 1. 下焦吐者，從於寒也。脈沉遲，朝食暮吐，暮食朝吐，小便清利，大便不通，治宜毒藥通其閉塞，溫其寒氣。（《丹溪手鏡·嘔吐》卷之下）
> 2. 有寒厥心痛者，手足逆而通身冷汗出，便溺清利，或大便利而不渴，氣微力弱，急以術附湯溫之。（《活法機要·心痛證》）
> 3. 後一證，當清利肺氣，八風湯或涼膈散大黃、芒硝亦可，或

〔註12〕王雲路：《中古漢語詞彙史》，商務印書館 2010 年版，第 61 頁。

如聖湯加大黃，或八味羌活湯加大黃，此是春時發斑，謂之風斑耳。

（《素問病機氣宜保命集·小兒斑疹論》卷下

從「清利」在醫籍中的修飾對象來看，「清利」與「通利」和「快利」構成同義詞，且含有共同核心義素「利」，「清利」表示通暢義。《漢語大詞典》未收此義項。金元醫籍有 17 例（不計重複）。

1. 氣血宣行其中，神自清利，而應機能用矣。（《黃帝素問宣明論方·婦人門·婦人總論》卷十一）

2. 薄荷葉辛苦，療賊風、傷寒，發汗，主清利頭目，破血年利關節，治中風失音，小兒風痰，新病差人不可服之，令虛汗不止。（《東垣先生試效方·藥象門·藥象氣味主治法度》卷一）

3. 川芎石膏湯　治風熱上攻頭面，目昏眩痛悶，風痰喘嗽，鼻塞口瘡，煩渴淋閟，眼生翳膜，清神利頭，宣通氣血，中風偏枯，解中外諸邪，調理諸病，勞復傳染。（《黃帝素問宣明論方·藥證方》卷三）

《漢語大詞典》釋義「清利」有 5 個義項，其中義項 3 表示「清澈有神」，用來形容眼睛。根據醫籍文獻用例，「清利」不僅指眼睛，還可以指頭腦、精神。「清利」是並列複合詞，表示頭腦清爽，眼神清澈。「清利」複合詞可以分開使用，構成「清神利頭」短語。「清神」指精神清爽，「利頭」指頭腦清爽。精神從屬於大腦，「清神利頭」有時作「精神清利」。《漢語大詞典》語義偏指眼睛，忽略了語素「頭」的語義。而且引證現代文用例，時代較晚。金元醫籍就有用例，共 16 例。

三、豐富漢語史研究

金元是中國歷史的重要時期。當時外族入侵，蒙古族北上南下，殺傷搶掠，一統中原，給當地百姓帶來了災難。生逢亂世中的河北、河南和南方金華（古稱婺州）等地的醫家，著書立說，治病救人。由於少數民族的入主中原與漢族雜居而處，民族融合滲透到了日常語言和醫籍文獻中，既是前代醫家用語習慣的繼承，也是特定歷史時代的標誌現象。如名詞作狀語，在金元醫籍中有四種語言表達形式，如「Pre＋NP＋VP＋（O）」「NP＋VP＋（O）」「Pre＋NP」與「NP」。上古漢語就已經出現名詞用在動詞前作狀語，近代漢語各個

歷史時期也存在，但學者研究的主要觀點是介詞與名詞構成介賓短語作狀語占主流。金元時期，統計考察的 28 種語料數據表明，「NP＋VP＋（O）」與「Pre＋NP＋VP＋（O）」基本持平，而且前者首次超過後者，前者占 46%，後者占 40.3%。另外，金元醫籍還出現了省略謂語中心語 VP 的狀語形式，如介詞與名詞性短語組合作狀語，占 3%；名詞直接作狀語，占 10.7%。從語言史角度看，金元醫籍名詞作狀語的語法結構，與當時蒙古族語言滲透有著天然的時代關聯。蒙古族的「漢兒言語」以不使用介詞為常，漢民族語言以介賓短語作狀語為主流。金元醫籍的語言研究能夠豐富漢語史的研究。例如：

第一組：

（1）陽氣，煩勞積於夏，令人煎厥，目盲不可視，耳閉不可聽，<u>人參散主之</u>。（《黃帝素問宣明論方·煎厥證》卷一）

（2）灑痕下之，久久為黑痕，慎不可犯，<u>以葛花解醒湯主之</u>。（《脾胃論·論飲酒過傷》卷下）

第二組：

（1）**曲蘗枳術丸** 枳實 麩炒，去穰 大麥蘗 麵炒 神曲炒，各一兩 白術二兩 右為細末，荷葉燒飯為丸，如梧桐子大，每服五十丸，<u>用溫水下</u>，食遠。（《內外傷辨惑論·辨內傷飲食用藥所宜所禁》卷下）

（2）**黃連清膈丸** 麥冬一兩 連五錢 鼠尾三錢 右蜜丸，綠豆大，<u>溫水下</u>。（《脈因證治·熱》卷上）

第三組：

（1）太陽證，頭疼，發熱惡寒，腰脊強。脈浮而緊，無汗謂之傷寒，可汗，<u>宜麻黃湯</u>。脈緩自汗，謂之傷風，<u>宜桂枝湯</u>。（《脈因證治·傷寒》卷上）

（2）四之氣為病，多發暑氣，頭痛，身熱，發渴。不宜作熱病治，<u>宜以白虎湯</u>。（《儒門事親》卷十《大暑未上四之氣》）

（3）氣虛，四君子主之；血虛，四物主之；熱，<u>用承氣下之</u>；痰，<u>用白術、竹瀝</u>。（《丹溪手鏡·厥》卷之中）

以上三組是有介詞與無介詞的對立，但都是名詞作狀語在金元醫籍中的表達形式，可以為漢語語法史的研究提供佐證。

第三節　小　結

　　金元醫籍不僅是研究醫學的重要文獻，也是漢語詞彙史研究的重要語料，尤其是醫籍文獻中口語性的語料，具有漢語史研究的重要價值。詞語負載著歷史與文化，詞語的變遷隨著時代的更迭，語義也會發生變化。詞語從古到今，形成一條歷史鏈。辭書編纂也需與時俱進。專著以金元醫籍的代表性文獻為考察對象，採用文獻考證法、共時考察與歷時溯源的方法考釋詞語義項，可以為《漢語大字典》《漢語大詞典》等大型語文工具書的編撰提供參考。辭書編纂在多元文化的交流與傳播中，其高水平與高質量體現了中國語言文字的能力。詞語考釋可以彌補現有的不足，增強文化自信。辭書編纂也是一種文化外交的重要手段。金元醫籍的詞語考釋理應引起語言文字工作者的重視。金元醫籍語法研究同樣為漢語史的研究有增益促進作用。

第三章　名詞作狀語研究概述

　　名詞作狀語是指名詞放在謂語中心語的前面對動詞或形容詞加以修飾和限制，直接充當動詞或形容詞的狀語。名詞作狀語在句法中有多種語法功用。20世紀80年代，王志厚（1982）《名詞作狀語種種》[註1]提到名詞作狀語後，在句中起到「表示動作行為的特點、方式、狀態、時間、處所、所用的工具、對待人的態度等多方面的作用」。名詞作狀語從古代漢語發展到現代漢語，引起了學者的高度關注。

第一節　名詞作狀語的語法性質

　　20世紀90年代，學者探討了古代漢語和現代漢語名詞作狀語的語法性質問題，以古代漢語成果見稱。如吳恒泰（1992）《古代漢語中名詞作狀語的用法》[註2]，認為古代漢語中名詞作狀語是一種詞類活用現象，名詞作狀語是名詞活用作副詞，充當副詞的語法功能，在句法中表示五種語法意義，如表示比喻的意義（<u>斗</u>折<u>蛇</u>行）；表示對人的態度（吾得<u>兄</u>事之）；表示動作行為的工具、處所和時間（有好事者<u>船</u>載以入；童子<u>隅</u>坐而執燭；<u>朝</u>聞道，<u>夕</u>死可

〔註1〕王志厚：《名詞作狀語種種》，《寧夏大學學報》（社會科學版）1982年第2期。
〔註2〕吳恒泰：《古代漢語中名詞作狀語的用法》，《西北師大學報》（社會科學版）1992年第4期。

矣。);表示動作的趨向(下食埃土,下飲黃泉;趙王不以為然,因不西兵。);表示「每一」(族庖月更刀,折也。)對於名詞作狀語的語法性質,諸家看法不一。如李家祥(1993)《古代漢語名詞作狀語異義》〔註3〕,認為名詞作狀語的詞一般是副詞、介詞、助動詞和動詞以及時間名詞、方位名詞,而普通名詞不能直接放在謂語動詞前作狀語,他指出名詞作狀語是一種活用現象,是普通名詞「先動化後再作狀語」,是「名詞用如動詞」作狀語。他用對譯成現代漢語的方法證明自己的論斷,例如:左右欲刃相如。(《史記‧廉頗藺相如列傳》)他認為「刃」是名詞用如動詞,譯為「殺或刺殺」。屠鴻生(1993)《名詞作狀語芻議》〔註4〕提出了不同的看法。他提出名詞作狀語是名詞的一種基本用法,用在動詞前起修飾、限制作用,充當動詞狀語。理由:一是名詞作狀語後,名詞的詞性、詞義沒有質的變化;二是名詞作狀語不是靈活運用、臨時運用或權且作別類詞,在古代漢語中名詞作狀語比較普通。例如:坐潭上,四面竹樹環合,寂寞無人。(《小石潭記》)「環」用比喻方法表示動作行為的狀態「像圓環一樣」。楊立國(1994)《詞類活用「本用」的界定及詞類活用的適用範疇》〔註5〕認為名詞作狀語不能算是詞類活用,他對舉陳承澤《國文法草創》詞類活用「本用」的界定,提出名詞作狀語是名詞本身的一種句法功能,充當狀語的名詞與副詞毫無關係。例如:箕畚運於渤海之尾。(《愚公移山》)「箕畚」是「用箕畚」,名詞作狀語。他分析為:「它表達的是一種介賓短語的語意,而介賓短語充當狀語無論在古今漢語中都很常見。」名詞作狀語語法性質涉及到名詞詞類劃分的系統性問題,有的學者提出了判定標準。如孫德金(1995)《現代漢語名詞做狀語的考察》〔註6〕提出「主要看它能否修飾處在句子中謂語位置上的謂詞」。他通過對比古代漢語名詞作狀語的句法語義關係,認為:「第一,現代漢語名詞作狀語現象是古代漢語規則在現代漢語中的遺留。第二,各種語義模型在古代漢語中通過名詞加謂語動詞形式表現出來,但在現代漢語中個主要通過各種介賓短語加謂語動詞形式加以表

〔註3〕 李家祥:《古代漢語名詞作狀語異議》,《貴州民族學院學報》(社會科學版)1993 年第 4 期。

〔註4〕 屠鴻生:《名詞作狀語芻議》,《佳木斯教育學院學報》1993 年第 3 期。

〔註5〕 楊立國:《詞類活用「本用」的界定及詞類活用的適用範疇》,《福州師專學報》(社會科學版)1994 年第 1 期。

〔註6〕 孫德金:《現代漢語名詞做狀語的考察》,《語言教學與研究》1995 年第 4 期。

現，介詞實際上起到了語義關係標記詞的作用，它使現代漢語句子的語義關係的表達明確化。」在他看來，名詞作狀語是名詞的一種句法功能，現代漢語以省略介詞「在、從、向、往、用、按、憑、因為、為了」等為常見。何樂士（1997）《〈左傳〉〈史記〉名詞作狀語的比較》〔註7〕認為名詞作狀語是普通名詞的句法功能，不屬於詞類活用現象。例如：寡人狐疑。她通過對比《左傳》與《史記》的名詞作狀語的句法關係，指出名詞作狀語表示狀態、方式、處所。從名狀與動詞的結合關係看，呈現多樣化發展態勢，如表示比喻；對待；身心狀態特徵；工具、方式特徵；依據、原因等特徵；處所或範圍等特徵。董蓮池（1998）《甲骨文中名詞作狀語探索》〔註8〕認為名詞作狀語早在先秦出土文獻中就存在，名詞作狀語屬於普通名詞作狀語範疇，在商代甲骨文中就已進入漢語的句法系統。例如：其北逐，擒。（《甲骨文合集》28790）九十年代，學者們對名詞作狀語的語法性質進行了探討，分為兩派：一是名詞作狀語屬於詞類活用現象；二是名詞作狀語是普通名詞的句法功能。圍繞名詞作狀語的語法性質，學者們還探討了名詞作狀語的句法關係。這推動了名詞作狀語的深入發展。

第二節　名詞作狀語的語義、語法關係及語法機制

21 世紀初期學者們對名詞作狀語的語義、語法關係、語法機制等進行了多層面的研究。如劉慧清（2005）《名詞作狀語及其相關特徵分析》〔註9〕提出判斷「名詞＋動詞」的語法性質，是根據其句法位置與句法功能，而不是名詞與動詞之間的語義關係。她指出名詞作狀語與動詞之間的語義關係有六種：時間、處所、方式、工具、憑藉、原因。王利（2006）《現代漢語名詞性狀語研究》〔註10〕探討了名詞作狀語的語用效果，指出其有經濟性、形象性、概括性、凸顯性、口語色彩、語言的主觀性與表達的主觀化、凸顯話語焦點

〔註7〕何樂士：《〈左傳〉〈史記〉名詞作狀語的比較》，《湖北大學學報》（哲學社會科學版）1997 年第 4 期。

〔註8〕董蓮池：《甲骨文中名詞作狀語探索》，《東北師大學報》（哲學社會科學版）1998 年第 1 期。

〔註9〕劉慧清：《名詞作狀語及其相關特徵分析》，《語言教學與研究》2005 年第 5 期。

〔註10〕王利：《現代漢語名詞性狀語研究》，華中科技大學 2006 年碩士學位論文，第 39～43 頁。

等語用效果。陳昌琳（2007）《試論古漢語名詞作狀語的性質和特點》〔註11〕，認為古漢語中的名詞作狀語不是詞類活用現象，是普通名詞作狀語的一種，指出「古人有時選擇名詞直接作狀語而不選擇『介＋名』介詞結構作狀語，可能與追求句式的節奏和諧有關，同時也使陰陽表達更加簡潔精當，這恰恰體現了文言文在表達上簡樸典雅、文質彬彬的審美取向。」他同時認為名詞作狀語有鮮明的修辭特點，根據語義可以表示：工具、依據、比喻、對人的態度、身份、處所等。例如：灑削，薄技也，而郅氏鼎食。（《史記·貨殖列傳》）「鼎」表動作行為「食」（吃）的工具。專書中名詞作狀語現象也受到了重視，推動了漢語史的發展。如李珊珊（2008）《〈史記〉名詞作狀語研究》〔註12〕，對比介賓短語作狀語，認為名詞作狀語與介賓短語作狀語共存的現象，不是介詞的省略，而是有各自「產生、發展、流傳」的理由，指出名詞作狀語重在表現名詞的描繪作用和突顯能力，符合語言的經濟原則；介賓短語作狀語則重在表達語言的精確性，介詞的引介功能有助於豐富句子的表達。官會雲（2008）《〈韓非子〉名詞研究》〔註13〕，也認為名詞作狀語是普通名詞作狀語現象。他考察了71例《韓非子》中作狀語的名詞，認為名詞作狀語的語義有五種，如表示動作行為發生的時間、動作行為發生的處所、動作行為所憑藉的工具或方式、動作行為的方向或趨向、比喻等。羅燕萍（2008）《現代漢語普通名詞作狀語研究》〔註14〕從 NV 結構的語義、語用、認知和其他角度分析，指出 NV 結構在語義上有六類：表示方式、情態、工具材料、範圍、條件和依據，語義性質具有無指性；NV 結構在語用上形式上省略介詞是由相同的話題結構與隱含的已知信息決定的，它在語用功能上能滿足日常表達的需求，在焦點凸顯上能凸顯 NP 語義，此時介詞可以不省略；NV 結構在認知上是語言經濟原則的體現，另外 NV 結構是古漢語的繼承與發展。崔四行（2009）博士論文《三音節結構副詞、形容詞、名詞作狀語研究》〔註15〕認為名詞可以

〔註11〕陳昌琳：《試論古漢語名詞作狀語的性質和特點》，《黔南民族師範學院學報》2007年第1期。
〔註12〕李珊珊：《〈史記〉名詞作狀語研究》，暨南大學2008年碩士學位論文，第94～102頁。
〔註13〕官會雲：《〈韓非子〉名詞研究》，西南大學2008年碩士學位論文，第43～46頁。
〔註14〕羅燕萍：《現代漢語普通名詞作狀語研究》，南昌大學2008年碩士學位論文，第30～41頁。
〔註15〕崔四行：《三音節結構中副詞、形容詞、名詞作狀語研究》，北京語言大學2009年博士學位論文，第77～97頁。

直接作狀語，與介詞短語作狀語存在轉換關係，但不是簡單的對應關係，「緊鄰核心詞」與「非嵌偶或合偶詞」是它們直接同時存在的必要條件。

第三節 名詞作狀語的制約機制

21 世紀中葉，名詞作狀語研究繼續向縱深方向發展，學者深入探討了名詞作狀語的制約機制。如崔四行（2010）《名詞作狀語的韻律句法研究》[註16]，從韻律、句法、語體角度深入探討了現代漢語普通話中名詞作狀語的特點。他認為名詞作狀語有四種音組模式：1＋1、1＋2、2＋1、2＋2。他指出：「『N 單＋V 雙』是句法詞，而『N 雙＋V 單』有短語也有句法詞，且有部分『N 雙＋V 單』發生了詞化，如『大炮轟』。這一詞化現象說明了 2＋1 構詞音步的作用，進而說明韻律對句法的制約，此為韻律構詞和句法的互動。」名詞作狀語與韻律、句法關係密切，值得深入研究。張文（2011）《漢語名詞作狀語問題的研究》[註17]，指出作狀語的語法意義是方式、工具、依據、範圍、來源時，名詞作狀語與介詞短語作狀語皆可。作者運用標界理論和韻律句法理論，認為「漢語介詞的隱現與謂語的有界無界和謂語中心語的韻律有關」，即「音節標界限制規則」，如介詞是單音節時，「謂語中心語的音節數和整個謂語的有界無界共同決定介詞的隱現」。這些現代漢語名詞作狀語與介詞作狀語的理論闡釋，為深度挖掘名詞作狀語的內在機制提供了理論支撐。蘇穎（2011）《古漢語名詞作狀語現象的衰微》[註18]認為名詞作狀語在東漢開始衰微，南北朝初期，失去能產性。作者提出名詞作狀語的衰微是名詞與所修飾動詞的語義關係從隱含到呈現的一種變化，與上古中古時期的一系列語法演變有關，如介詞組的前移、新興介詞的出現、詞彙雙音節化及句子謂語部分的複雜化等。張倩（2013）《現代漢語一般名詞作狀語研究》[註19]認為名詞作狀語的語義特徵發生了功能上的擴展，指出「狀位名詞從典型的工具狀語發展為不典型的、既可以分析為工具狀語也可以看成方式狀語，再到典型的方式狀語，其中狀位名

〔註16〕崔四行：《名詞作狀語的韻律句法研究》，《華中學術》2009 年第 2 期。
〔註17〕張文：《漢語名詞作狀語問題的研究》，《哲學與人文科學輯》2011 年第 S1 期。
〔註18〕蘇穎：《古漢語名詞作狀語現象的衰微》，《語文研究》2011 年第 4 期。
〔註19〕張倩：《現代漢語一般名詞作狀語研究》，上海師範大學 2013 年碩士學位論文，第 27～29 頁。

詞的性質表現為由個體性的物質名詞向抽象性增強，表群體特徵的狀位名詞發展」。她探討了工具狀語與方式狀語之間的轉換。劉倩倩（2013）《古今漢語名詞作狀語的比較研究》〔註20〕，認為古漢語名詞作狀語是無標記形式，現代漢語名詞作狀語是有標記與無標記兩種形式。夏鳳梅（2014）《名詞作狀語長期延續的修辭動因》〔註21〕認為名詞作狀語從上古延續到現代，有其內在的修辭動因：快捷、形象、豐富與簡練。李張召（2016／2017）《古漢語名詞作狀語的研究現狀綜述（一）（二）》〔註22〕和《〈戰國策〉中作狀語的名詞的語義分析》〔註23〕研究了名詞作狀語的性質與名詞作狀語的發展變化。通過《戰國策》中作狀語的名詞的語義分析，認為名詞直接作狀語與構成介賓短語作狀語，主要有三方面的原因：主語想要強調的內容；句子結構的對仗性、韻律和諧性以及名詞的含義。

以上學者對名詞作狀語從語法性質、語義關係、句法功能、韻律結構、介詞的隱現機制和修辭效果等方面進行了多角度多層面多方位的探討，成果卓著。但學者研究的語料主要是古代漢語和現代漢語，對於近代漢語中名詞作狀語的現象還很缺乏深入的挖掘。金元醫籍口語性語料比較強，名詞作狀語在金元時期有不同的語言表達形式，在特殊的歷史時期，名詞作狀語表現出了語言的獨特性與豐富性。

〔註20〕劉倩倩：《古今漢語名詞作狀語的比較研究》，山西師範大學 2013 年碩士學位論文，第 2～20 頁。
〔註21〕夏鳳梅：《名詞作狀語長期延續的修辭動因》，《華中學術》2014 年第 2 期。
〔註22〕李張召：《古漢語名詞作狀語的研究現狀綜述（一）（二）》，《佳木斯職業學院學報》2016 年第 10 期。
〔註23〕李張召：《〈戰國策〉中作狀語的名詞的語義分析》，瀋陽師範大學 2017 年碩士學位論文，第 35～36 頁。

第四章　名詞作狀語的表達形式

　　金元醫籍作為近代漢語語料是上古中古漢語發展到現代漢語的中間階段，承前啟後。上古中古的名詞作狀語發展到近代漢語，尤其是醫籍文獻裏的口語語料，出現了新的表達形式。窮盡調查金元醫籍語料，名詞作狀語主要有四種表達形式：Pre＋NP＋VP＋（O）〔註1〕、NP＋VP＋（O）、Pre＋NP、NP。調查的金元醫籍語料有：金代劉完素的《素問玄機原病式》（簡稱《素問玄機》）、《素問病機氣宜保命集》（簡稱《素問氣宜》）、《劉河間傷寒醫鑒》（簡稱《劉河間》）、《新刊圖解素問要旨論》（簡稱《新刊圖解》）、《傷寒直格論方》（簡稱《傷寒直格》）、《傷寒心要》《傷寒標本心法類萃》（簡稱《傷寒標本》）、《保童秘要》《黃帝素問宣明論方》（簡稱《黃帝素問》）；金代張從正的《張子和心境別集》《儒門事親》；金代李杲的《丹溪脈訣指掌》《東垣試效方》（簡稱《東垣試效》）、《活發機要》《蘭室秘藏》《內外傷辨惑論》（簡稱《內外傷辨》）、《脾胃論》《藥類法象》《醫學發明》（節本）、《醫學發明》（殘本）、《用藥心法》；元代朱丹溪的《本草衍義補遺》（簡稱《本草衍義》）、《丹溪手鏡》《丹溪心法》《格致餘論》《金匱鉤玄》《局方發揮》《脈因證治》等。據調查，四種狀語的語言表達形式共有4784 例，其中 Pre＋NP＋VP＋（O）有 1927 例，NP＋VP＋（O）有 2202 例，Pre＋NP 有 144 例，NP 有 511 例。NP＋VP＋（O）是論

〔註1〕Pre：表示介詞；NP：表示名詞或名詞性詞語；VP：表示謂語中心語；O：表示賓語。

著研究的主要形式。

第一節 Pre＋NP＋VP＋（O）

名詞作狀語，在金元醫籍中名詞性詞語前加介詞，組成介賓短語作狀語，仍然是上古中古漢語到現代漢語的主要表達形式。介詞在金元醫籍中比較單一，主要是介詞「以」與「用」兩種形式，表示對名詞性成分的介引或憑藉。與其他時代或口語語料不同的是，這種表達形式的名詞作狀語在金元醫籍中，NP 主要是材料或原料類名詞性詞語，放在謂語中心語的前面，起修飾或限定作用，與介詞組成介賓短語作狀語。

金代劉完素醫籍文獻共 520 例，以《保童秘要》《黃帝素問宣明論方》《新刊圖解素問要旨論》和《素問病機氣宜保命集》為多，其中《保童秘要》有 141 例，占 27%。例如：

（1）若久喜酸而不已，則不宜溫之，宜以寒藥下之，後以涼藥調之，結散熱去則氣和也。《素問玄機原病式·熱類》

（2）**江鰾丸** 治破傷風驚而發搐，臟腑秘澀，知病在裏，可用江鰾丸下之。《素問病機氣宜保命集·破傷風論·江鰾丸》卷中）

（3）血膿稠黏，以重藥竭之；身冷自汗，以毒藥溫之；風邪內縮，宣汗之則愈；驚溏為痛，當溫之。（《素問病機氣宜保命集·瀉痢論》卷中）

（4）守真曰，自昔從來，惟仲景注述遺文，立傷寒九十七法，合一百一十二方，而後學者莫能宗之，謂如人病傷風則用桂枝解肌，傷寒則用麻黃發汗。（《劉河間傷寒醫鑒》）

（5）朱氏不明此皆熱證，妄言前三日真為病寒，以四逆湯急溫裏，而後以桂枝湯急解表，大誤人也。（《傷寒直格論方·俱中風寒》卷中）

（6）其病胸膈滿悶，或喘，或嘔，陽脈緊甚者，可用瓜蒂散湧之。（《傷寒心要》）

（7）初生小兒五七日有熱證不得已，只以益元散時時灌之；如小兒夜啼，用涼膈調之，肚饑臨睡服。（《傷寒心要》）

（8）往來寒熱屬少陽，一日兩三作，來往無期，<u>用小柴胡湯（九）</u><u>主之</u>。（《傷寒標本心法類萃》卷上《往來寒熱》）

（9）梁上塵五合 青黛半兩 右二味研令極細，<u>用生油調</u>，先以皂莢湯洗後，<u>用藥遍塗之</u>，如再用藥，即不得更洗，恐傷風故也。（《保童秘要·頭面》）

（10）近衣絮，肉苛也。榮氣虛則不仁，其證瘴重，為苛也，<u>以前胡散主之</u>，治榮虛衛實，肌肉不仁，致令瘴重，名曰肉苛，虛其氣。（《黃帝素問宣明論方·肉苛證》卷一）

（11）**二勝丸** 鹽豆鼓 紫皮蒜去皮，各等分 上同杵為膏，丸如桐子大，每服三丸至五丸，<u>以米飲湯下</u>，如未愈及赤白痢，腹滿脅痛，更與杏仁丸。（《黃帝素問宣明論方·藥證方》卷十）

（12）**紫參丸** 紫參 苦參各一錢，剉 連翹二兩 丹參一兩半 膩粉三錢 麝香三錢，別研 滑石二兩 上為末，別用玄參一斤，搗碎，<u>以酒三碗</u>，浸三日，揉取汁，去滓，<u>用皂角子二百枚</u>，煨熟，搗為末，<u>用玄參酒熬皂子末</u>成膏，和前藥如桐子大，每服一丸，<u>以黃芪湯下</u>，一日加一丸，至患人歲數即止，如四十則二十，每日卻減一丸，瘡自乾有結內消。（《黃帝素問宣明論方·藥證方》卷十五）

金代張從正醫籍文獻共 831 例，以《儒門事親》為主，有 829 例，占 99%。例如：

（1）子和增做法，辨用前藥煎一碗，令飲其半，探引出風痰，次服一半，仍<u>用酸辣湯投下</u>，使近火，衣被覆蓋，汗出則解八九分矣。（《張子和心境別集·傷寒論雙解散》）

（2）皰瘡瘭疹，或出不均，大小如豆黍，相親見其不齊也。相天之寒溫，<u>以蟬殼燒灰</u>，操半字或一字，<u>以淡酒調少許飲之</u>。大人<u>以淡酒溫調之</u>，不半日則均齊。（《儒門事親·瘡非脾寒及鬼神辯》卷一）

（3）又如小兒之病，驚風搐搦，涎潮熱鬱，舉世皆用大驚丸、抱龍丸、鎮心丸等藥。間有不愈者，余潛用瓜蒂、赤小豆等分，共為細末，<u>以豬膽汁浸</u>，蒸餅為丸，衣以螺青或丹砂，<u>以漿水、乳汁送之</u>。良久，風涎湧出一兩掬，三五日一湧，湧三五次。漸<u>以通聖</u>

散稍熱服之，汗漐漐然，病日已矣。(《儒門事親‧凡在表者皆可汗式》卷二)

（4）微小為寒，滑大為燥。余以瓜蒂散湧其寒痰數升，汗出如沃；次以導水、禹功，去腸胃中燥垢亦數升，其人半愈。然後以淡劑流其餘蘊，以降火之劑開其胃口，不逾月而痊。(《儒門事親‧飲當去水溫補轉劇論》卷三)

（5）夫雷頭懶子，乃俗之謬名也。此疾是胸中有寒痰，多沐之致然也。可以茶調散吐之。(《儒門事親‧雷頭》卷四)

金代李杲醫籍文獻共 221 例，以《東垣試效方》《蘭室秘藏》和《脾胃論》為多，其中《東垣試效方》有 72 例，占 33%。例如：

（1）濕宜滲瀉之，燥以潤之則可矣。雜證汗而渴者，以辛潤之；無汗而渴者，以苦堅之。(《東垣先生試效方‧消渴門‧辨六經渴並治》卷三)

（2）**清空膏** 治偏頭痛，年深不愈者，及療風濕熱頭痛，上壅損目，及腦痛不止。羌活一兩 防風去蘆，一兩 柴胡七錢 川芎五錢 甘草炙，一兩半 黃連去鬚，炒，一兩 細挺子黃芩三兩，一半酒製，一半炒 上件同為細末，每服二錢七，熱盞內入茶少許，湯調如膏，抄在口內，少用白湯送下，臨臥。(《東垣先生試效方‧頭痛門‧頭痛論》卷五)

（3）治結核前後耳有之，或耳下、頷下有之，皆瘰癧也。桑椹二斗，極熟黑色者，以布裂取自然汁，不犯銅鐵，以文武火慢熬，作薄膏子，每日白沸湯點一匙，食後，日三服。(《活發機要‧瘰癧證》)

（4）**固真丸** 黃蘗酒洗 白芍藥各五分 柴胡 白石脂各一錢，火燒赤，水飛，細研，日乾 白龍骨酒煮，日乾，水飛為末 當歸酒洗，各二錢 乾薑四錢，炮 右件除龍骨、白石脂水飛研外，同為細末，水煮麵糊為丸，如雞頭仁大，日乾，空心，多用白沸湯下。無令胃中停滯，待少時以早飯壓之，是不令熱藥犯胃。忌生冷硬物、酒濕麵。(《蘭室秘藏‧婦人門》卷中)

（5）**易水張先生枳術丸** 白術二兩 枳實麩炒黃色，去穰，一兩 右同為極細末，荷葉裹燒飯為丸，如梧桐子大，每服五十丸，多用白湯

下，無時。(《內外傷辨惑論·辨內傷飲食用藥所宜所禁》卷下)

（6）如衣薄而氣短，則添衣，於無風處居止，氣尚短，則<u>以沸湯一碗薰其口鼻</u>即不短也。(《脾胃論·攝養》卷下)

（7）**當歸拈痛湯**　羌活半兩　人參去蘆　苦參酒洗　升麻　葛根　蒼朮各二錢　炙甘草　黃芩酒洗　茵陳葉酒炒，各半兩　防風去蘆　當歸身　知母酒洗黃芩炒　澤瀉　豬苓各三錢　白朮一錢半　右㕮咀如麻豆大，每服一兩，水二大盞半，<u>先以水拌濕</u>，候少時，煎至一大盞，去滓溫服，空心食前。<u>待少時以美膳壓之</u>，臨臥一服，不須膳壓。(《醫學發明·腳氣論》節本)

（8）且如膈咽不通，咽中如梗，甚者前證具作，治法當從時，利膈丸泄肺火，<u>以黃芪補中湯送下</u>。(《醫學發明·膈咽不通並四時換氣用藥法》殘本)

（9）病人服藥，必擇人煎藥，能識煎熬製度，須令親信恭誠至意者煎藥。銚器除油垢、腥穢，必用新淨甜水為上。量水大小，斟酌<u>以慢火煎熬分數</u>，<u>用紗濾去柤</u>，取清汁服之，無不效也。(《用藥心法·湯液煎造》)

元代朱丹溪醫籍文獻共 355 例，以《脈因證治》《丹溪心法》《金匱鈎玄》和《丹溪手鏡》為多，其中《脈因證治》有 93 例，占 26%。例如：

（1）治寒治風有必用者，予每<u>以童便煮而浸之</u>，殺其毒且可下行之力，入鹽尤捷。(《本草衍義補遺·附子》)

（2）萆解炒　蓯蓉酒浸　菟絲子酒浸　牛膝酒浸冷腎　杜仲炒　蒺藜冷肝等分　桂一錢半　右<u>以酒煮豬腰子丸</u>，酒下。(《丹溪手鏡·傷寒方論》卷之中)

（3）人不知此，多用溫熱藥甘味，此以火濟火，以滯益滯。封臍引熱下行，<u>用田螺肉搗碎</u>，入麝香少許，盒臍內。(《丹溪心法·痢》卷二)

（4）如此者五七日，召予視。脈稍大不數，遂令止蜜水，渴時但令<u>以人參、白朮煎湯調益元散與之</u>，滯下亦漸收。(《格致餘論·呃逆論》)

（5）咳嗽聲嘶者，此血虛受熱也。<u>用青黛、蛤粉、蜜調服</u>。(《金

匱鈎玄・咳嗽》卷一）

（6）又蔣氏婦，年五十餘。形瘦而黑，六月喜熱惡寒，兩手脈沉而澀，重取似數。<u>以三黃丸下</u>以薑汁，每三十粒，三十帖微汗而安。（《局方發揮》）

（7）腹中不和而痛者，<u>以甘草芍藥湯主之</u>。（《脈因證治・心腹痛》卷上）

以上介詞短語作狀語的語言表達形式，在金元醫籍中佔有相當大的比重，占四種名詞作狀語形式的 40.3%。介詞有「以」為常見。謂語中心語後可帶賓語，也可不帶賓語，而賓語又以代詞「之」為主，往往復指句前成份，或在上下文語境中可明確指代對象。

第二節　NP＋VP＋（O）

名詞性詞語放在謂語中心語前直接作狀語，在金元醫籍占主流，與介賓短語作狀語旗鼓相當，而且還超過了介賓短語作狀語。這是本專著重點研究的對象。金元各醫家醫籍的用例如下：

金代劉完素醫籍用例共 693 例，以《黃帝素問宣明論方》《素問病機氣宜保命集》《傷寒標本心法類萃》和《保童秘要》為多，其中《黃帝素問宣明論方》最多，有 278 例，占 40%。例如：

（1）亦由傷寒下之太早，而熱入以成結胸者，更宜<u>陷胸湯、丸寒藥下之</u>。《素問玄機原病式・熱類》

（2）中風無汗，身熱不惡寒，<u>白虎續命主之</u>，石膏、知母一料中各加二兩，甘草依本方加一倍。（《素問病機氣宜保命集・中風論・小續命湯》卷中）

（3）天南星三錢 半夏 天麻各五錢 雄黃二錢半 上為細末，每服一錢，<u>溫酒調下</u>。如有涎，於此藥中加大黃，為下藥。《素問病機氣宜保命集・破傷風論・雄黃散》卷中）

（4）治膚如火燎而熱，以手取之不甚熱，肺熱也，目白、睛赤、煩躁，或引飲，獨<u>黃芩一味主之</u>，<u>水煎</u>。（《素問病機氣宜保命集・熱論・牛黃膏》卷中）

（5）有大熱利小便，有小熱宜解毒，若黑紫乾陷者，<u>百祥丸下之</u>，不黑者慎匆下，更看時月輕重，故春夏為順，秋冬為逆。（《劉河間傷寒醫鑒·論小兒瘡疹》）

（6）佐以酸辛者，以酸收之，<u>辛潤之</u>，辛瀉酸補，正補瀉其肺，平以胃氣。（《新刊圖解素問要旨論·六步氣候變用·邪反勝天者》卷五）

（7）或諸腹滿實痛，煩渴譫妄，脈實數而沉者，無問日數，並宜<u>大承氣下之</u>。（《傷寒直格論方·諸可下證》卷中）

（8）**五苓散**　豬苓　茯苓各半兩　官桂一分　澤瀉一兩　白術一錢，《活人書》三分，《宣明論》半兩　上為細末，每服二三錢，<u>熱湯調下</u>；惡熱欲冷飲者，<u>新水汲下</u>；或<u>生薑湯調下</u>愈妙，或加滑二兩。（《傷寒心要》）

（9）小便不利者，小便難而赤澀也。中暑並傷寒大發汗後，胃中乾，煩躁不得眠，脈浮，小便不利，微熱煩渴者；口乾煩渴，小便不利者，小便赤澀，通宜<u>五苓散</u>（二十四）、<u>桂苓甘露飲</u>（三十四）<u>主之</u>。（《傷寒標本心法類萃》卷上《小便不利》）

（10）麝香一皂子大　常山　甘草生用　大黃各二分　右為末，蜜和為丸，如梧子大，二歲已下每服五丸，<u>溫水研化下</u>，日三服。（《保童秘要·瘧》）

（11）黃芩　人參　甘草炙　麥門冬去心，各一兩　川芎一兩　防風去蘆，一兩半　上為末，每服二錢，<u>沸湯點之</u>，食後服，日三服。（《黃帝素問宣明論方·鼻淵證》卷一）

（12）龍骨一兩，別研　訶子皮五個，大者　縮砂仁半兩，去皮　朱砂一兩，研細，一分為衣　上為末，麵糊為丸，如綠豆大，每服一丸，空心，<u>溫酒下</u>，冷水亦得，不可多服。大秘，<u>蔥白湯、茶下</u>。（《黃帝素問宣明論方·白淫證》卷二）

（13）**換骨丹**　麻黃煎膏　仙術　香白芷　槐角子取子　川芎　人參　防風　桑白皮　苦參　威靈仙　何首烏　蔓荊子　術香　龍腦研　朱砂研　麝香研　五味子　上為末，桑白單搗細秤，以麻黃膏和就，杵一萬五千下，每兩分作十丸，每服一丸，以硬物擊碎，<u>溫酒半盞浸</u>，以物蓋，不可透氣，食後臨臥，一呷咽之，<u>衣蓋覆</u>，當自出汗即瘥。以和胃湯

調補，及避風寒，<u>茶下</u>半丸，蓋出汗。(《黃帝素問宣明論方‧藥證方‧換骨丹》卷三)

（14）土馬騣燒存性 石馬騣燒存性 半夏各一兩 生薑一兩 胡桃十個 真膽礬半兩 川五倍子一兩 上為末，和作一塊，<u>絹袋子盛</u>，如彈子大，熱酒水各少許，浸下藥汁，淋洗頭髮，一月神效。(《黃帝素問宣明論方‧藥證方‧膽礬丸》卷十五)

金代張從正醫籍文獻有 329 例，主要是《儒門事親》用例。例如：

（1）少壯氣實之人，宜<u>辛涼解之</u>，老者氣衰之人，宜<u>辛溫解之</u>。(《儒門事親‧立諸時氣解利禁忌式》卷一)

（2）又相臺監酒岳成之，病虛滑泄，日夜不止，腸鳴而口瘡，俗呼為心勞口瘡，三年不愈。予以長流水，同薑棗煎五苓散五七錢，空心使服之，以治其下；以宣黃連與白茯苓去皮，二味各等分為末，以白麵糊為丸，食後<u>溫水下三五十丸</u>，以治其上。百日而愈。(《儒門事親‧推原補法利害非輕說》卷二)

（3）夫霍亂吐泄不止者，可用五苓散、益元散各停，<u>冰水調下五七錢</u>。如無冰水，可用新汲水調下桂苓甘露散、玉露散、清涼飲子，調下五七錢。或<u>香薷湯調下五七錢</u>亦可。如無以上諸藥，可服地漿三五盞亦可。(《儒門事親‧霍亂吐瀉》卷四)

（4）夫婦人產後心風者，則用調胃承氣湯一二兩，加當歸半兩，細剉，用水三四盞，同煎去滓，分作二服，大下三五行則愈。如不愈，<u>三聖散吐之</u>。(《儒門事親‧產後心風》卷五)

（5）戴人曰：左手三部脈皆伏，比右手小三倍，此枯澀痹也。不可純為之風，亦有火燥相兼。乃命一湧一泄一汗，其麻立已。後以辛涼之劑調之，<u>潤燥之劑濡之</u>，惟小指次指尚麻。(《儒門事親‧臂麻不便》卷六)

（6）凡傷寒疫癘一法，若無藥之處，可用酸虀汁一大碗，煎三五沸，去菜葉，飲訖，候少時，用釵子咽喉中探吐，如此三次。再煎蔥醋湯投之，<u>衣被蓋覆</u>，汗出而瘥。(《儒門事親‧風論》卷十一)

（7）凡大人小兒，病沙石淋及五種淋澀癃閉並臍腹痛，<u>益元散主之</u>，以長流水調下。(《儒門事親‧風門》卷十一)

（8）**常山散**　常山二兩　甘草二兩半　右為細末，<u>水煎</u>，空心服之。（《儒門事親・吐劑》卷十二）

（9）**神芎丸**　藏用丸一料，內加黃連　薄荷　川芎各半兩　水丸桐子大，<u>水下</u>。（《儒門事親・下劑》卷十二）

（10）**拔毒散**　寒水石不以多少，燒令赤。右研為末，以新水調，<u>雞翎掃痛處</u>。（《儒門事親・獨治於外者》卷十二）

（11）**治螻蛄瘡**　又方　千年石灰　茜根燒灰　右為細末，用水調，<u>雞翎塗上</u>。（《儒門事親・瘡瘍癰腫》卷十五）

（12）**仙人散**　刷牙　地骨皮二兩，灑浸二宿　青鹽一兩　黍黏子一兩半，炒　細辛一兩，酒浸　右為細末，入麝香少許，每用一字，臨臥擦牙。<u>茶酒漱</u>，良久吐出。（《儒門事親・口齒咽喉》卷十五）

（13）**治婦人血枯**　川大黃，右為末，<u>醋熬成膏</u>，就成雞子大，作餅子，<u>酒磨化之</u>。（《儒門事親・婦人病症》卷十五）

（14）**治脫肛痔痛**　胡荽子一升　乳香少許　粟糠半斤或一升　右先泥成爐子，止留一小眼，可抵肛門大小，不令透煙，<u>火薰之</u>。（《儒門事親・腸風下血》卷十五）

（15）**四仙丹**　春甲乙採杞葉，夏丙丁採花，秋庚辛採子，冬壬癸採根皮。右為末，以桑椹汁為丸。每服五十丸，<u>茶清酒任下</u>。（《儒門事親・諸風疾證》卷十五）

金代李杲醫籍文獻有 426 例，以《蘭室秘藏》《東垣試效方》《活發機要》和《醫學發明》（節本）為多，其中《蘭室秘藏》占 27%。例如：

（1）**和中丸**　補胃進食。乾薑木瓜二錢　炙甘草二錢　陳皮四錢　人參二錢　白術三錢　益智仁二錢　上件為末，用湯浸炊餅丸，如梧桐子大，每服三五十丸，<u>溫水食前下</u>。（《東垣先生試效方・飲食勞倦門・勞倦所傷論》卷一）

（2）又有虛實之殊，如實痞，大便秘，<u>厚朴、枳實主之</u>；虛痞，大便利者，<u>芍藥、陳皮治之</u>。（《東垣先生試效方・心下痞門・心下痞論》卷二）

（3）**大芎黃湯**　川芎半兩　羌活　黃芩　大黃各一兩　上㕮咀，<u>水煎</u>。（《活發機要・破傷風證》）

（4）**木香乾薑枳術丸** 破除寒滯氣，消寒飲食。木香三錢 乾薑五錢，炮 枳實一兩，炒 白術一兩五錢 右為細末，荷葉裹，燒飯為丸，如梧桐子大，每服三五十丸，溫水送下，食前。（《蘭室秘藏·勞倦所傷論》卷上）

（5）肩背痛，汗出，小便數而少，風熱乘肺，肺氣鬱甚也，當瀉風熱則愈，通氣防風湯主之。（《內外傷辨惑論·四時用藥加減法》卷中）

（6）**當歸和血散** 治腸澼下血，濕毒下血。川芎四分 青皮 槐花 荊芥穗 熟地黃白術各六分 當歸身 升麻各一錢 右件為細末，每服二三錢，清米飲湯調下，食前。（《脾胃論·論飲酒過傷》卷下）

（7）**桔梗** 氣微溫，味辛苦。 治咽喉痛，利肺氣。去蘆，米泔浸一宿，焙乾用。（《藥類法象·藥目》）

（8）遂處以稟北方之寒水所化夫苦寒氣味者：黃柏、知母各二兩，酒洗之，以肉桂為之飲用，所謂寒因熱用者也。（《醫學發明·本草十劑》節本）

（9）**消痞丸** 治一切心下痞悶，及積年久不愈者。黃連炒六錢 黃芩六錢 薑黃 白術各一兩 人參二錢 甘草一錢 縮砂一錢 枳實炒五錢 半夏薑制四錢 陳皮二錢 乾生薑一錢 厚朴薑製三錢 豬苓苓一錢半 神曲一錢炒，一方加澤瀉三錢 右為細末，湯浸蒸餅為丸，如梧桐子大，每服五七十丸，加至百丸，食後白湯送下。（《醫學發明·膈咽不通並四時換氣用藥法》殘本）

（10）經云胸中有寒者，瓜蒂散吐之。又云表熱裏寒者，白虎湯主之。（《用藥心法·知母》）

元代朱丹溪醫籍文獻有 754 例，以《脈因證治》《丹溪手鏡》和《丹溪心法》為多，其中《脈因證治》有 227 例，占 30%。例如：

（1）漢防己、葶藶等分為末，糯米飲調下一錢，甚效。（《本草衍義補遺·防己》）

（2）如作膈實者，可瓜蒂散吐之。（《丹溪手鏡·虛煩》卷之上）

（3）身重則除濕，脈弦則去風，<u>大柴胡主之</u>。（《丹溪手鏡·下利》卷之中）

（4）**脾泄丸**　白術二兩炒　神曲一兩半炒　山楂　半夏兩半　芍藥酒炒一兩　黃芩一兩半炒　蒼術五錢。虛，加參、術、草；裏急後重，加檳榔，木香。<u>荷葉煨飯丸</u>。（《丹溪手鏡·泄瀉》卷之中）

（5）**稀涎散**　豬牙皂角四條去黑皮　白礬一兩　右為末。每服三字，<u>溫水灌下</u>，但吐出涎便醒。虛人不可大吐。（《丹溪心法·中風·稀涎散》卷一）

（6）**玄參升麻湯**　玄參　升麻　甘草等分　右㕮咀，<u>水煎</u>。（《丹溪心法·斑疹》卷二）

（7）以黃牡牛擇肥者，買一二十斤，<u>長流水煮糜爛</u>，融入湯中為液，以布濾出渣滓，取淨汁再入鍋中，<u>文火熬成琥珀色</u>則成矣。每飲一盅，少時又飲，如此者積數十盅，寒月則重湯溫而飲之。（《格致餘論·倒倉論》）

（8）吐法：先以布搭膊勒腰，於不通風處行此方。<u>蘿蔔子半升擂和</u>，以漿水一碗，濾去粗，入少油與蜜，旋至半溫。服後，以鵝翎探吐，須以桐油浸，卻以皂角水洗去肥，曬乾用之。（《金匱鉤玄·痰》卷一）

（9）戴云：子腫者，謂孕婦手足或頭面、通身浮腫者是也。用山梔子炒一合，<u>米飲湯吞下</u>。（《金匱鉤玄·子腫》卷三）

（10）支飲胸滿者，<u>厚朴大黃湯主之</u>。（《局方發揮》）

（11）如熱半表半裏，與小柴胡，汗出而愈；熱甚，大柴胡與之；更甚，小承氣。裏熱甚，大承氣。發黃者，<u>茵陳蒿湯下之</u>。結胸，<u>陷胸湯下之</u>。（《脈因證治·傷寒》卷上）

（12）**秦艽白術丸**　秦艽去蘆　皂角燒，存性，去皮，各一兩　術五錢　歸酒洗，半兩　桃仁去皮尖，一兩　地榆三錢，破血　枳殼麩炒，泄胃　瀉滲濕，各半兩　大黃四錢，麵糊丸，<u>米湯下百丸</u>。空心服，以膳壓之。氣滯，加檳榔、木香；濕熱勝，加柏。（《脈因證治·痔漏》卷下）

第三節　Pre＋NP

根據句法功能，金元醫籍文獻也出現了省略謂語中心語 VP，介詞與名詞性詞語組合成介詞框架作狀語的表達形式。謂語中心語 VP 在上下文語境中可以補出，屬於語境缺省。據統計，金元各醫家文獻共有 144 例，其中以《儒門事親》為主，有 64 例，占 44.4%。但整體上，省略 VP，介詞短語作狀語的表達形式在整個金元醫籍各表達形式中所佔比例非常少，約占 3.0%。例如：

（1）《經》曰：上部有脈，下部無脈，其人當吐，不吐則死。宜吐之，<u>以瓜蒂散</u>，如不能則無治也。（《素問病機氣宜保命集·內傷論》卷中）

（2）治風癇病不能愈者，<u>從厚朴丸</u>，依春秋加添外，又於每料中加人參、菖蒲、茯苓各一兩半。（《素問病機氣宜保命集·吐論·厚朴丸》卷中）

（3）立夏之後，熱也，<u>用三黃丸，導赤散</u>。（《素問病機氣宜保命集》卷下《小兒斑疹論》）

（4）中濕之證，一身盡疼，重者發黃、關節煩疼、發熱，鼻塞，時或腹滿脹，大便利，脈沉面緩。以上中濕之證，先用雙解散（五十四）微微汗之，次<u>用五苓散</u>（二十四）<u>或濟滲湯</u>（二十五）、<u>桂苓甘露飲</u>（三十四）。（《傷寒標本心法類萃·中濕》卷上）

（5）如白帶下病，徑<u>以白芍藥、乾薑</u>，白帶雖愈，則小溲必不利。（《儒門事親·證婦人帶下赤白錯分寒熱解》卷一）

（6）命予視之，余以謂《應象論》曰：熱氣在下，水穀不分，化生飧泄；寒氣在上，則生䐜脹。而氣不散，何也？陰靜而陽動故也。診其兩手脈息，俱浮大而長，身表微熱。<u>用桂枝麻黃湯</u>，以薑棗煎，大劑連進三服，汗出終日，至旦而愈。次<u>以胃風湯</u>，和平臟腑，調養陰陽，食進病癒。（《儒門事親·凡在表者皆可汗式》卷二）

（7）夫誤吞銅鐵，以至羸瘦者，宜用肥豬脂與葵菜羹同飧數頓，則鋼鐵自然下也。神驗。如不食葷腥者，宜<u>以調胃承氣湯</u>，大作其劑下之亦可也。（《儒門事親·誤吞銅鐵》卷五）

（8）《內經》曰：此皆得於母胎中所授悸惕怕怖、驚駭恐懼之

氣。故令小兒輕者為驚弔，重者為癇病風搐，為腹中積熱，為臍風。以上證侯，可用吐涎及吐之藥。如吐訖，宜用硃、犀、腦、麝清涼墜涎之藥。（《儒門事親》卷五《發驚潮搐》）

（9）戴人曰：膿水行時不是風，盡後畏風也。乃以愈風餅子，日三服之。（《儒門事親·太陽脛腫》卷七）

（10）是以風溫為病，陰陽俱自浮，汗出，身重，多眠，鼻息，語言難出。此已上二證，不宜下。若與巴豆大毒丸藥，熱證並生，重者必死。二之氣病，宜以桂枝麻黃湯，發汗而已。（《儒門事親》卷十《春分卯上二之氣》）

（11）傷寒食少而渴，當以和胃之藥，吐之不用涼藥止之，恐復損胃氣，愈不能食也，白術，茯苓是也。（《東垣先生試效方·消渴門·辨六經渴並治》卷三）

（12）若嘔者有聲而有物，邪在胃係未深入胃中，以生薑、橘皮治之，或以藿香、丁香、半夏，亦此之類，投之必愈。（《醫學發明·本草十劑》節本）

（13）張之治風痰，以通聖散加半夏；暑痰，以白虎、涼膈；火痰，以黃連解毒；濕痰，以五苓、白術；燥嗽，以木香葶藶散；寒嗽，以寧神寧肺散。（《丹溪手鏡·咳逆痰嗽》卷之下）

（14）下利大孔痛者，因熱流於下也，以木香、檳榔、黃連、黃芩、炒乾薑。（《丹溪心法·痢》卷二）

（15）若明知身受寒氣，口食寒物而病，於初得之時，當以溫散或溫利之藥。（《金匱鉤玄·心痛》卷二）

（16）其傷寒表證，以石膏、滑石、甘草、知母、蔥、豉之類，汗出即解。（《脈因證治·傷寒》卷上）

以上狀語表達形式，介詞主要是「以」與「用」，介引中成藥名詞（中藥材製成後看不出原材料），如湯劑、散劑、丹丸等，以及介引中藥材名詞等，省略的謂語中心語 VP 根據百科知識，在上下文語境中缺省的動作動詞主要是：「主」「治」「下」「調／調服」等。

第四節　NP

直接用 NP 作狀語，是語境缺省謂語中心語 VP。對比同類句法結構，可以判定 NP 作狀語。調查金元各醫家文獻，這種狀語的表達形式不在少數，有511 例，占四種作狀語表達形式的 10.7%。各文獻 NP 作狀語的比例分布極不均勻，其中出現頻次比較高的是：《素問玄機氣宜保命集》有 51 例、《傷寒直格論方》有 18 例、《傷寒標本心法類萃》有 101 例、《儒門事親》有 29 例、《醫學發明》（節本）有 22 例、《丹溪手鏡》有 129 例、《丹溪心法》有 36 例、《脈因證治》有 87 例。有的出現頻次只有 1 例，如《劉河間傷寒醫鑒》和《蘭室秘藏》。NP 直接作狀語，標誌性結構是「宜＋NP」，「宜」是副詞，對比同類語法結構，後面的 NP 語義缺省介詞和謂語中心語 VP。例如：

（1）春夏有汗，脈乃微而弱、惡風、惡寒者，乃太陽證秋冬之脈也，亦宜<u>黃芪湯</u>，無汗亦宜<u>川芎湯</u>；秋冬有汗，脈盛而浮、發熱、身熱者，乃陽明證春夏之脈也，亦宜<u>黃芪湯</u>，無汗亦宜<u>川芎湯</u>。（《素問病機氣宜保命集·解利傷寒論》卷中）

（2）治陽虛陰盛，心肺不足，宜<u>八味丸</u>。若形體瘦弱，無力多困，未知陰陽先損，夏月<u>地黃丸</u>，春秋宜<u>腎氣丸</u>，冬月宜<u>八味丸</u>。（《素問病機氣宜保命集·虛損論·腎氣丸》卷下）

（3）假令瀉見嗽而氣上，脾肺病也，瀉白、益黃散合而服之；又宜<u>黃芩厚朴湯、白術厚朴湯</u>，謂脾苦濕，肺苦燥，氣則上逆也。（《素問病機氣宜保命集·小兒斑疹論·防風湯》卷下）

（4）或中暑，大汗自出，脈虛弱，頭痛、口乾、倦怠，煩躁，或時惡寒，或畏日氣，無問表裏，通宜<u>白虎湯</u>；或裏熱甚，腹滿而脈沉可下者，宜<u>大承氣湯</u>，或<u>三一承氣湯</u>尤妙。（《傷寒直格論方·主療》卷中）

（5）凡口乾煩渴者，傷寒汗出面渴者，飲水反吐名曰水逆，俱宜<u>五苓散</u>（二十四）。（《傷寒標本心法類萃·渴》卷上）

（6）裏熱脈厥者，宜<u>白虎湯</u>。熱極厥深而諸藥下畢，竟不能利者，不救必死，黃連解毒湯更加甘遂末一錢匕下之。（《傷寒標本心法類萃·發厥》卷上）

（7）所謂通劑者，流通之謂也。前後不得溲便，宜木通、海金沙、大黃、琥珀、八正散之屬；裏急後重，數至圊而不便，宜通因通用。（《儒門事親‧七方十劑繩墨訂》卷一）

（8）風而飧泄者，先宜發劑，次宜淡劑、甘劑，分劑之類。（《儒門事親》卷十《金匱十全之法》）

（9）肺熱者，輕手乃得，但微按全無。是瞥瞥然見於皮毛之上，日西尤甚。乃皮毛之熱，其證必見喘咳，灑淅寒熱。輕者，瀉白散；重者，宜涼膈散、白虎湯、地骨皮散。（《醫學發明‧百病在氣在血》）

（10）肝熱者，重按之肌肉之下，至骨至上，乃肝之熱，寅卯間尤甚。其脈弦，四肢滿悶，便難轉筋，多怒多驚，四肢困熱，筋痿不能起於床。宜瀉青丸，柴胡飲子。（《醫學發明‧百病在氣在血》）

（11）身痛，有陽，宜麻黃、桂枝。有陰，宜真武。有濕，宜術、附、五苓也。（《丹溪手鏡‧身痛》卷之上）

（12）肝乘之脅痛、口苦、寒熱而嘔、四肢滿、淋溲、便難、轉筋、腹痛，宜柴胡，防風、川芎、獨活、羌活、芍藥、白朮、桂。（《丹溪手鏡‧熱煩》卷之中）

（13）凡產後諸病，忌用白芍藥，宜黃芩、柴胡。內惡物上沖胸脅者，宜大黃、桃仁。血刺痛者，宜當歸。內傷發熱者，宜黃連。渴者，宜茯苓，忌半夏。（《丹溪手鏡‧婦人胎產》卷之下）

（14）凡黑瘦而沉困怠惰者，是熱，宜白朮、黃芩。（《丹溪心法‧中濕》卷一）

（15）後重，積與氣墜下之故，兼升兼消，宜木香檳榔丸之類。（《丹溪心法‧痢》卷二）

（16）如肥人心下痞者，乃是濕痰，宜蒼朮、半夏、砂仁、茯苓、滑石。（《丹溪心法‧痞》卷三）

（17）脾咳，升麻湯；胃吐蟲出，烏梅湯。（《脈因證治‧逆痰咳》卷上）

（18）治 痰者吐之，<u>三聖散</u>；火者下之，<u>承氣湯</u>；驚者平之，<u>安神丸</u>。（《脈因證治·癲狂》卷下）

（19）少陰證二三日，常見少陰，證無陽者，<u>宜麻黃附子</u>，皆陰證表藥也。（《劉河間傷寒醫鑒·論汗下》）

（20）《總錄》所謂末傳能食者，必發腦疽背瘡，不能食者，必傳中滿鼓脹，皆謂不治之證。潔古老人分而治之，能食而渴者，<u>白虎加人參湯</u>；不能食而渴者，錢氏方白術散倍加葛根治之。（《蘭室秘藏》卷上《消渴門》）

根據金元醫籍名詞作狀語的四種表達形式出現頻率的差異與分布，列表如下：

表1 金元醫籍名詞作狀語頻率表

時代	語 料	名詞作狀語形式				合計
		Pre＋NP＋VP＋（O）	NP＋VP＋（O）	Pre＋NP	NP	
金劉完素	素問玄機原病式	17	5	0	0	22
	素問病機氣宜保命集	70	174	15	51	310
	劉河間傷寒醫鑒	13	13	2	1	29
	新刊圖解素問要旨論	86	2	0	0	88
	傷寒直格方	26	56	2	18	102
	傷寒心要	17	21	3	3	44
	傷寒標本心法類萃	51	77	7	101	236
	保童秘要	141	67	2	0	210
	黃帝素問宣明論方	99	278	1	7	385
金	張子和心鏡別集	2	0	0	0	2
	儒門事親	829	329	64	29	1251
金李杲	丹溪脈訣指掌	0	0	0	0	0
	東垣試效方	72	84	2	8	166
	活發機要	24	73	0	12	109
	蘭室秘藏	41	116	3	1	161
	內外傷辨惑論	22	55	1	0	78
	脾胃論	31	26	0	0	57
	藥類法象	0	1	0	0	1
	醫學發明（節本）	26	66	4	22	118

	醫學發明（殘本）	1	3	0	0	4
	用藥心法	4	2	0	0	6
元 朱 丹 溪	本草衍義補遺	9	4	0	0	13
	丹溪手鏡	70	223	11	129	433
	丹溪心法	88	213	12	36	349
	格致餘論	18	2	0	0	20
	金匱鉤玄	76	44	6	4	130
	局方發揮	1	41	0	2	44
	脈因證治	93	227	9	87	416
	總計	1927	2202	144	511	4784
	比例	40.3%	46.0%	3.0%	10.7%	100%
備 註	考察的名詞作狀語的形式，不包括介賓短語作狀語後置的用例，如：或中暑自汗，解以白虎湯。（《傷寒心要》）。也不包括介詞賓語前置作狀語的情況，如：治厥明動為瀉痢者，寸脈沉而遲，手足厥逆，下部脈不至，咽喉不利，或涕唾膿血，瀉痢不止者，為難治，宜升麻湯或小續命湯以發之。（《素問病機氣宜保命集・瀉痢論・白術湯》卷中）。					

金元各醫家醫籍中的名詞作狀語表達式形成的柱狀圖如下：

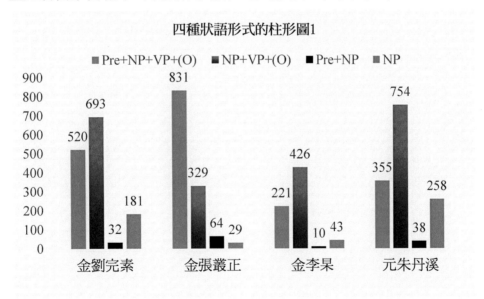

圖表數據表明：

（1）名詞作狀語在金元醫籍中以 NP＋VP＋（O）表達形式為主，占比46%，超過了介賓短語作狀語的表達形式，NP 和 Pre＋NP 兩種狀語表達形式在金元時期也有相當數量的用例，分別占 3%和 10.7%。它們的數據分布表明：Pre＋NP＋VP＋（O）與其他狀語表達式存在蘊含關係。Pre＋NP＋VP＋（O）蘊含 Pre＋NP 和 NP＋VP＋（O），構成雙蘊含關係，而 NP＋VP＋（O）又與

NP 之間形成單蘊含關係。

（2）從名詞作狀語表達形式在金元各醫家文獻的分布，可以看出名詞作狀語在金元時代並不是一種穩定的表達形式，其中最大的競爭對象是 Pre＋NP＋VP＋（O），同時 Pre＋NP 和 NP＋VP＋（O）是 NP＋VP＋（O）和 Pre＋NP＋VP＋（O）競爭過程中的分化形式。受社會環境、語言環境和前代醫籍著述表達習慣的影響，最終保留比較完整的作狀語的形式是 Pre＋NP＋VP＋（O）和 NP＋VP＋（O）。

（3）單從 NP＋VP＋（O）超過 Pre＋NP＋VP＋（O）的數據看，金元醫籍的代表性文獻是：《素問病機氣宜保命集》《黃帝素問宣明類方》《蘭室秘藏》《醫學發明》（節本）《丹溪手鏡》《丹溪心法》和《脈因證治》等，而《儒門事親》名詞作狀語還是以 Pre＋NP＋VP＋（O）占主流，介賓短語作狀語是名詞性詞語直接作狀語的 2.5 倍。說明名詞作狀語在金元醫籍中總的趨勢是 NP＋VP＋（O）表達式，只是在各醫家文獻中的分布不均衡，前期偶有波動，後期呈現階梯式穩步向上發展態勢。

第五節　小　結

金元時期主要代表醫家醫籍中的名詞作狀語，在表達形式與句法功能上主要特點：

（一）狀語表達形式 NP＋VP＋（O）在金元時期表現出了與傳統的介賓短語作狀語的表達形式 Pre＋NP＋VP＋（O）齊頭並進，一爭高下的態勢，而且在金元四大家的代表性醫籍競爭中佔優勢地位，超過 6 個百分比。這既是醫籍著述表達習慣的體現，也是社會語言環境在文本語言中的反映。從先秦到近代漢語，介賓短語作狀語是傳統形式，名詞性詞語放在謂語中心語 VP 前作狀語，雖然是名詞性詞語的一種基本功能，但總體生命力並不強，乃至在現代漢語中，名詞作狀語也不是主要表達形式。而金元時期的強勁勢頭，是特定歷史時代在語言中的反映。

（二）根據句法功能，金元醫籍文獻也出現了省略謂語中心語 VP，介詞與名詞性詞語組合成介詞框架作狀語的表達形式 Pre＋NP。謂語中心語 VP 在上下文語境中可以補出，屬於語境缺省。介詞一般是表介引動作行為的工具或方式的「以」或「用」等。

　　（三）NP 作狀語的表達形式，省略了謂語中心語 VP，根據語境與語義認知，缺省的是「吞服」義或「主治」義的動作動詞，此時 NP 可以進入「宜＋NP」的句法結構中。NP 名詞性詞語主要是中藥材原料名詞、湯劑、散劑類名詞、膏丸類名詞等。名詞直接作狀語在上古中古和現代漢語中比較少見，在整個近代漢語也不多見，但在醫籍文獻中不在少數。這表明了醫籍文獻與非醫籍文獻（文學作品）語料的差異性。元代是漢語史發展史上的特殊時期，出現在這一時期的語料總會受到民族融合帶來的「漢兒言語」的影響。如朝鮮會話教材《老乞大》四種版本在方位短語作狀語的表達形式上，就存在「NP＋方＋VP」直接作狀語的例證，如古本《老乞大》（簡稱 A 本）反映元代語言特點：「80A—炒的半熟時，調上些醬水，生蔥料物打拌了，<u>鍋子上蓋覆了</u>，休著出氣。」《老乞大新釋》（簡稱 C 本）和《重刊老乞大》（簡稱 D 本）把狀中結構，改為述賓結構，更符合漢民族的語言表達習慣。如「80C—炒的半熟了，調上些醬水，把生蔥作料拌著上，<u>蓋好了鍋</u>，不要出氣。」「80D—炒的半熟了，調上些醬水，把生蔥作料拌著上，<u>蓋好了鍋</u>，不教出氣。」金元醫籍因作者生活時代的特殊歷史背景，在醫籍著述的表達上或多或少地受到當時當地語言環境的影響。

第五章　名詞作狀語 NP＋VP＋（O）的 NP 語義分析

NP＋VP＋（O）是名詞作狀語的主要形式，也是一種狀語構式。其中 NP 和 VP 是構式的組成成分，NP 放在 VP 之前，構成狀中關係。什麼樣的 NP 能放在 VP 前，構成狀中關係，各家從句法上和語義上研究 NP 的特點，主要代表性的觀點有：孫德金（1995）〔註1〕認為狀謂關係有 11 種，其中 NP 語義上主要是時間、處所、方向、工具、材料、方式、範圍、依據、數量、原因、目的等。何樂士（1997）〔註2〕認為名詞作狀語在《左傳》和《史記》中有三大類：狀態、方式、處所，六小類：比喻、對待、身心狀態、工具或方式、依據對象或原因、處所或範圍等。劉慧清（2005）〔註3〕認為名詞作狀語的 NP，只有 6 種：時間、處所、方式、工具、憑藉、原因等。張文（2007）〔註4〕把名詞作狀語的 NP 類型分為四種：表人名詞、表物名詞、表空間類名詞、表抽象事物類名詞。蘇穎（2011）〔註5〕考察《左傳》《孟子》《國語》《史記》等上古漢語，認為名詞作狀語中的 NP 有四種類型：憑藉、處所、比況性施事、比況

〔註1〕 孫德金：《現代漢語名詞作狀語的考察》，《語言教學與研究》1995 年第 4 期。
〔註2〕 何樂士：《〈左傳〉〈史記〉名詞作狀語的比較》，《湖北大學學報》（哲學社會科學版）1997 年第 4 期。
〔註3〕 劉慧清：《名詞作狀語及其相關特徵分析》，《語言教學與研究》2005 年第 5 期。
〔註4〕 張文：《名詞作狀語問題的研究》，《哲學與人文科學輯》2011 年第 S1 期。
〔註5〕 蘇穎：《古漢語名詞作狀語現象的衰微》，《語文研究》2011 年第 4 期。

性受事等。學者研究了名詞作狀語的 NP 語義類型與句法語義關係，NP 的語義分類還有待細化，其中來源類名詞作狀語的現象少有研究，而這正是金元醫籍名詞作狀語的特質。

根據金元醫籍語料，NP 分為四種類型：NP1、NP2、NP3、NP4。NP1／NP2／NP3 統屬於原料名詞。其中 NP1 是中成藥名詞，指原料經過製藥加工，看不出原材料的名詞，如青鎮丸、桔梗湯、柴胡飲子等；NP2 是中藥材名詞，指天然的中藥材，沒有經過加工製作的中草藥名詞，如桂枝、當歸、苦楝子等；NP3 是屬於飲品類名詞，如水、茶、薑湯等；NP4 是雜類名詞，量少而雜，分為：食物名詞、工具名詞、植物名詞、動物名詞、藥液名詞、身體名詞、火候名詞、果蔬名詞、專稱名詞和調料名詞等。NP 的語義類型在各醫籍的分布，如下表 2。

表2　金元醫籍名詞作狀語時 NP 的語義類型

時代	作　品	NP 語義類型									合計
		NP1：中成藥名詞						NP2	NP3	NP4	
		湯劑	散劑	丹丸	膏藥	性味	組合	藥材	飲品	雜類	
金 劉 完 素	素問玄機原病式	2	1	0	0	1	1	0	0	0	5
	素問病機氣宜保命集	39	11	10	1	1	0	3	105	4	174
	劉河間傷寒醫鑒	7	1	3	0	0	2	0	0	0	13
	新刊圖解素問要旨論	0	0	0	0	2	0	0	0	0	2
	傷寒直格論方	25	3	3	0	2	4	6	12	1	56
	傷寒心要	10	2	0	0	0	3	1	5	0	21
	傷寒標本心法類萃	30	3	1	0	0	4	4	35	0	77
	保童秘要	14	0	0	0	0	0	3	44	6	67
	黃帝素問宣明論方	49	14	12	0	0	3	2	177	21	278

金	儒門事親	15	12	2	1	18	1	7	227	46	329
金 李 杲	丹溪脈訣 指掌	0	0	0	0	0	0	0	0	0	0
	東垣試效 方	17	1	3	0	0	2	5	48	8	84
	活發機要	8	1	3	0	0	0	1	59	1	73
	蘭室秘藏	11	0	1	0	1	1	1	78	23	116
	內外傷辨 惑論	6	2	4	0	0	1	0	35	7	55
	脾胃論	3	0	0	0	0	0	0	20	3	26
	藥類法象	0	0	0	0	0	0	0	1	0	1
	醫學發明 （節本）	22	0	4	0	0	2	1	37	0	66
	醫學發明 （殘本）	0	0	0	0	0	0	0	3	0	3
	用藥心法	1	1	0	0	0	0	0	0	0	2
元 朱 丹 溪	本草衍義 補遺	0	0	0	0	0	0	0	4	0	4
	丹溪手鏡	69	9	10	0	0	15	36	73	11	223
	丹溪心法	25	0	0	0	0	0	15	160	13	213
	格致餘論	0	0	0	0	0	0	0	1	1	2
	金匱鉤玄	8	0	0	0	0	1	5	28	2	44
	局方發揮	21	0	0	0	0	0	0	20	0	41
	脈因證治	71	4	10	0	0	5	16	93	28	227
備 註	總計	453	65	66	2	25	45	106	1265	175	2202
	比例	20.6%	3.0%	3.0%	0.1%	1.1%	2.0%	4.8%	57.4%	8.0%	100%
	NP1：中成藥名詞；NP2：中藥材名詞；NP3：飲品類名詞；NP4：雜類名詞。 組合類：指湯劑、散劑、丹丸、膏藥、性味類名詞的組合。										

第一節　NP1 語義類型

　　NP1 類語義是中成藥名詞，這些中成藥經過製藥過程的加工，已經失去原有材料的性質，變成了可以服用的湯劑、散劑、丹丸、膏藥。根據中成藥材料性質，NP1 語義類型分為：湯劑類名詞、散劑類名詞、丹丸類名詞、膏藥類名詞，還有語義單指中藥性味的名詞以及中成藥之間互相組合形成的名詞類別。

（一）NP1：湯劑類

據統計，金元醫籍名詞作狀語共有 2202 例，其中湯劑類 NP 有 453 例，占 20.6%。金代劉完素醫籍湯劑類名詞共有 175 例，占 39%；金代張從正醫籍湯劑類名詞有 15 例，占 3%；金代李杲醫籍湯劑類名詞有 68 例，占 15%；元代朱丹溪醫籍湯劑類名詞有 195 例，占 43%。湯劑類名詞在各醫家醫籍的分布不均勻，各醫家都有典型的代表性醫籍。如金劉完素醫籍湯劑類名詞占比比較多的是《黃帝素問宣明論方》（49 例）、《素問玄機氣宜保命集》（39 例）和《傷寒標本心法類萃》（30 例），分別占劉完素醫籍的 28%、22.2% 和 17.1%。金代張從正醫籍湯劑類名詞代表醫籍是《儒門事親》，有 15 例。金代李杲醫籍湯劑類名詞代表醫籍是《醫學發明（節本）》（22 例）和《東垣試效方》（17 例），分別占李杲醫籍的 32.3% 和 25%。元代朱丹溪醫籍湯劑類名詞的代表醫籍是《脈因證治》（71 例）、《丹溪手鏡》（69 例）、《丹溪心法》（25 例），分別占朱丹溪醫籍的 36.4%、35.3% 和 12.8%。金元醫家各醫籍湯劑類 NP 用例，如：

（1）仲景法曰，無陽病寒，不可發汗。又言身熱惡寒，<u>麻黃湯汗之</u>。《素問玄機原病式·熱類》

（2）兩脅肋熱，脈浮弦者，<u>柴胡飲子主之</u>。（《素問病機氣宜保命集·熱論·牛黃膏》卷中）

（3）吐利汗出，發熱惡寒，四肢拘急，手足蹶冷者，<u>四逆湯主之</u>。（《劉河間傷寒醫鑒·論霍亂》）

（4）下後熱稍退而未愈者，<u>黃連解毒湯調之</u>；或微熱未除者，涼膈散調之。（《傷寒直格論方·主療》卷中）

（5）或有留飲過度，濕熱內生，自利不止，其熱未退，<u>解毒湯治之</u>。（《傷寒心要》）

（6）汗下之後，不大便五六日，舌乾而渴，日晡少有潮熱，從心下至小腹硬滿而痛不可近，面脈沉緊滑數，或但關脈沉緊者，宜<u>大陷胸湯</u>（十六），<u>或陷胸丸</u>（十七）<u>下之</u>。（《傷寒標本心法類萃·痞》卷上）

（7）鬱金一兩，漿水一升，煮水盡為度 甘草豬膽塗，炙 馬牙硝 天竺黃各半兩 朱砂一分 右為末，<u>薄荷湯調下半錢</u>。（《保童秘要·驚癇》）

（8）陽結者，故不行於陽脈，陽脈不行，故留結也，<u>犀角湯主之</u>，治結陽，四肢腫滿，熱苑不散，或毒攻注，大便閟澀。（《黃帝素問宣明論方·結陽證》卷一）

（9）是汗下吐三法齊行，既汗下吐訖，臟腑空虛，宜以淡漿粥養腸胃二三日。次服五苓散、益元散同煎，<u>燈芯湯調下</u>。（《儒門事親·水泄不止》卷四）

（10）風藥去其濕，以甘寒瀉其熱，<u>羌活勝濕湯主之</u>。（《東垣先生試效方·雜方門·人之汗以天地之雨名之》卷九）

（11）溲而便膿血，知氣行而血止也，<u>宜大黃湯下之</u>，是為重劑；黃芩芍藥湯為輕劑。治法宜樸、宜泄、宜止、宜和。（《活發機要·泄痢證》）

（12）治熱脹，分消丸主之。如或多食寒涼，及脾胃久虛之人，胃中寒則脹滿，或髒寒生滿病，以治寒脹，<u>中滿分消湯主之</u>。（《蘭室秘藏·諸腹脹大皆屬於熱論》卷上）

（13）腹中痛，惡寒而脈弦者，是木來剋土也，<u>小建中湯主之</u>；蓋芍藥味酸，於土中瀉木為君。（《內外傷辨惑論》卷中《四時用藥加減法》）

（14）若行人或農夫於日中勞役得之者，名曰中熱。其病必苦頭痛、發燥熱，惡熱，捫之肌膚大熱，必大渴引飲，汗大泄，無氣以動，乃為天熱外傷肺氣，<u>蒼術白虎湯主之</u>。（《脾胃論》卷中《脾胃虛弱隨時為病隨病制方》）

（15）虛邪，風寒相合，木慮腎恐，拘急自汗，其脈弦緊而沉。仲景云：風感太陽，移證在太陽經中，<u>桂枝附子湯主之</u>。（《醫學發明·五邪相干》）

（16）《經》云：胸中有寒者，瓜蒂散吐之。又云：表熱裏寒者，<u>白虎湯主之</u>。（《用藥心法·知母》）

（17）少陰病，胸滿而煩，<u>豬膚湯主之</u>。（《丹溪手鏡·虛煩》卷之上）

（18）**止衄散** 黃芪六錢 赤茯苓 白芍 當歸 生地黃 阿膠各三錢右為末，每服二錢。食後，<u>黃芪湯調服</u>。（《丹溪心法·衄血》卷二）

（19）**胡黃連丸** 胡黃連半錢，去果積 阿魏一錢半，醋煮，去肉積 麝香四粒 神曲二錢半，去食積 黃連二錢半，炒，去熱積 右為末，豬膽汁丸，如黍米大，每服二十丸，<u>白術湯下</u>。（《金匱鈎玄·痔病》卷三）

（20）虛勞，虛煩不得眠者，<u>酸棗仁湯主之</u>。（《局方發揮》）

（21）**訶子散** 連三錢 木香半兩 炙甘草三錢 訶子皮生，熟各半兩 白術，<u>芍藥湯送下</u>。（《脈因證治·下利》卷上）

（二）NP1：散劑類

散劑類 NP 在金元醫籍各醫家的分布都不多，考察的語料共有 64 例，占整個金元醫籍的 3%。相對來說，各醫家散劑類名詞占比比較多的醫籍是《素問病機氣宜保命集》（11 例）、《黃帝素問宣明論方》（14 例）、《儒門事親》（12 例）、《丹溪手鏡》（9 例）、《脈因證治》（4）例。散劑類名詞在各醫家的用例，如：

（1）或有體肥氣盛，風熱上行，目昏澀者，<u>槐子散主之</u>，此由胸中氣濁上行也，重則為痰厥，亦能損目，常使胸中氣清，無此病也。（《素問病機氣宜保命集·眼目論》卷下）

（2）八月十五已後，吐瀉身冷，無陽也，不能乳，乾嘔、瀉清褐水，當補脾，<u>益黃散主之</u>，不可下。（《劉河間傷寒醫鑒·論霍亂》）

（3）發汗不解，下證前後別無異證者，通宜<u>涼膈散調之</u>，以退其熱，便無熱甚危極也。（《傷寒直格論方·主療》卷中）

（4）汗吐下三法之後，別無異證者，<u>涼膈散調之</u>。（《傷寒心要》）

（5）表證罷，熱入裏，結於胸中，煩滿而饑不能食，微厥而脈乍緊者，<u>瓜蒂散吐之</u>（二十六）。（《傷寒標本心法類萃·結胸》卷上）

（6）發汗不解，下後前後別無異證者，通宜<u>涼脯散調之</u>，以退其熱。（《黃帝素問宣明論方·傷寒門·主療說》卷五）

（7）如無此證，可<u>三聖散吐之</u>，次服通聖、涼膈、人參半夏丸、桂苓甘露散等，切忌雞、豬、魚、兔、酒、醋、蕎麵動風之物、引痰之食。（《儒門事親·風門》卷十一）

（8）《經》云：上部有脈，下部無脈，其人當吐，不吐者死，宜<u>瓜蒂散之類吐之</u>。（《東垣先生試效方·飲食勞倦門·勞倦所傷論》卷一）

（9）肝經風盛，木自搖動，梳頭有雪皮，乃肺之證也。謂肺主應毛，實則瀉青丸主之，虛則<u>清風散主之</u>。（《活發機要·頭風證》）

（10）《金匱要略》云：腰已上腫者發汗乃愈；腰已下腫者，當利小便。由是大病差後，腰已下有水氣者，<u>牡蠣澤瀉散主之</u>。（《內外傷辨惑論》卷下《臨病制方》）

（11）《經》云：胸中有寒者，<u>瓜蒂散吐之</u>。又云：表熱裏寒者，白虎湯主之。（《用藥心法·知母》）

（12）夫初發於少陽，不守禁戒，延及陽明。蓋膽經主決斷，有相火而氣多血少，治宜瀉火散結。虛則補元氣，<u>千金散主之</u>；實則瀉陰火，<u>玉燭散主之</u>。（《丹溪手鏡·瘡瘍》卷之下）

（13）少陰心悸，乃邪入於腎，水乘心，唯腎欺心，火懼水也。治在於水，以茯苓導其濕，<u>四逆散調之</u>。（《脈因證治·驚悸》卷下）

（三）NP1：丹丸類

金元醫籍各醫家使用丹丸類的藥物與散劑類的藥物在數量上的分布相差無幾，共有 66 例，占整個金元醫籍的 3%。各醫家丹丸類的醫籍主要有《素問病機氣宜保命集》（10 例）、《黃帝素問宣明論方》（12 例）、《丹溪手鏡》（10 例）和《脈因證治》（10 例）等。丹丸類名詞在各醫家的用例，如：

（1）除風散熱者，<u>瀉青丸主之</u>；養血安神者，定志丸，婦人熟乾地黃丸是也。（《素問病機氣宜保命集·眼目論》卷下）

（2）有大熱利小便，有小熱宜解毒，若黑紫乾陷者，<u>百祥丸下之</u>，不黑者慎勿下，更看時月輕重，故春夏為順，秋冬為逆。（《劉河間傷寒醫鑒·論小兒瘡疹》）

（3）或無問可下、不可下，而誤用銀粉，<u>巴豆燥熱大毒丸藥下之</u>，反以損陽亡液，以使怫熱太甚，亦或成痞。（《傷寒直格論方·痞》卷中）

（4）或誤服，<u>熱毒丸藥下之</u>，反損陰氣，遂協熱利不止。（《傷寒標本心法類萃》卷上《發黃》）

（5）思想無窮，所願不得，意淫於外，入房太甚，筋縱發為筋痿及白淫，太過者，白物為淫，隨溲而下，故為勞弱，<u>秘真丸主之</u>，

治白淫小便不止，精氣不固及有餘瀝，或夢寢陰入通泄耳。(《黃帝素問宣明論方·白淫證》卷二)

(6) 如新暴風痰者，形寒飲冷；熱痰者，火盛制金；濕痰者，停飲不散。可服加減連翹飲子、除濕丹、無憂散。亦有酒痰者，<u>解毒三聖丸主之</u>。五者食痰，可用漢防己丸，丹砂選而用之。若依法服之，決有神效。(《儒門事親·風論》卷十一)

(7) 瓜蒂散 瓜蒂三錢 赤小豆三錢 上為末，每服一錢匕，溫水半小盞調下，以吐為度。如食傷之太重者，<u>備急丸主之</u>，皆急劑也。(《東垣先生試效方》卷一《飲食勞倦門·勞倦所傷論》)

(8) 眼之為病，在腑烈為表，當除風散熱；在髒則為裏，宜養血安神。暴發者為表而易治，久病者在裏而難愈。除風散熱者，<u>瀉青丸主之</u>；養血安神者，定志丸；婦人，則<u>熟乾地黃丸主之</u>。(《活發機要·眼證》)

(9) 治熱脹，<u>分消丸主之</u>。如或多食寒涼，及脾胃久虛之人，胃中寒則脹滿，或髒寒生滿病，以治寒脹，中滿分消湯主之。(《蘭室秘藏·諸腹脹大皆屬於熱論》卷上)

(10) 治傷食兼傷冷飲者，煎五苓散送下，<u>半夏枳術丸服之</u>。(《內外傷辨惑論·隨時用藥》卷下)

(11) 虛邪，燥濕相合，微喘而痞，便難而痰，其脈浮澀而緩，<u>枳實理中丸主之</u>。(《醫學發明·五邪相干》(節本))

(12) 貧者，飲食粗，動作勞，酒食傷之，以致心腹滿悶，時吐酸水，宜<u>進食丸主之</u>。又重者，證太陰傷寒，止脈沉，宜<u>導飲丸治之</u>。(《丹溪手鏡·宿食留飲》卷之下)

(13) 喘急。因營血暴竭，衛氣無主，獨聚於肺，此名孤陽絕陰，必死。因敗血上薰於肺，<u>奪命丹主之</u>；因傷風寒者，旋復花湯主之。(《脈因證治·婦人產胎》卷下)

(四) NP1：性味類

調查金元醫籍語料顯示，金元各醫家辯證論治，分辨藥物的寒性、溫性、熱性、毒性和辛涼，根據其藥性主治。名詞作狀語 NP1 在語義上表示性味類的名詞，在整個金元醫籍中並不多見，共有 26 例，占 1.2%，其中金代醫家張從

正的醫籍《儒門事親》最具典型性，有 18 例，占整個性味類名詞的 69%，而在其他醫家醫籍的分布呈零星狀態。例如：

（1）風熱燥並鬱甚於裏，故煩滿而或悶結也。法宜除風散結，<u>寒藥下之</u>，以使鬱滯流通，而後以退風熱、開結滯之寒藥調之，而熱退結散，則風自愈矣。《素問玄機原病式‧熱類》

（2）在陰經則不分三經，總謂之濕瘧，當從太陰經則不分，其病發在處暑後冬至前，此乃傷之重者，遠而為痎，痎者老也，故謂之久瘧，氣居西方，宜<u>毒藥療之</u>。（《素問病機氣宜保命集》卷中《諸瘧論》）

（3）佐以酸辛者，以酸收之，<u>辛潤之</u>，辛瀉酸補，正補瀉其肺，平以胃氣。（《新刊圖解素問要旨論》卷五《六步氣候變用‧邪反勝天者》）

（4）此言承氣寒藥下之者也。或誤用巴豆，<u>熱藥下之</u>，而協熱利不止者，或表裏皆熱，自利或嘔者，皆宜五苓散止利兼解表也。（《傷寒直格論方‧傷風表徵》卷中）

（5）午未之月多暑，宣<u>辛涼解之</u>。子丑之月多凍，宜<u>辛溫解之</u>。（《儒門事親‧立諸時氣解利禁忌式》卷一）

（6）夫小腸泄者，溲而便膿血，少腹痛。宜寒劑奪之，<u>淡劑</u>、<u>甘劑分之</u>。（《儒門事親‧小腸泄熱濕》卷十）

（7）若傷之剛止當發散，汗出則愈矣，此最妙法也。其次莫如利小便，二者乃上下分消其濕，何酒病之有？今之酒病者，往往服酒症丸，<u>大熱之藥下之</u>，又有牽牛、大黃下之，是無形元氣受病，反下有形陰血，乖誤甚矣。（《蘭室秘藏‧酒客病論》卷上）

（五）NP1：膏藥類

金元醫籍各醫家在臨床救治中，基本上不用膏藥類藥物，調查的醫籍只有《素問病機氣宜保命集》和《儒門事親》，各 1 例，僅占名詞作狀語名詞類別的 0.1%。例如：

（1）**天門冬丸**　天門冬十兩，去心秤　麥門冬去心，八兩　生地黃三斤，取汁為膏子　上二味為末，<u>膏子和丸</u>，如梧子大，每服五十丸，煎逍遙散送。（《素問病機氣宜保命集‧咳嗽論》卷下）

（2）**千金托裏散** 治一切發背疔瘡。連翹一兩二錢 黃芪一兩半 厚朴二兩 川芎一兩 防風一兩 桔梗一兩 白芷一兩 芍藥一兩 官桂一兩 木香三錢 乳香三錢半 當歸半兩 沒藥三錢 甘草一兩 人參半兩 右為細末，每服三錢。用酒一碗，盛煎三沸，和滓溫服，膏子貼之。（《儒門事親‧瘡瘍癰腫》卷十五）

（六）NP1：組合類

金元各醫家在選藥用藥時，有時並不是單一的湯劑、散劑、丹丸或藥性味藥以及某一種中藥材，而是根據病理與病情，合理組合中成藥來主治病症。名詞作狀語中的 NP1 表組合類別名詞有 26 例，占比 NP 的 1.2%，體現了金元醫家辯證論治的醫理與臨床實踐的經驗。例如：

（1）亦由傷寒下之太早，而熱入以成結胸者，更宜陷胸湯、丸寒藥下之。《素問玄機原病式‧熱類》

（2）錢氏本方，治斑瘡黑陷者，牛李膏、百祥丸寒藥利之，而多獲痊可，不救必死，為熱豈不明哉！（《劉河間傷寒醫鑒‧論小兒瘡疹》）

（3）太陽病不解而蓄血下焦者見蓄血門，先桂枝解表已，而以下血也，宜桃仁承氣湯，或抵當丸攻之。（《傷寒直格論方‧傷風表徵》卷中）

（4）凡瘡瘍、癮疹，涼膈加當歸治之。（《傷寒心要》）

（5）**桂苓甘露飲** 即五苓散加寒水石，石膏（三十四）上為末，或溫湯，或新水、生薑湯調，或煎。一方不用豬苓。一方加甘草。一方有人參、藿香、木香、葛根、滑石、甘草共一十三味，一名桂苓白術散。（《傷寒標本心法類萃‧桂苓甘露飲》卷下）

（6）陽實伐其陽，當涼膈散、承氣湯主之；陰實伐其陰，當白術散、四逆湯主之。（《黃帝素問宣明論方》卷十二《補養門‧補養總論》）

（7）至如傷寒大汗之後，發熱，脈沉實及寒熱往來，時時有涎嗽者，宜大柴胡湯加當歸煎服之，下三五行，立愈。（《儒門事親‧凡在下者皆可下式》卷二）

（8）《總錄》所謂未傳能食者，必發腦疽；背瘡，不能食者，必得中滿、鼓脹，皆為不治之證。潔古老人分而治之，能食而渴者，白虎加人參湯；不能食而渴者，<u>錢氏方白術散倍加葛根治之</u>。（《東垣先生試效方‧消渴門‧消渴論》卷三）

（9）《活人書》云：均是水氣，乾嘔微利，發熱而咳，為表有水，<u>小青龍湯加芫花主之</u>。（《內外傷辨惑論‧臨病制方》卷下）

（10）脾病，面黃脈緩，皮膚亦緩，黃多則熱，形盛，依《傷寒》說，是為濕溫。其脈陽浮而弱，陰小而急，治在太陰。濕溫自汗，<u>白虎湯加蒼術主之</u>。（《醫學發明‧淹疾瘧病》節本）

（11）疸 有酒疸、女勞疸、女疸，日晡熱、足下熱，皆濕熱為之。有穀疸、酒疸、黃汗，前治相同，宜<u>五苓散、茵陳湯下</u>。（《丹溪手鏡‧疸》卷之中）

（12）以黑錫炒成灰，<u>檳榔末、米飲調下</u>。（《金匱鉤玄‧吐蟲》卷二）

（13）痰而能食者，下之；不能食者，厚朴湯治之。痰而熱者，<u>柴胡湯加石膏主之</u>；痰而寒者，<u>小青龍加桃仁主之</u>。（《脈因證治‧逆痰嗽》卷上）

金元醫籍名詞作狀語中 NP1 在各醫家的用例，有 656 例，占名詞性詞語的 29.8%，其中以湯劑類名詞為主，占中成藥名詞類別的 69%，各類 NP1 中成藥名詞形成的等級優先序列是：湯劑類＞丹丸類＞散劑類＞組合類＞性味類＞膏藥類，說明金元醫家用藥習慣主是湯劑類、丹丸類和散劑類藥物，膏藥類是四大醫家最少使用的藥物。

第二節　NP2 語義類型

名詞作狀語中 NP2 語義主要是原生態的中藥材名詞，是尚未加工的藥物。這類名詞在名詞作狀語的 NP 語義類別中不占多數，有 106 例，占 4.8%。NP2 在金元各醫家醫籍的分布比較散漫而零星，用例相對較多的是元代朱丹溪醫籍，如《丹溪手鏡》有 36 例，《丹溪心法》有 15 例，《脈因證治》有 16 例，這是元代朱丹溪不同於金代其他三大醫家用藥習慣的地方，他除了慣用湯劑，

也主張利用原生態中藥材的和解、配伍來治病,以發揮中醫藥的最大效用。例如:

（1）治膚如火燎而熱,以手取之不甚熱,肺熱也,目白、睛赤、煩躁,或引飲,獨<u>黃芩一味主之</u>,水煎。(《素問病機氣宜保命集·熱論·牛黃膏》卷中)

（2）表病裏和,則當汗之,熱泄身涼即愈;若反下之,別表熱乘虛入裏而成結胸之類諸病也。或表熱半傳於裏,半尚在表,則不可汗、下,<u>宜小柴胡之類和解之也</u>。(《傷寒直格論方·諸可下證》卷中)

（3）大黃錦紋者 芒硝朴硝有頭者亦得 厚朴 枳實各半兩 上剉,如麻豆大,分一半,用水一碗半、生薑三片,煎至六分,<u>納硝煎一二沸</u>,絞去滓,熱服。(《傷寒心要》)

（4）脈浮而尚惡寒者,表未解也,當先桂枝(二)<u>解表已</u>,而後用大黃黃連瀉心湯(三十三)攻痞也;或只用五苓散(二十四)使除表裏甚良。(《傷寒標本心法類萃·痞》卷上)

（5）如疳氣狀貌多端者,粥飲下,甚者不過三五服,立差。若變成寒熱,薄荷溫水下;蛔蜒心,<u>苦楝子煎湯下</u>;久患疳痢,陳米飲下,並一丸。(《保童秘要·雜病》)

（6）御米殼田兩 木瓜三兩,御米殼一處,用蜜二兩,水化,同炒微黃 五味子一兩 人參一兩 皂角二兩 上為末,每服二錢,<u>烏梅同煎</u>,臨臥食服,大效。(《黃帝素問宣明論方·藥證方·寧肺散》卷九)

（7）陳酒味甘而戀膈,酒氣滿,乳兒亦醉也。乃剉甘草,<u>乾葛花、縮砂仁、貫眾煎汁使飲之</u>,立醒。(《儒門事親·兒寐不寤》卷七)

（8）痰涎血者,出於脾,<u>葛根、黃芪、黃連、芍藥、當歸、甘草、沉香之類主之</u>。(《東垣先生試效方·衄吐嘔唾血門·衄吐嘔唾血論》卷三)

（9）目睛赤,煩躁,或引飲,獨<u>黃芩一味主之</u>。(《活發機要·熱證》)

（10）此藥乃從權之法，用風勝濕，為胃下陷而氣迫於下，以救其血之暴崩也。並血惡之物住後，必須<u>黃芪、人參、炙甘草、當歸之類數服以補之</u>，於補氣升陽湯中加以和血藥便是也。（《蘭室秘藏‧婦人門》卷中）

（11）其證胸中煩熱，口燥舌乾，咽嗌亦乾、大渴引飲、小便淋瀝或閉塞不通、脛酸腳熱，<u>此通草主之</u>。（《醫學發明‧本草十劑》）

（12）太陰無汗，脈沉細，宜<u>桂枝汗之</u>。（《丹溪手鏡‧無汗》卷之上）

（13）少陰頭痛，足寒氣逆，為寒厥，脈沉細，<u>細辛、麻黃、附子主之</u>。（《丹溪手鏡‧頭痛》卷之中）

（14）發熱及肌熱者，<u>芩、連、參、芪主之</u>。腹痛者，宜白芍藥、甘草。感冒者，依解利治之。（《丹溪手鏡‧婦人胎產》卷之下）

（15）**翻花痔** <u>荊芥、防風、朴硝煎湯洗之</u>，次用木鱉子、鬱金研末，入龍腦些少，水調傅。又方：熊膽、片腦和勻，貼之。（《丹溪心法‧痔瘻》卷二）

（16）**健步丸** 歸尾 芍藥 陳皮 蒼木各一兩 生地黃一兩半 大腹子三個 牛膝 茱萸各半兩 黃芩半兩 桂枝二錢 右為末，蒸餅為丸。每服百丸，<u>白術、通草煎湯</u>，食前下。（《金匱鉤玄‧疝》卷二）

（17）傷寒誤下傳太陰經，腹滿而痛，<u>桂枝芍藥主之</u>。痛甚，桂枝大黃湯主之。夏月肌熱惡熱，脈洪實而痛，<u>黃芩芍藥主之</u>。（《脈因證治‧心腹痛》卷上）

（18）痰，昔肥今瘦，腸間有聲，食與飲並出，宜<u>半夏、人參主之</u>。（《脈因證治‧嘔吐噦》卷下）

第三節　NP3 語義類型

名詞作狀語中 NP3 的語義類型主要是飲品類名詞。它在名詞作狀語的 NP 系列中占主流，金元醫籍共有 1265 例，占 57.4%。中藥的製作過程與吞服離不開飲品的輔助，直接服用的中藥材比較少見，因此飲品在中醫藥的療效中起著舉足輕重的作用。據調查，金元時期名詞作狀語 NP3 比較凸顯的醫籍有：《素問病機氣宜保命集》（105 例）、《黃帝素問宣明論方》（177 例）；《儒門事

親》（227 例）；《蘭室秘藏》（78 例）、《活發機要》（59 例）；《丹溪心法》（160 例）、《脈因證治》（93 例），它們分別占比是：8%、14%；18%；6%、5%；13%、7%。每兩部醫籍代表一位醫家（除《儒門事親》獨部外），金代劉完素醫籍占比 22%，金代張從正醫籍占比 18%，金代李杲醫籍占比 11%，元代朱丹溪醫籍占比 20%。從四大家醫籍中的 NP3 的比例，可以看出 NP3 類日常飲品是生活和醫藥不可或缺的物質。例如：

（1）**天麻丸** 天麻六兩，酒浸三日，曝乾，秤 牛膝六兩，同上浸 當歸十兩 杜仲七兩，炒，去絲 玄參六兩 羌活十兩 草薢六兩，別碾為細末，秤 生地黃十六兩 附子一兩 上為細末，煉蜜為丸，如桐子大，常服五七十丸，病大服百丸，空心，食前，<u>溫酒或白湯下</u>，平明服藥至日高，饑則止服。（《素問病機氣宜保命集·中風論》卷中）

（2）**獨聖散** 瓜蒂一兩 上剉，如麻豆大，炒令黃色，為細末，每服量虛實久新，或三錢藥末，茶一錢，<u>酸虀汁一盞調下</u>。（《素問病機氣宜保命集·中風論》卷中》

（3）**腎氣丸** 蒼術一斤，米泔浸 熟地黃一斤 川薑冬一兩，夏五錢，春七錢 五味子半斤 上為細末，棗肉為丸，如梧子大，每服一百丸至二百丸。食前<u>米飲下</u>或酒。治血虛久痔甚效。（《素問病機氣宜保命集·虛損論》卷下）

（4）**槐子散** 生薑四兩，焙 天門冬四兩，去心 枳殼三兩，去穰，炒 甘菊二兩 上為細末，煉蜜丸，如桐子大，<u>茶清或溫酒下</u>一百丸，食後。此藥能愈大風熱。（《素問病機氣宜保命集·眼目論》卷下）

（5）**五苓散** 豬苓去黑皮 茯苓 白術各半兩 桂去皺皮，一分 澤瀉一兩 上為細末，每服二三錢，<u>熱湯調下</u>；惡熱欲冷飲者，<u>新水調下</u>，或生薑湯調下愈妙，或加滑石二兩。甚或喘、嗽咳、煩心不得眠者，更加阿膠半兩炮。（《傷寒直格論方·諸證藥石分劑·白虎湯》卷下）

（6）**五苓散** 豬苓 茯苓各半兩 官桂一分 澤瀉一兩 白術一錢，《活人書》三分，《宣明論》半兩 上為細末，每服二三錢，熱湯調下；惡熱欲冷飲者，新水汲下；或<u>生薑湯調下</u>愈妙，或加滑二兩。（《傷寒心要》）

（7）**比金散** 荊芥、麻黃、白芷、細辛、何首烏、菊花、防風、石膏、川芎、薄荷、全蠍、草烏 上為末，各等分，每服一錢，煎服，

或茶、酒送下。（《傷寒標本心法類萃·比金散》卷下）

（8）半夏一雨，湯洗十遍，去滑令盡，曝乾 右為末，蜜和為丸，如梧子大，一歲每服二丸，暖漿水研化服之，一日三服。（《保童秘要·霍亂》）

（9）又方 紅雪 紫雪各等分，右同細研，一歲兒每用一皂子大，冷水調服之。（《保童秘要·咽喉》）

（10）胡黃連 大黃各一分 梔子二枚 黃芩二分 大麻子四分，別搗如泥 右為末，煉蜜為丸，如梧子大，每服三丸至五丸，溫水研化服之。（《保童秘要·頭面》）

（11）**導滯定功丸** 大椒 術香各一錢 蠍梢三錢 巴豆八個，出油為度 上為末，後入巴豆霜，研勻，醋麵糊和丸，如綠豆大，朱砂為衣，每服五丸至十丸，淡醋湯下。（《黃帝素問宣明論方·藥證方》卷七）

（12）葶藶紙炒 澤瀉 椒目 桑白皮剉 杏仁去皮，麩炒 木豬苓去黑皮，各半雨 上為細末，煉蜜和丸，如桐子大，每服二十丸，蔥白湯下，不計時候，以利為度。（《黃帝素問宣明論方·湧水證》卷一）

（13）**五積丹** 皂莢一挺，一尺二寸，火燒留性，淨盆合之，四面土壅合，勿令出煙 巴豆十二個，白麵一雨五錢同炒，令黃色為度 上為末，醋麵糊為丸，綠豆大，每服十丸，鹽湯下，食後，加減。（《黃帝素問宣明論方·藥證方》卷七）

（14）**六合散** 大黃一雨，紙裹煨 白牽牛半雨，生 黑牽牛微炒 甘遂各半雨 檳榔三錢，生 輕粉一錢 上為細末，每服一錢，蜜水調下服，量虛實加減。（《黃帝素問宣明論方·藥證方》卷十三）

（15）**木香厚朴湯** 木香 掛心 桃仁 陳皮 厚朴各一雨 肉豆蔻 赤石脂各半雨 皂角子三兩，去皮子，醋炙黃 大附三分，炮 上為末，每服二錢，溫粥飲調下，食前。（《黃帝素問宣明論方·藥證方》卷十三）

（16）**朱砂丸** 朱砂 天南星 巴豆霜各一錢 上為末，麵糊和丸，如黍粒大，看病虛實大小，每服二丸；或天弔戴上眼，每服四五丸，薄荷水下，立愈。（《黃帝素問宣明論方·藥證方》卷十四）

（17）**丁香花癬散** 治小兒脾。白丁香 密佗僧 舶上硫磺各一錢 硇砂半錢 輕粉少許 右為細末，每兒一歲服半錢。男病女乳調，女病

男乳調，後用通膈泄。(《儒門事親‧下劑》卷十二)

（18）**溫脾丸** 信一錢 甘草二錢 紫河車三錢 豆粉四兩 右為末，滴水丸，每服半錢，作十丸，臨臥，無根水下。(《儒門事親‧暑門》卷十二)

（19）**治冷淚目昏** 密蒙花 甘菊花 杜疾藜 石決明 木賊去節 白芍藥 甘草各等分 右為細末，茶清調下一錢，服半月後，加至二錢。(《儒門事親‧目疾證》卷十五)

（20）肝之積肥氣丸 在後積藥，依此法服。此春夏藥，秋冬另有加減法，在各條下。秋冬加厚朴半兩，通前一兩，減黃連一錢半。若強風癎，於一料中加人參、茯神、菖蒲各三錢，黃連只依春夏用七錢，雖秋冬不減，淡醋湯送下，空心。(《東垣先生試效方‧五積門‧五積論》卷二)

（21）治結核前後耳有之，或耳下、頷下有之，皆瘰癧也。桑椹二斗，極熟黑色者，以布裂取自然汁，不犯銅鐵，以文武火慢熬，作薄膏子，每日白沸湯點一匙，食後，日三服。(《活發機要‧瘰癧證》)

（22）通關丸一名滋腎丸 治不渴而小便閉，熱在下焦血分也。黃蘗去皮，剉，酒洗，焙 知母剉，酒洗，焙乾，各一兩 肉桂五分 右為細末，熱水為丸，如梧桐子大，每服一百丸，空心，白湯下，頓兩足，令藥易下行故也。如小便利，前陰中如刀刺痛，當有惡物下為驗。(《蘭室秘藏‧小便淋閉門》卷下)

（23）白術一兩二錢 半夏湯洗七次 厚朴薑製，各一兩 陳皮去白，八錢 人參七錢 甘草炙，三錢 枳實麩炒 檳榔各二錢五分 木香一錢 右件為細末，生薑汁浸，蒸餅為丸，如梧桐子大，每服三十丸，溫水送下，食遠。(《內外傷辨惑論‧暑傷胃氣論》卷中)

（24）**當歸和血散** 治腸澼下血，濕毒下血。川芎四分 青皮 槐花 荊芥穗 熟地黃白術各六分 當歸身 升麻各一錢 右件為細末，每服二三錢，清米飲湯調下，食前。(《脾胃論‧論飲酒過傷》卷下)

（25）口瘡痛，五倍子一兩、黃柏蜜炙、活石各五錢、銅綠，末摻。又白薔薇根汁嗽之。(《丹溪手鏡‧肺痿肺癰腸癰》卷之下)

（26）治痛泄　炒白術三兩　炒芍藥二兩　炒陳皮兩半　防風一兩　久瀉

加升麻六錢　右剉，分八貼。<u>水煎或丸服</u>。（《丹溪心法·泄瀉》卷二）

（27）食積與瘀血成痛者；梔子、桃仁、山楂、枳實、吳茱萸。

右為末，<u>生薑汁、順流水作湯</u>，調服。（《金匱鉤玄·疝》卷二》）

（28）五靈脂、荊芥，童便下；鹿角灰，<u>酒下</u>。（《脈因證治·婦

人產胎》卷下）

　　從金元醫籍用例看，NP3 類語義名詞種類多樣，作為服用或調製的飲品主要有水、湯、酒、茶、醋、粥、蜜、汁、乳、露等。據調查，金元醫家對飲品的分類非常細化，各類飲品名詞構成詞彙語義聚合關係。

　　如水，構成聚合關係的詞語有：水（194 次）、溫水（151 次）、熱水（2 次）、熟水（5 次）、涼水（2 次）、冷水（17 次）、新水（44 次）、漿水（11 次）、溫漿水（4 次）、暖漿水（1 次）、冷漿水（1 次）、泔水（1 次）、米泔（2 次）、米泔水（1 次）、粟米泔（2 次）、冰水（2 次）、河水（1 次）、長流水（1 次）、順流水（1 次）、砂糖水（1 次）、新井水（1 次）、薄荷水（2 次）、溫齏水（3 次）、溫熟水（1 次）、無根水（2 次）、豆水（1 次）、墨清水（1 次）、井花水（1 次，又名井華水）等，共 556 次。作為水類服藥飲品，用得最多的是概念名詞水，其次是分化明確的溫水、薪水、冷水。

　　如湯，構成聚合關係詞語有：湯（22 次）、白湯（107 次）、熱湯（11 次）、溫白湯（7 次）、熱白湯（3 次）、蔥白湯（1 次）、熟白湯（1 次）、鹽白湯（3 次）、薑湯（98 次）、溫薑湯（3 次）、淡薑湯（2 次）、米飲（50 次）、溫米飲（11 次）、熱米飲（1 次）、熟米飲（1 次）、米湯（15 次）、溫米湯（1 次）、米飲湯（12 次）、陳米飲（2 次）、稀米飲（1 次）、米飯湯（2）次）、糯米飲（1 次）、清米飲（3 次）、粥飲湯（1 次）、百沸湯（14 次）、醋湯（6 次）、淡醋湯（5 次）、鹽湯（11 次）、淡鹽湯（1 次）、麵湯（2 次）、艾湯（2 次）、薄荷湯（2 次）、白水陳皮湯（1 次）等，共 403 次。作為湯類服藥飲品，用得最多的是白湯（白開水）、其次是薑湯、米飲，再次是概念名詞湯，最後是米湯、百沸湯、鹽湯和熱米飲等。

　　如酒，構成聚合關係詞語有：酒（127 次）、溫酒（72 次）、熱酒（22 次）、暖酒（1 次）、清酒（2 次）、米酒（2 次）、淡酒（4 次）、溫熱酒（1 次）、蔥白酒（1 次）、鱔酒（1 次）、冷酒（2 次）、鹽酒（6 次）、生薑酒（1 次）、胡桃酒

（2次）等，共244次。作為酒類服藥飲品，概念名詞酒占主流，其次是溫酒和熱酒。

如茶，構成聚合關係詞語有：茶（21次），熟茶（1次）、茶清（20次）、溫茶（2次）、淡茶（1次）、冷蔥茶（1次）、孩兒茶（1次）、龍腦臘茶（1次）、熱茶（1次），共計49次，其中茶和茶清是主要服藥飲品。

如醋，構成聚合關係的詞語主要是醋（12次）、淡醋（1次）和茱萸醋（1次），共14次。

如粥，構成聚合關係的詞語主要是蔥粥（1次）、糯米粥（2次）、粥飲（2次）、溫粥（1次），共6次。

如蜜，構成聚合關係的詞語主要是蜜（7次）、蜜水（5次）、溫蜜水（1次），共13次。

如汁，構成聚合關係的詞語主要是薑汁（19次）、薑水（4次）、溫薑汁（3次）、酸薑汁（1次）、羊蹄汁（1次）、羊蹄根汁（1次）、側柏葉汁（2次）、五葉藤汁（1次）、剪刀草汁（2次）、白薔薇根汁（1次）等，共35次。其中薑汁是主要的汁類服用飲品。

如乳，構成聚合關係的詞語主要是女乳、男乳和黑驢乳，各1次，共3次。

另外，還有「露」作為服藥飲品，有1次。例如：

> **內托散** 大黃 牡蠣各半兩 甘草三錢 瓜蔞二個 右為末，水一大盞，
>
> 煎三五沸，去滓，<u>露冷服</u>。（《儒門事親‧下劑》卷十二）

金元醫家根據飲品溫度分為熱湯、溫湯、冷水以及熱酒、溫酒等；根據鹹、淡、濃、烈分為鹽湯和淡鹽湯，醋湯和淡醋湯等。不同種類的飲品反映了不同病症服用時的講究與藥效發揮的選擇，也是對症下藥的臨床經驗總結。從各醫家醫籍的NP3使用頻率看，「水」「湯」「酒」與「茶」是最為常見的服藥飲品。

根據不同病症，金元醫籍的服藥飲品，還出現組合形式，例如：

> （1）《經》言得炅則止，炅者熱也，以熱治寒，治之正也。然腹
>
> 痛有部分，髒位有高下，治之者亦宜分之，如厥心痛者，乃寒邪客
>
> 於心包絡也，前人以良薑、菖蒲大辛熱之味末之，<u>酒醋調服</u>，其痛
>
> 立止，此折之耳。（《東垣先生試效方‧心胃及腹中諸痛門‧心胃及
>
> 腹中諸痛門論》卷二）

> （2）**消積滯集香丸** 治傷生冷硬物不消。京三棱 廣茂 青皮 陳

皮　丁香皮　益智川楝子　茴香各一兩　巴豆和皮米炒焦，五錢　右為細末，
醋糊為丸，如綠豆大，每服五七丸，<u>溫水、生薑湯送下</u>，食前服。
（《蘭室秘藏・勞倦所傷論》卷上）

（3）**熟乾地黃丸**　人參二錢　炙甘草　天門冬湯洗去心　地骨皮　五味
子　枳殼炒　黃連各三錢　黃芩　當歸身酒洗，焙乾，各五錢　柴胡八錢　熟乾地
黃一兩　生地黃酒洗，七錢五分　右件同為細末，煉蜜為丸，如梧桐子大，
每服一百丸，<u>茶湯送下</u>，食後，日進二服。（《蘭室秘藏・眼耳鼻門》
卷上）

（4）**加味青娥丸**　治腎虛腰痛，或風寒中之，血氣相搏為痛。
杜仲薑汁浸炒，十二兩　破故紙水淘，十二兩，芝麻同炒變色，去麻，瓦上焙乾為末　沉
香六兩　胡桃去皮膈，另研，六兩　沒藥另研　乳香另研，各六兩　右為末，用肉
蓯蓉十二兩，酒浸成膏，和劑搗千餘杵，丸如梧桐子大，每服三十
丸，<u>空心溫酒或鹽湯任下</u>。（《蘭室秘藏・腰痛門》卷中）

（5）**加味補陰丸**　治腎虛腰痛並一切腎氣虛憊，筋骨軟弱等證。
人參二兩　熟地酒浸，四兩　枸杞四兩　生地四兩，酒洗　歸身三兩，酒洗　山藥三
兩，微炒　龜板二兩，酒浸炙　虎脛骨二兩，酥炙　鎖陽二兩，酒洗　菟絲子三兩，
酒蒸　杜仲二兩，炒去絲　牛膝二兩，酒洗　骨碎補二兩，搗碎　肉蓯蓉二兩，酒浸
破故紙二兩，炒　右為細末，煉蜜為丸，如梧子大，每服二錢，漸加至
三錢，<u>空心淡鹽湯或溫酒任下</u>。冬月加乾薑五錢。（《蘭室秘藏・腰
痛門》卷中）

（6）**雄黃聖餅子**　治一切酒食所傷。心腹滿不快。雄黃五錢　巴
豆一百個，去油心膜　白麵十兩，重羅過　右件三味內除白麵八九兩，餘藥同
為細末，共麵和勻，用新水和作餅子如手大，以漿水煮，煮至浮於
水上，漉出，控，旋看硬軟搗作劑，丸如梧桐子大，撚作餅子，每
服五七餅子，加至十餅，十五餅，嚼破一餅利一行，二餅利二行，
<u>茶酒任下</u>，食前。（《脾胃論・論飲酒過傷》卷下）

（7）**比金散**（四十九）　荊芥　麻黃　白芷　細辛　何首烏　菊花　防
風　石膏　川芎　薄荷　全蠍　草烏　上為末，各等分，每服一錢，煎服，
<u>或茶、酒送下</u>。（《傷寒標本心法類萃・比金散》卷下）

（8）**潤體丸**　鬱李仁　大黃　桂心　黑牽牛　當歸　黃柏並生用，各半

兩 輕粉少許 右為細末，滴水丸如桐子大。每服三十九至四十丸，<u>溫水或生薑湯下</u>。（《儒門事親·燥門》卷十二）

（9）**藿香散** 治腦風頭痛。藿香 川芎 天麻 蔓荊子 白芷 右<u>槐花酒湯下</u>。（《丹溪手鏡·腦痛》卷之中）

（10）**地黃丸** 生地 天門冬各四兩 炒枳殼 甘菊各二兩 蜜丸，<u>茶酒任下</u>。（《脈因證治·目》卷下）

服藥飲品的組合，是根據病症特徵採取的實際應用。據統計，飲品之間的組合形式有：酒與湯組合（9次）、茶與酒組合（18次）、薑湯與水組合（4次）、酒與米飲組合（1次）、茶與酒組合（4次）、汁與蜜組合（1次）、水與汁組合（1次）、酒與醋組合（1次）、薑湯與酒組合（1次）、水與酒組合（1次），共計41次，主要服藥飲品組合方式是茶與酒的組合。

第四節　NP4 語義類型

名詞作狀語中 NP4 的語義類型雜而多，金元醫籍有 175 例，其中以工具類名詞為主，它包括日常用具名詞和植物類名詞，有 101 例，占比 57.7%。NP4 名詞可以分為：飲食類、工具類、植物類、動物類、藥液類、身體類、火候類、果蔬類、專稱類和調料類。根據 NP4 在各類醫家文獻中的分布，具體如下表。

表 3　NP4 語義類型在金元醫籍文獻中的分布

| 時代 | 作品 | 飲食 | 工具 | | 調料 | 火候 | 藥液 | 它類 | | | | 合計 |
			日常用具	植物				動物	身體	果蔬	專稱	
金 劉完素	素問氣宜	1	2	1	0	0	0	0	0	0	0	4
	傷寒直格	0	0	0	1	0	0	0	0	0	0	1
	保童秘要	0	6	0	0	0	0	0	0	0	0	6
	黃帝素問	2	13	0	2	3	1	0	0	0	0	21
金	儒門事親	6	19	4	5	4	2	1	1	2	2	46
金 李杲	東垣試效	0	2	3	2	0	0	0	0	0	1	8
	活發機要	0	0	0	1	0	0	0	0	0	0	1
	蘭室秘藏	4	5	7	2	0	3	0	0	0	2	23
	內外傷辨	0	0	6	0	0	1	0	0	0	0	7
	脾胃論	0	0	3	0	0	0	0	0	0	0	3

元 朱 丹 溪	丹溪手鏡	0	4	1	6	0	0	0	0	0	0	11
	丹溪心法	0	4	3	1	3	2	0	0	0	0	13
	格致餘論	0	0	0	0	1	0	0	0	0	0	1
	金匱鉤玄	0	0	0	0	0	0	0	0	0	0	2
	脈因證治	0	14	2	7	3	2	0	0	0	0	28
備 註	總計	13	69 101	32	27	14	11	1 9	1	2	5	175
	比例	7.4%	57.7%		15.4%	8%	6.3%	5.1%				100%

（一）NP4：食物類

食物類名詞有 13 例，占比 7.4%。它主要是麵、餅、酒麵糊、雜豬羊血、羊骨髓、軟米、餅麵、粳米、米粉、燒飯等。這些食物類名詞一般作為製藥的原料來使用，作為動作行為的受事 NP 直接用在 VP 前，充當狀語。例如：

（1）一法治翻胃吐食，用橘皮一個，浸少時，去白，裹生薑一塊，<u>麵裹紙封</u>，燒令熟，去麵，外生薑為三番，並橘皮煎湯，下紫沉丸一百丸，一日二服，得大便通，至不吐則止。（《素問病機氣宜保命集・吐論・紫沉丸》卷中）

（2）**粉霜丸** 粉霜 硇砂 海蛤 寒水石燒粉 玄精石 白丁香 頭白麵各二錢 輕粉三錢 海金砂一錢 上研勻，著紙裹數重，上使麵裹，又紙裹，冷酒蘸了，桑柴火燒麵熱為度，<u>宿證餅和丸</u>，如桐子大，每服三丸，生薑湯下，一日三服，二日加一丸，至六日不加即止，以補之妙。（《黃帝素問宣明論方・藥證方》卷八）

（3）**水中金丹** 陽起石研 木香 乳香研 青鹽各一分 茴香炒 骨碎補炒 杜仲各半兩，去皮，生薑炙絲盡 白龍骨一兩，緊者，捶碎，絹袋盛，大豆蒸熟，取出，焙乾研 黃戍腎一對，酒一升，煮熟，切作片子，焙 入白茯苓一兩，與腎為末，上為細末，<u>酒麵糊和丸</u>，如皂子大，每服二丸，溫酒下，空心，忌房室。（《黃帝素問宣明論方・藥證方》卷十二）

（4）戴人診其兩手脈俱滑大，脈雖滑大，以其且妊，不敢陡攻，遂以食療之。<u>用花椒煮菠菱葵菜，以車前子苗作茹，雜豬羊血作羹</u>，食之半載，居然生子，其婦燥病方愈。（《儒門事親・孕婦便結》卷七）

（5）**握宣丸** 檳榔 肉桂 乾薑 附子 甘遂 良薑 韭子 巴豆各等

分 入硫黃一錢 右為細末，<u>軟米和丸</u>桐子大。早晨先椒湯洗手，放溫
揩乾，用生油少許泥手心，男左女右，磨令熱握一丸，宣一二行。
（《儒門事親‧下劑》卷十二）

（6）**白虎湯** 知母一兩半，去皮 甘草一兩 糯米一合 石膏四兩，亂紋者，另研此末。 右剉如麻豆大，<u>粳米拌勻</u>，另水一盞，煎至六分，去滓溫
服，無時，日三四服。或眩嘔者，加半夏半兩，薑汁製過用之。（《儒
門事親‧暑門》卷十二）

（7）**便癰方** 又方 生蜜，<u>米粉調服</u>，休吃飯。利小便為度。（《儒
門事親‧瘡瘍癰腫》卷十五）

（8）**辟穀方** 又方，茯苓餅子 白茯苓四兩，為末 頭白麵一二兩 右
同調水煎，<u>餅麵稀調</u>，以黃蠟代油塼成煎餅，蠟可用三兩。（《儒門
事親‧辟穀絕食》卷十五）

（9）**治小兒癬雜瘡** 白膠香 黃蘗 輕粉 右為細末，<u>羊骨髓調塗</u>
<u>癬上</u>。（《儒門事親‧瘡瘍癰腫》卷十五）

（10）**枳術丸** 治痞，消食強胃。枳實麩炒黃色，一兩 白術二兩 右
為極細末，荷葉裹，<u>燒飯為丸</u>，如綠豆一倍大，每服五十丸，白湯
下，不拘時候，量所傷多少，加減服之。（《蘭室秘藏‧胃脘痛門》
卷上）

（二）NP4：工具類‧日常用具類

日常用具類名詞主要有磁合、盆、甌、竹筒、綿、絹、油單、紙、紙撚子、
衣被、絹袋子、雞翎、燔針、麻、熱熨斗、熱布、碗、香油釜、瓦器、線等。
工具類名詞是用作儲存、服藥、包裹、覆蓋等用途，往往省略介詞，放在 VP
前直接作狀語。例如：

（1）樺皮四兩，燒灰 荊芥穗二兩 甘草半兩，炙 杏仁二兩，去皮尖，用
水一碗於銀器內熬，去水一半，放，令乾 枳殼四兩，去穰，用炭火燒欲灰，於濕紙上令
冷 上件除杏仁外，餘藥為末，將杏仁別研細，次用諸藥令勻，<u>磁合</u>
<u>放之</u>，每服三錢，食後，溫酒調下。（《素問病機氣宜保命集‧癧風
論》卷上）

（2）又方 棗一斗，鍋內入水，上有四指，用大戟並根苗蓋之

遍，<u>盆合之</u>，煮熟為度，去大戟不用，旋煮旋吃，無時，盡棗決愈，神效。（《素問病機氣宜保命集・腫脹論・取穴法》卷下）

（3）**又方** 青羊糞_{不計多少} 右曝乾，輕炒，<u>綿裹塞耳中</u>，日再換。（《保童秘要・耳》）

（4）面東頂禮，一丸，<u>淨器盛水送下</u>，如合藥即淨處，面東，每一丸密念咒三遍，或病人不能咒，請人咒，或師氏咒過……。（《黃帝素問宣明論方・藥證方・信香十方青金膏》卷七）

（5）**盧同散** 款冬花 井泉石 鵝管石 鍾乳石 官桂 甘草 白礬 佛耳草各等分 上為末，每服一錢，<u>竹筒子吸吃</u>，日三服，立效。（《黃帝素問宣明論方・藥證方》卷九）

（6）**何首烏丸** 何首烏_{半斤} 肉蓯蓉_{六兩} 牛膝_{四兩} 上將何首烏半斤，用棗一層，何首烏<u>甑內蒸棗</u>軟用，切，焙，同為末，棗肉和丸，如桐子大，每服五七丸，嚼馬蓮子服，溫酒送，食前，一服加一丸，日三服，至四十九即止，卻減至數，效如神妙。（《黃帝素問宣明論方・藥證方》卷十二）

（7）**通天散** 赤芍藥 川芎 黃連 黃芩 玄胡索 草烏頭 當歸 乳香別研，各等分 上為細末，每服少許，<u>紙撚子蘸藥</u>，任之鼻嗅，神效。（《黃帝素問宣明論方・藥證方》卷十四）

（8）**膽礬丸** 土馬騌_{燒存性} 石馬騌_{燒存性} 半夏各一兩 生薑_{一兩} 胡桃_{十個} 真膽礬_{半兩} 川五倍子_{一兩} 上為末，和作一塊，<u>絹袋子盛</u>，如彈子大，熱酒水各少許，浸下藥汁，淋洗頭髮，一月神效。（《黃帝素問宣明論方・藥證方》卷十五）

（9）**龍腦地黃膏** 川大黃_{別搗} 甘草_{橫紋者，別搗} 麝香_{各一錢，別研} 雄黃_{水窟者，一分，別研} 生腦子_{一錢，別研} 上五味，修合製了，再入乳缽內，同研細，煉蜜為膏，<u>油單裹</u>，如有前病，煎薄荷湯下，旋丸如皂子大，化下；如小兒、大人睡驚及心神恍惚，煎金銀湯下一丸，常服新汲水下，大解暑毒。（《黃帝素問宣明論方・藥證方》卷十四）

（10）古鄆一講僧，病泄瀉數年，丁香、豆蔻、乾薑、附子、官桂、烏梅等燥藥，<u>燔針燒臍炳腕</u>，無有闕者。（《儒門事親》卷六《泄瀉》）

（11）凡傷寒疫癘一法，若無藥之處，可用酸虀汁一大碗，煎三五沸，去菜葉，飲訖，候少時，用釵子咽喉中探吐，如此三次。再煎蔥醋湯投之，<u>衣被蓋覆</u>，汗出而瘥。（《儒門事親·風論》卷十一）

（12）**拔毒散** 寒水石不以多少，燒令赤。右研為末，以新水調，<u>雞翎掃痛處</u>。（《儒門事親·獨治於外者》卷十二）

（13）**治雀目** 真正蛤粉炒黃色為細末。右油蠟就熱和為丸如皂子，納於豬腰子中，<u>麻纏</u>，蒸熟食之，可配米粥。（《儒門事親·目疾證》卷十五）

（14）鼻衄不止，或素有熱而暴作，諸藥無驗，以白紙一張，作八牒或十牒，於極冷水內，濕紙置頂中，<u>熱熨斗熨至一重或二重紙乾</u>，立止。（《東垣先生試效方·衄吐嘔唾血門·治鼻衄不止法》卷三）

（15）**四聖散** 治婦人赤白帶下。川烏炮製 生白礬各一錢 紅娘子三個 斑蝥十個 煉蜜為丸，如皂子大，<u>綿裹坐之</u>。（《蘭室秘藏·婦人門》卷中）

（16）**陰脫** 又，蛇床子炒，<u>熱布裹</u>，熨之。（《丹溪手鏡·婦人胎產》卷之下）

（17）**十灰散** 大薊 小薊 柏葉 荷葉 茅根 茜根 大黃 山梔 牡丹皮 棕櫚灰 右等分、燒灰存性，研細用紙包，<u>碗蓋地上一夕</u>，出火毒。（《丹溪心法·勞瘵》卷二）

（18）**益陰散** 治陽浮陰翳，咯血、衄血。柏 連 芩以蜜水浸，炙乾 芍 參 術 乾薑各三錢 甘草炙，六錢 雨前茶一兩二錢 <u>香油釜炒紅</u>，米飲下三四錢，立安。（《脈因證治·吐衄下血》卷上）

（19）**春雪膏** 點眼。朴硝置生腐上蒸，待流下，<u>瓦器接之</u>。（《脈因證治·目》卷下）

（20）**治** 喘年深，時作時止。雄豬肚一個，治如食法，入杏仁四五兩，<u>線縫</u>，醋三碗，煮乾取出。先食肚，次以杏仁新瓦焙，撚去皮，旋食，永不發。（《脈因證治·喘》卷上）

（三）NP4：工具類・植物類

植物類 NP4 一般是植物的某一部位，作為謂語中心語 VP 的受事工具，在製藥前或過程中充當包裹、攪拌、針刺等用途或作為敷用的藥物，往往省略了介詞「以」「用」或「把」，共 32 例。這類名詞如「桃枝或柳枝」「柳條」「草莖」「荷葉」「青竹葉」「茜根」「燈草」和「薑茶粉草」等。例如：

（1）**膏藥方** 好芝麻油半斤 當歸半兩 杏仁四十九個，去皮 桃柳枝各四十九條，長四指 上用桃、柳二大枝，新綿一葉包藥，繫於一枝上，內油中，外<u>一枝攪</u>，於鐵器內煎成，入黃丹三兩，一處熬，水中滴成不散為度。《素問病機氣宜保命集・瘡瘍論・膏藥方》卷下）

（2）**善應膏藥** 黃丹二斤 南乳香另研 沒藥另研 當歸 木鱉子生用 白薟生用 白礬生用 官桂三寸 杏仁生 白芷各一兩 新柳枝各長一斤 右除黃丹，乳沒等外，八件用芝麻油五斤，浸一宿，用鐵鍋內煎，令黃色。藥不用，次入黃丹鍋內，<u>柳條攪令黃色</u>，方可掇下。用柳枝攪出大煙，入乳沒勻，令冷，傾在瓷盆內，候藥硬，用刀子切作塊，油紙裹。(《儒門事親》卷十五《瘡瘍癧腫》)

（3）**又方** 桑柴灰、石灰，淋汁熬成膏。<u>草莖刺破點</u>，以新水沃之。忌油膩等物。(《儒門事親・瘡瘍癧腫》卷十五)

（4）**九仙散** 九尖蓖麻子葉三錢 飛過白礬二錢 右用豬肉四兩，薄批，棋盤利開摻藥。<u>二味荷葉裹</u>，文武火煨熱，細嚼，白湯送下後，用乾食壓之。(《儒門事親・咳嗽痰涎》卷十五)

（5）**半夏枳術丸** 治傷冷物，心腹痞滿，嘔噦不止。半夏一兩，湯洗七次 枳實麩炒，一兩 乾生薑一兩 白術二兩 上件為末，<u>荷葉燒飯為丸</u>，如梧桐子大，每服五十丸，溫水下，食後。(《東垣先生試效方・飲食勞倦門・勞倦所傷論》卷一)

（6）**橘皮枳術丸** 治元氣虛弱，飲食不消，或臟腑不調，心下痞悶。橘皮 枳實麩炒黃色，各一兩 右為極細末，<u>荷葉裹</u>，燒飯為丸，如綠豆一倍大，每服五十丸，白湯下，量所傷加減服之。(《蘭室秘藏・胃脘痛門》卷上)

（7）**易水張先生枳術丸** 白術二兩 枳實麩炒黃色，去穰，一兩 右同為極細末，<u>荷葉裹燒飯為丸</u>，如梧桐子大，每服五十丸，多用白湯

下，無時。(《內外傷辨惑論・辨內傷飲食用藥所宜所禁》卷下)

（8）**脾泄丸** 白術二兩炒 神曲一兩半炒 山楂 半夏兩半 芍藥酒炒一兩 黃芩一兩半炒 蒼術五錢。虛，加參、術、草；裏急後重，加檳榔，木香。荷葉煨飯丸。(《丹溪手鏡・泄瀉》卷之中)

（9）**豬腎丸** 黑牽牛碾細末二錢半，入豬腎中，以線繫，青竹葉包，慢火煨熟，空心溫酒嚼下。(《丹溪心法・漏瘡》卷二)

（10）戴云：滿日生瘡者便是。薑茶粉草敷之。(《金匱鉤玄・口糜》卷三)

（11）**爛翳驗方** 茜根燒灰，燈草點之，須臾大痛，以百節草刑去之。(《脈因證治・目》卷下)

（四）NP4：調料類

調料類 NP4 一般是日常生活的油製品或醋鹽等名詞，如「油」「溫香油漿」「清油」「小油」「香油」「芝麻油」「臘豬油」「豬脂」和「醋鹽」。它們作為謂語中心語 VP 的受事，是藥物調製過程中的原料或藥引。作狀語時，句法環境中省略介詞「以」或「用」，共 27 例，如：

（1）催產，溫香油漿調下五錢，並二三服，以產為度。(《傷寒直格論方・諸證藥石分劑・益元散》卷下)

（2）**吳茱黃** 牛蒡子 荊芥各一分 牡蠣半兩 輕粉半錢 信砒二錢 上為細末，研勻，每臨臥抄一錢，油調，遍身搓摩，上一半，如後有癢不止，更少許塗之，股髀之間，聞香悉愈。(《黃帝素問宣明論方・藥證方・如意散》卷十五)

（3）**治破傷風** 又方 天南星半生半熟 防風去蘆，二味各等分 右為末，清油調，塗瘡上，追去黃水為驗。(《儒門事親・破傷風邪》卷十五)

（4）**燒燙火方** 多年廟驢上，與走獸為末，小油調，塗燒燙火瘡，效。(《儒門事親・瘡瘍癰腫》卷十五)

（5）**保生救苦散** 生寒水石 大黃火煨 黃檗油炒，上各等分 上為細末，小油調塗之，若干上亦得，其痛立止，與無瘡同，不作膿，無分毫苦楚，日近完膚，久無破傷風證。(《東垣先生試效方・瘡瘍門・瘡瘍治驗》卷三)

（6）**冰霜散**　治火燒，皮爛大痛。寒水石生　牡蠣燒　朴硝　青黛各一兩　輕粉一錢　上為細末，新水或<u>油調塗</u>，立止。（《活發機要・瘡瘍證》）

（7）**獨聖散**　治湯泡破，火燒破，瘡毒疼痛。生白礬　右為細末，<u>芝麻油調</u>，掃瘡破處，不拘時候。（《蘭室秘藏・瘡瘍門》卷下）

（8）**惡瘡**，霜後凋殘芭蕉葉乾末，<u>香油調敷</u>，油紙掩。先洗，用忍冬藤、金絲草、蔥、椒煎。又，松上白蟻、黃丹各燒黑，<u>香油調敷</u>，外有油紙掩上，日易，後用龍骨為末，摻口上收肉。又，黃丹、<u>香油煎</u>，入朴硝抹上。（《丹溪手鏡・瘰癧》卷之下）

（9）**解毒丹**　紫背車螯大者，鹽泥固濟，煆紅，出火毒，甘草膏丸，甘草湯下。惡物，用寒水石煆紅入甕，沉井中，<u>臘豬油調傳</u>。（《脈因證治・癰疽》卷下）

（10）**唇緊燥裂生瘡**　用青皮燒灰，<u>豬脂調敷</u>。夜臥頭垢亦可。（《脈因證治・瘡瘍》卷下）

（11）**惡瘡**　霜後凋蕉葉乾末傳，<u>香油調</u>，油紙掩。先用忍冬藤、蔥、椒、金絲草洗，松上白蟻泥、黃丹炒黑，<u>香油調敷</u>，外用油紙夾上，日換。後用龍骨末藥於口上收肉，黃丹入香油煎，入朴硝抹瘡上。（《脈因證治・瘡瘍》卷下）

（12）**舌腫破**　鍋底煤，即鍋底煙，<u>醋鹽傳</u>。（《脈因證治・舌》卷下）

（五）NP4：火候類名詞

火候類 NP4 主要是中醫熬製、煨藥、燒麵時的火候名詞，如「慢火」「文火」「文武火」和「桑柴火」等，共 14 例。它們作為受事名詞，是謂語中心語 VP 使用的對象，放在 VP 前作狀語，省略憑藉的介詞「以」或「用」。例如：

（1）**茵陳湯**　茵陳蒿一名茵陳，一兩，去莖　大黃半兩　大梔子七個，色深、堅實、好者，稍小者，用十個　上剉，如麻豆大，水二盞半，<u>慢火煮至</u>一盞，絞汁，溫服，以利為度；甚者再作，當下如爛魚肚及膿血膠膿等物，及小便多出金色，如皂莢汁，或見證將發黃，此一劑分作四服，調五苓散三錢。凡治發黃者，無越此法妙。（《黃帝素問宣明論方・傷寒方》卷六）

（2）**粉霜丸** 粉霜 硇砂 海蛤 寒水石燒粉 玄精石 白丁香 頭白麵各二錢 輕粉三錢 海金砂一錢 上研勻，著紙裹數重，上使麵裹，又紙裹，冷酒蘸了，<u>桑柴火燒麵熱為度</u>，宿證餅和丸，如桐子大，每服三丸，生薑湯下，一日三服，二日加一丸，至六日不加即止，以補之妙。（《黃帝素問宣明論方・藥證方》卷八）

（3）**九仙散** 九尖蓖麻子葉三錢 飛過白礬二錢 右用豬肉四兩，薄批，棋盤利開摻藥。二味荷葉裹，<u>文武火煨熱</u>，細嚼，白湯送下後，用乾食壓之。（《儒門事親・咳嗽痰涎》卷十五）

（4）**坐劑** 治大便久秘，攻之不透者用之。又用蜜不計多少，<u>慢火熬令作劑</u>，稀則黏手，硬則脆，稀稠得所，堪作劑。搓作劑樣，如棗核大，粗如箸，長一寸許。蘸小油，內於肛門中，坐良久自透。有加鹽少許，以《素問》鹹以軟之。（《儒門事親・諸雜方藥》卷十五）

（5）**入方** 青蒿一斗五升，童便三斗，<u>文武火熬</u>，約童便減至二斗，去蒿再熬，至一斗，入豬膽汁七枚，再熬數沸，甘草末收之，每用一匙，白湯調服。（《丹溪心法・勞瘵》卷二）

（6）以黃牡牛擇肥者，買一二十斤，長流水煮糜爛，融入湯中為液，以布濾出渣滓，取淨汁再入鍋中，<u>文火熬成琥珀色則成矣</u>。每飲一盅，少時又飲，如此者積數十盅，寒月則重湯溫而飲之。（《格致餘論・倒倉論》）

（7）**應痛丸** 阿魏二兩，醋和喬麥麵裹，<u>火煨熟</u>；檳榔大者二個，刮空，滴乳香滿盛，將刮下末，用蕎麥拌作餅，<u>慢火煨</u>。右細末，入硇砂一錢，赤芍一兩，同為末，麵糊搜和，丸如梧子大，鹽酒下。（《脈因證治・疝癩》）

（六）NP4：藥液類名詞

藥液類 NP4 主要是中醫上有藥用價值的液體名詞如常見的「唾液」「津液」「唾津」「津唾」和「童便」等，其中「童便」又稱「童子尿」或「回魂湯」，共 11 例。它們在調塗瘡口上有臨床效果。例如：

（1）**鉛紅散** 舶上硫黃 白礬灰各半兩 上為末，少許入黃丹染，與病人面色同，每上半錢，<u>津液塗之</u>，洗嗽罷，臨臥再服防風通聖

散，效速。（《黃帝素問宣明論方・藥證方》卷三）

（2）**治小兒疝氣腫硬** 地龍不去土 為末，唾津調，塗病處。（《儒門事親》卷十五《小腸疝氣》）

（3）**治破傷風** 病人耳塞并爪甲上刮末，唾津調，塗瘡口上立效。無瘡口者難用。（《儒門事親・破傷風邪》卷十五）

（4）**安神丸** 黃連一錢五分，酒洗 朱砂一錢，水飛 酒生地黃 酒當歸身 炙甘草各五分 右件除朱砂水飛外，搗四味為細末，同和勻，湯浸蒸餅為丸，如黍米大，每服十五丸，津唾咽下，食後。（《蘭室秘藏・瘡瘍門》卷下）

（5）**朱砂安神丸** 朱砂五錢，另研水飛為衣 甘草五錢五分 黃連去鬚淨，酒洗，六錢 當歸去蘆，二錢五分 生地黃一錢五分。右件除朱砂外，四味共為細末，湯浸蒸餅為丸，如黍米大，以朱砂為衣，每服十五丸或二十丸，津唾咽下，食後，或溫水、涼水少許送下亦得。此近而奇偶，制之緩也。（《內外傷辨惑論・飲食勞倦論》卷中）

（6）**蛇蛻散** 蛇皮焙焦 五倍子 龍骨各二錢半 續斷五錢 右為末，入麝香少許，津唾調傅。（《丹溪心法・漏瘡》卷二）

（7）氣虛者四君子湯，血虛者四物湯，痰多者二陳湯送下，熱甚者童便下。（《丹溪心法・瘟疫》卷一）

（8）**下死胎** 肉桂二錢 麝五分，同下。又方，朴硝半兩，童便下。（《脈因證治・婦人產胎》卷下）

（9）五靈脂、荊芥，童便下；鹿角灰，酒下。（《脈因證治・婦人產胎》卷下）

（七）NP4：它類

它類 NP4 主要是動物類、身體類、果蔬類和專稱類名詞。這類名詞是謂語中心語 VP 支配的對象，作狀語，句法上省略介詞「以」或「用」。動物類如概念類名詞「五畜」，身體類如身體部位名詞「左手」，果蔬類如概念類名詞「五果」「五菜」，專稱類如概念類名詞「藥」或「此藥」，共 9 例。如：

（1）故病蹶之後，莫若以五穀養之，五果助之，五畜益之，五菜充之，相五臟所宜，毋使偏傾可也。（《儒門事親・推原補法利害非輕說》卷二）

（2）右用法之人，每念一遍，望日取氣一口，吹在手心自揉之。如小兒病在左臂上，用法之人亦<u>左手</u>揉之；在右臂以右手揉之。（《儒門事親·身瘦肌熱》卷五）

（3）生肌敢 黃連三錢 密佗僧半兩 乾胭脂二錢 雄黃一錢 綠豆粉二錢 輕粉一錢 右為細末，以溫漿水洗過，用無垢軟帛搵淨，<u>藥</u>貼之，大有效矣。（《儒門事親·獨治於外者》卷十二）

（4）**治瘡無頭者** 又方 皂角刺燒灰陰乾。右為末，每服三錢。酒調，嚼葵菜子三五個，<u>前藥送下</u>大效。（《儒門事親·瘡瘍癰腫》卷十五）

（5）**秦艽防風湯** 治痔漏，每日大便時發疼痛，如無疼痛，非痔漏也，<u>此藥</u>主之。（《東垣先生試效方·痔漏門·痔漏論》卷七）

（6）**柴胡升麻湯** 治男子婦人四肢發熱，肌熱，筋骨熱，熱如火燎，以手捫之烙人手。夫四肢者，屬脾土也。熱伏地中，此病多因血虛而得之，又有胃虛過食冷物，鬱遏陽氣於脾土之中，<u>此藥</u>主之。（《蘭室秘藏·瘡瘍門》卷下）

（7）四肢厥逆，身體沉重，不能轉側，頭不可以回顧；小便溲而時躁，<u>此藥</u>主之。秋冬寒涼大復氣之藥也。（《蘭室秘藏·胃脘痛門》卷上）

第五節 小 結

名詞作狀語在金元醫籍文獻中體現出了它的語料特色和語言特質：

（一）名詞作狀語的 NP1 主要是飲品類名詞，其次是湯劑類名詞，最後是散劑、丹丸、膏藥和藥性類名詞，它們在中醫病症臨床實踐中，形成了醫家用藥的優選等級詞序。同一類湯劑類名詞中，體現了四大醫家治病理論的特徵。如朱丹溪世稱「養陰派」，主張滋陰養身，他的湯劑多為清滋養陰，湯劑類名詞占比 43%，如<u>黃芪湯</u>主之；<u>茯苓湯</u>主之等。劉完素世稱「寒涼派」主張降火，以寒涼藥劑治病，他的湯劑多為寒涼藥劑，湯劑類名詞占比 39%，如<u>黃連解毒湯</u>調之；<u>薄荷湯</u>調下；<u>柴胡飲子</u>主之等。NP1 中以性味名詞占比比較多的是《儒門事親》，統計出來的性味名詞有 18 個，主要是「辛涼、辛溫、寒劑、

清劑」，張從正用這些性味藥劑來「攻下」或「驅邪」，闡明瞭他的醫學立場與主張，世稱「攻下」派。如「辛涼解之」「辛溫解之」「清劑、寒劑奪之」等。組合類 NP1 作狀語，體現了醫家因病制方，辯證論治的醫理。組合類 NP1 占比較多的是朱丹溪《丹溪手鏡》，有 15 例，比如「痰而熱者，柴胡湯加石膏主之。痰而寒者，小青龍加杏仁主之。」這是湯劑類名詞與膏藥、中藥材名詞的組合作狀語。

（二）名詞作狀語 NP2 主要是中藥材原料，用藥比較凸顯的是元朱丹溪醫家，尤其是其醫籍有 72 例，占比 68%。這些中藥材也主要是滋陰養身的原料，體現了他的一貫醫學主張「養陰」。如「參、芪主之」「宜羌活、芎主之」「芍藥、陳皮主之」「芩、連、參、芪主之」等。

（三）名詞作狀語 NP3 主要是飲品類名詞，主要是水、湯、酒、茶、醋、粥、汁、乳、蜜、露等。它們作為服藥的輔助材料，必不可缺，在整個名詞作狀語的 NP 中占比最多，占 57.4%。不同的病症，採用不同的飲品來輔助，體現了醫家用藥主張，也體現了不同藥物發揮最大功效的選擇性特徵。比如治驚悸病症，「熱則水下，寒則薑湯下。」（《丹溪手鏡・驚悸》卷之中）又如治鼻淵炎症，「孩兒茶服。（《脈因證治・鼻》卷下）」治浮腫，用「米飲湯吞下。（《金匱鉤玄・子腫》卷三）」

（四）名詞作狀語 NP4 主要是工具類名詞，占比 57.7%，與其他名詞作狀語形成的優選等級詞序是：工具類＞調料類＞火候類＞食物類＞藥液類＞其他。這些名詞作為受事名詞，放在謂語中心語 VP 的前面，直接作狀語，在句法環境中，語義缺省介詞「以」「用」和「把」。同理，NP1／NP2／NP3 直接作狀語，省略了介詞，用在 VP 前，起修飾、限定作用。

（五）名詞作狀語的語義類型，在金元醫籍中主要表示材料、工具。名詞作狀語的語義類型，與 NP 的語義類型密不可分。NP 體現出了非醫籍語料的獨特性，它可以分為 4 大類 18 小類。第一大類 NP1：中成藥名詞，如湯劑類名詞、散劑類名詞、丹丸類名詞、膏藥類名詞、性味類名詞、組合類中成藥名詞；第二大類 NP2：中藥材名詞；第三大類 NP3：飲品類名詞；第四大類 NP4：雜類名詞，如飲食類名詞、工具類名詞、植物類名詞、調料類名詞、動物類名詞、藥液類名詞、身體類名詞、火候類名詞、果蔬類名詞以及專稱類名詞。金元醫

籍作狀語的 NP 在語義上表現出的特徵是有指性，弱空間性、無界性凸顯，性狀義不凸顯。〔註6〕作狀語的 NP 體現出了與先秦漢語名詞不一樣的特徵。

〔註6〕劉倩倩《古今漢語名詞作狀語的比較研究》（2013）碩士學位論文說「研究表明，在語義上用作狀語的名詞都具有這樣的特點：無指性、弱空間行、性狀義的凸顯。」金元醫籍名詞性詞語作狀語時，名詞無界性、有指性凸顯，而且性狀義不凸顯。沈家煊《「有界」與「無界」》（《中國語文》1995 年第 5 期）一文指出「無界事物的內部是同質的，有界事物的內部是異質的。例如水，不管怎麼分割，分出的任何一部分都仍然是水。」根據金元醫籍名詞性詞語作狀語的特性看，NP 基本上是無界名詞。

第六章　名詞作狀語時謂語中心語 VP 的語義分析

　　名詞作狀語中的 NP 與 VP 之間形成一種構式，不僅與名詞語義性質有關，也與 VP 的語義限制有關。學者大多關注到了先秦漢語與現代漢語名詞作狀語時 VP 的語義，忽略了近代漢語金元醫籍語料中名詞作狀語時 VP 的特性。相關研究，如崔四行（2009）《名詞作狀語的韻律句法研究》從音節組配模式研究了 V 單和 V 雙的名詞作狀語的韻律特點，認為「N 雙＋V 單在現代漢語中是很受限的一種音組模式」〔註1〕。近代漢語中這種音組模式並不受限制，數量分布較廣。張文（2011）《漢語名詞作狀語問題的研究》，認為「單音節介詞時，謂語中心語的音節數和整個謂語的有界無界共同決定介詞的隱現」〔註2〕。他從謂語中心語的音節和有界無界的特性研究名詞作狀語時介詞的隱現機制。劉倩倩 2013 年的碩士論文《古今漢語名詞作狀語的比較研究》，指出古代漢語中名詞作狀語所修飾的動詞是動作行為動詞，表示比喻類的 N 狀修飾的動詞多為內動詞，表身份類和憑藉類的 N 狀修飾的動詞是外動詞，作狀語的名詞和所修飾的動詞有音節限制，動詞幾乎為單音節動詞，並認為現代漢語中「N 地 V」狀中格式「V」大多為動作行為動詞，多為及物動詞。

〔註1〕崔四行：《名詞作狀語的韻律句法研究》，《華中學術》2009 年第 2 期。
〔註2〕張文：《漢語名詞作狀語問題的研究》，《哲學與人文科學輯》2011 年第 S1 期。

　　根據金元醫籍名詞作狀語的特性，謂語中心語都是動作動詞，從 NP＋VP 形成的構式看，謂語中心語 VP 語義可分為五類，如製藥義、醫治義、給藥義、湧吐義和它類義。謂語中心語 VP 的統計頻率如下表。

表4　金元醫籍名詞作狀語謂語中心語 VP 的語義頻率

時代	作　品	VP 語義類型						合計
		製藥義	醫治義	給藥義		湧吐義	它類義	
				服藥	用藥			
金劉完素	素問玄機原病式	0	5	0	0	0	0	5
	素問病機氣宜保命集	35	57	80	0	0	2	174
	劉河間傷寒醫鑒	0	9	4	0	0	0	13
	新刊圖解素問要旨論	0	2	0	0	0	0	2
	傷寒直格方	2	39	14	1	0	0	56
	傷寒心要	4	13	4	0	0	0	21
	傷寒標本心法類萃	34	26	13	2	2	0	77
	保童秘要	5	0	62	0	0	0	67
	黃帝素問宣明論方	38	62	168	7	0	3	278
	張子和心鏡別集	0	0	0	0	0	0	0
金	儒門事親	92	30	171	21	5	10	329
	丹溪脈訣指掌	0	0	0	0	0	0	0
金李杲	東垣試效方	5	19	56	2	1	1	84
	活發機要	31	10	31	1	0	0	73
	蘭室秘藏	35	7	74	0	0	0	116
	內外傷寒惑論	17	10	28	0	0	0	55
	脾胃論	5	2	19	0	0	0	26
	藥類法象	1	0	0	0	0	0	1
	醫學發明（節本）	3	29	34	0	0	0	66
	醫學發明（殘本）	0	0	3	0	0	0	3
	用藥心法	0	1	0	0	1	0	2
元朱丹溪	本草衍義補遺	1	0	3	0	0	0	4
	丹溪手鏡	24	113	69	13	4	0	223
	丹溪心法	65	18	121	8	0	1	213
	格致餘論	2	0	0	0	0	0	2
	金匱鉤玄	13	1	28	2	0	0	44

	局方發揮	16	25	0	7	0	0	41
	脈因證治	57	51	101	12	3	3	227
備註	總計	485	529	1083	69	16	20	2202
	比例	22.00%	23.80%	49.10%	3.50%	0.70%	0.90%	100%

　　表中數據表明：金元各醫家醫籍中 NP 作狀語時，謂語中心語 VP 以服藥動詞為主，其次是醫治義動詞，再次是製藥義動詞，最後是用藥義動詞和湧吐義動詞都有相當數量的用例，它類義動詞基本上是單音節動詞，用例零散，歸為一類。

第一節　製藥義 VP

　　金元醫籍是金元醫家的醫學經典著作，藥方的陳述、診治的方案和醫學理論的闡發都離不開製藥動詞 VP。調查的醫籍語料，據統計製藥義動詞以「煎」（169 次）為主流，其他動詞有：調（94 次）、浸（40 次）、裹（38 次）、燒（21 次）、煮（11 次）、羅／羅過（2 次）、和／攪和（13 次）、潑（1 次）、為（13 次）、穿作（1 次）、滾（1 次）、燎（1 次）、蒸（2 次）、洗（6 次）、攪（2 次）、淬（2 次）、封（5 次）、作（2 次）、拔（1 次）、製（3 次）、打（4 次）、濾（2 次）、拌／拌勻（1 次）、研（8 次）、熬（7 次）、煨（7 次）、固（3 次）、糊（3 次）、薰（1 次）、纏（1 次）、包（2 次）、縫（1 次）、搗／搗絞／搗取（4 次）、搜和（1 次）、炒／浸炒（9 次）、漬（1 次）、收（1 次）等，共計 38 類動詞（不計重複）。製藥義 VP 的各種動詞，語義上形成詞匯聚合關係。製藥動詞基本上都是單音節詞，複音詞比較少，VP 後可以帶賓語，也可以不帶賓語，以不帶賓語為常。帶賓語的大部分是文言指代詞「之」，不帶賓語的或省略賓語，大都是語境缺省，可以補出。各醫籍的製藥動詞 VP 頻率如下表。

表 5　金元醫籍名詞作狀語時製藥義 VP

製藥義VP	保童秘要	黃帝素問	傷寒心要	傷寒標本	傷寒直格	素問氣宜	儒門事親	東垣試效	活法機要	蘭室秘藏	內外傷寒	脾胃	藥類發象	醫學發明	脈因證治	丹溪手鏡	格致餘論	局方發揮	本草衍義	金匱鈎玄	丹溪心法	合計
煎	4	0	1	29	1	14	22	0	28	0	0	0	0	0	8	9	0	8	0	1	44	169
羅過	1	0	0	0	0	0	0	1	0	0	0	0	0	0	0	0	0	0	0	0	0	2
浸	0	2	0	0	0	6	6	0	0	11	8	0	1	0	5	1	0	0	0	0	0	40
調	0	5	3	5	0	8	28	0	2	2	0	0	0	0	15	5	0	8	0	5	8	94

詞	1	2	3	4	5	6	7	8	9	10	11	12	13	14	15	16	17	18	19	20	21	合計
煮	0	3	0	0	1	2	1	0	0	1	0	0	0	0	0	1	1	0	0	0	1	11
裹	0	4	0	0	0	1	5	0	0	12	5	2	0	0	6	0	0	0	0	1	2	38
燒	0	1	0	0	0	0	4	3	0	4	3	2	0	0	1	0	0	0	0	1	2	21
和/擂和	0	4	0	0	0	1	3	0	0	1	0	0	0	1	2	0	0	0	0	1	0	13
潑	0	1	0	0	0	0	0	0	0	0	0	0	0	0	0	0	0	0	0	0	0	1
為	0	13	0	0	0	0	0	0	0	0	0	0	0	0	0	0	0	0	0	0	0	13
穿作	0	1	0	0	0	0	0	0	0	0	0	0	0	0	0	0	0	0	0	0	0	1
滾	0	1	0	0	0	0	0	0	0	0	0	0	0	0	0	0	0	0	0	0	0	1
燎	0	1	0	0	0	0	0	0	0	0	0	0	0	0	0	0	0	0	0	0	0	1
蒸	0	1	0	0	0	0	1	0	0	0	0	0	0	0	0	0	0	0	0	0	0	2
洗	0	0	0	0	0	1	1	0	0	1	0	0	0	2	1	0	0	0	0	0	0	6
攪	0	0	0	0	0	1	1	0	0	0	0	0	0	0	0	0	0	0	0	0	0	2
淬	0	0	0	0	0	1	0	0	1	0	0	0	0	0	0	0	0	0	0	0	0	2
封	0	0	0	0	0	0	2	1	0	1	0	0	0	0	0	0	0	0	0	0	1	5
作	0	0	0	0	0	0	1	0	0	0	0	0	0	0	0	0	0	0	0	1	0	2
拔	0	0	0	0	0	0	1	0	0	0	0	0	0	0	0	0	0	0	0	0	0	1
製	0	0	0	0	0	0	2	0	0	0	0	0	0	0	0	0	0	0	0	1	0	3
打	0	0	0	0	0	0	2	0	0	0	1	1	0	0	0	0	0	0	0	0	0	4
濾	0	0	0	0	0	0	1	0	0	0	0	0	0	0	0	0	0	0	0	1	0	2
拌匀/拌	0	0	0	0	0	0	1	0	0	0	0	0	0	0	0	0	0	0	0	0	0	1
研	0	0	0	0	0	0	2	0	0	0	0	0	0	0	6	0	0	0	0	0	0	8
熬	0	0	0	0	0	0	2	0	0	0	0	0	0	0	2	0	1	0	0	0	2	7
煨	0	0	0	0	0	0	1	0	0	1	0	0	0	0	3	0	0	0	0	0	2	7
固	0	0	0	0	0	0	1	0	0	0	0	0	0	0	1	1	0	0	0	0	0	3
糊	0	0	0	0	0	0	2	1	0	0	0	0	0	0	0	0	0	0	0	0	0	3
薰	0	0	0	0	0	0	1	0	0	0	0	0	0	0	0	0	0	0	0	0	0	1
纏	0	0	0	0	0	0	1	0	0	0	0	0	0	0	0	0	0	0	0	0	0	1
包	0	0	0	0	0	0	0	0	0	1	0	0	0	0	0	0	0	0	0	0	1	2
縫	0	0	0	0	0	0	0	0	0	0	0	0	0	0	1	0	0	0	0	0	0	1
搗/搗絞	0	0	0	0	0	0	0	0	0	0	0	0	0	0	1	1	0	0	0	0	2	4
搜和	0	0	0	0	0	0	0	0	0	0	0	0	0	0	1	0	0	0	0	0	0	1

炒／浸炒	0	0	0	0	0	0	0	0	0	0	0	0	0	0	4	3	0	0	1	1	0	9
漬	0	0	0	0	0	0	0	0	0	0	0	0	0	0	0	2	0	0	0	0	0	2
收	0	0	0	0	0	0	0	0	0	0	0	0	0	0	0	1	0	0	0	0	0	1
備注	5	38	4	34	2	35	93	5	31	35	17	5	1	3	57	24	2	16	1	13	65	485
和：調和。調：調製。																						

從以上製藥義 VP 的使用頻率看，它們之間形成的主要等級序列是：煎＞調＞浸＞煮＞燒＞其他。製藥義動詞涉及到製藥前、製藥中和製藥後，各醫家的製藥動詞，名詞作狀語占主流的謂語中心語 VP 是製藥過程中的動作動詞，尤以「煎」為主。製藥動詞「調」可以是製藥前的調和，也可以是製藥過程中的調製。「煎」「煮」「燒」等是傳統中醫製藥的動作行為，從古至今，成為中醫製藥過程中的標準範式。金元各醫家的醫籍用例，如：

（1）驚風天弔，眼上搐搦，取一丸，溫水化破，滴入鼻中，連噴三五遍，候定，更用薄荷湯下；變蒸寒熱，饒驚多嗽，亦用薄荷湯下；久患五疳，瘦瘠，腳細腹脹，肚上青筋，頭髮稀疏，愛吃泥土，撏眉咬甲，四肢羸瘦，粥飲下；瀉痢頻並，或如棗花，米飲下；疳蛔咬心，苦楝子煎湯下，已上並二丸。（《保童秘要・雜病》）

（2）如有汗者，是氣弱頭痛也，前方中加芍藥三兩、桂一兩半，生薑煎；如頭痛痰癖者，加半夏三兩、茯苓一兩半，生薑煎；如熱厥頭痛，加白芷三兩、石膏三兩、知母一兩半；如寒厥頭痛，加天麻三兩、附子一兩半，生薑煎。（《活發機要・胎產證》）

（3）青古錢二十文 鹽半兩 右件和，以紙包，更用泥封裹，於猛火中燒一伏時取出，去泥搗為末，重絹羅過，每日早取一綠豆許，以津調塗瘡上。（《保童秘要・眼》）

（4）金花丸 半夏湯洗，一兩 檳榔二錢 雄黃一錢半 上為細末，薑汁浸，蒸餅為丸，如桐子大，小兒另丸，生薑湯下，從少至多，漸次服之，以吐為度。羈絆於脾，故飲食自下。（《素問病機氣宜保命集・吐論・金花丸》卷中）

（5）茶調散 治沉積水氣。木香檳榔丸調之。（《脈因證治・積聚》卷下）

（6）**茵陳湯** 茵陳蒿一名茵陳，一兩，去莖 大黃半兩 大梔子七個，色深、堅實、好者，稍小者，用十個 上剉，如麻豆大，水二盞半，慢火煮至一盞，絞汁，溫服，以利為度；甚者再作，當下如爛魚肚及膿血膠膘等物，及小便多出金色，如皂莢汁，或見證將發黃，此一劑分作四服，調五苓散三錢。凡治發黃者，無越此法妙。（《黃帝素問宣明論方·傷寒方》卷六）

（7）**粉霜丸** 粉霜 硇砂 海蛤 寒水石燒粉 玄精石 白丁香 頭白麵各二錢 輕粉三錢 海金砂一錢 上研匀，著紙裹數重，上使麵裹，又紙裹，冷酒蘸了，桑柴火燒麵熱為度，宿證餅和丸，如桐子大，每服三丸，生薑湯下，一日三服，二日加一丸，至六日不加即止，以補之妙。（《黃帝素問宣明論方·藥證方》卷八）

（8）**木香枳術丸** 破寒滯氣，消寒飲食，開胃進食。木香一兩半 枳實一兩 白術二兩 乾薑三錢 陳皮一兩 炒曲一錢 人參三錢 上為末，荷葉燒飯為丸，如梧子大，每服五十丸，溫水送下，食前。（《東垣先生試效方·飲食勞倦門·勞倦所傷論》卷一）

（9）**茴香丸** 茴香炒 良薑 官桂各半兩 蒼術一兩，泔浸 上為末，酒麵糊和丸，如桐子大，每服十丸，生薑湯，止痛溫酒下，空心食後。（《黃帝素問宣明論方·藥證方》卷十三）

（10）**罌粟神聖散** 御米殼一兩，用蜜炒 烏梅肉 揀人參訶子肉 葶藶 桑白皮各半兩 上為細末，每服二三錢，百沸湯潑，臨臥調下。（《黃帝素問宣明論方·藥證方》卷九）

（11）**金針丸** 丁香 木香 乳香 阿魏 輕粉 骨碎補去毛 檳榔 官桂 桂心 巴豆去皮 杏仁去皮 不灰末 肉豆蔻 陽起石 朱砂各等分 上為細末，水麵糊為丸，如小豆大，每服一丸，針穿作孔子，小油內滾過，燈焰內燎遍，於油中蘸死，嚼生薑下，不計時候，日三服，虛實加減。（《黃帝素問宣明論方·藥證方》卷十三）

（12）**何首烏丸** 何首烏半斤 肉蓯蓉六兩 牛膝四兩 上將何首烏半斤，用棗一層，何首烏甑內蒸棗軟用，切，焙，同為末，棗肉和丸，如桐子大，每服五七丸，嚼馬蓮子服，溫酒送，食前，一服加一丸，日三服，至四十丸即止，卻減至數，效如神妙。（《黃帝素問宣明論

方‧藥證方》卷十二）

（13）遂處以稟北方之寒水所化夫苦寒氣味者：黃柏、知母各二兩，<u>酒洗之</u>，以肉桂為之飲用，所謂寒因熱用者也。（《醫學發明‧本草十劑》）

（14）**善應膏藥** 黃丹二斤 南乳香另研 沒藥另研 當歸 木鱉子生用 白斂生用 白礬生用 官桂三寸 杏仁生 白芷各一兩 新柳枝各長一斤 右除黃丹，乳沒等外，八件用芝麻油五斤，浸一宿，用鐵鍋內煎，令黃色。藥不用，次入黃丹鍋內，<u>柳條攪令黃色</u>，方可掇下。用柳枝攪出大煙，入乳沒勻，令冷，傾在瓷盆內，侯藥硬，用刀子切作塊，<u>油紙裹</u>。（《儒門事親‧瘡瘍癰腫》卷十五）

（15）治婦人惡物不下 當歸炒 芫花炒 上細末，<u>酒調三錢</u>，又好墨，<u>醋淬末之</u>，小便、酒調下，妙。（《素問病機氣宜保命集》卷下《婦人胎產論‧產後藥》）

（16）**視星膏** 白沙蜜一斤，揀去蜜滓可稱十四兩 密佗僧一兩，金色者研極細，水淘可得六七錢 新柳算子四兩，去皮心，半乾半炒 右用臘雪水五升，與蜜溶調入藥，與柳算子同貯於瓷瓶中，以柳木塞瓶口，<u>油絹封勒</u>，於黑豆鍋中熬。從朝至暮，仍用柳棒闊瓶，防傾側。用文武火另添一鍋，<u>豆水滾下</u>，旋於另鍋中取水添之，熬成，用重綿濾淨卻入瓶中，用井水浸三兩日，埋在雪中更妙。頻點為上。（《儒門事親‧目疾證》卷十五）

（17）戴人診其兩手脈俱滑大，脈雖滑大，以其且妊，不敢陡攻，遂以食療之。用花城煮菠菱葵菜，以車前子苗作茹，<u>雜豬羊血作羹</u>，食之半載，居然生子，其婦燥病方愈。（《儒門事親‧孕婦便結》卷七）

（18）水煮桃紅丸 黑牽牛頭末半兩 瓜蒂末二錢 雄黃一錢，水飛進用之 乾胭脂少許 右以黃酒調麵為丸，以水煮，令浮熟取出，<u>冷水拔過</u>，麝香湯水下。（《儒門事親‧下劑》卷十二）

（19）白虎湯 知母一兩半，去皮 甘草一兩 糯米一合 石膏四兩，亂紋者，另研此末。 右剉如麻豆大，<u>粳米拌勻</u>，另水一盞，煎至六分，去滓溫服，無時，日三四服。或眩嘔者，加半夏半兩，<u>薑汁製過用之</u>。

（《儒門事親·暑門》卷十二）

（20）**三棱消積丸** 治傷生冷硬物，不能消化，心腹滿悶。丁皮 益智各三錢 巴豆炒，和粳米炒焦，去米 茴香炒 陳皮 青橘皮各五錢 京三棱 炮 廣茂炮 炒曲各七錢 右件為細末，<u>醋打麵糊</u>為丸，如梧桐子大，每服十九至二十丸，溫生薑湯送下，食前。量虛實加減，得更衣止後服。（《脾胃論·論飲酒過傷》卷下）

（21）**水沉金絲膏** 貼一切惡瘡。瀝青 白膠各一兩 春秋宜用油，夏宜油蠟二錢半，冬宜用油蠟四錢 右件熔開油蠟，下瀝青、 白膠，用槐枝攪勻，<u>綿子濾過</u>，入冷水中，扯一千餘遍。如瘡透了，吃數丸。作劑於瘡口填者亦妙。攤紙上貼，勿令火炙。（《儒門事親·瘡瘍癰腫》卷十五）

（22）**貼痛** 芥菜子研，水傅；<u>茱萸醋研</u>，傅上大效。（《脈因證治·脅痛》卷上）

（23）**入方** 青蒿一斗五升，童便三斗，<u>文武火熬</u>，約童便減至二斗，去蒿再熬，至一斗，入豬膽汁七枚，再熬數沸，甘草末收之，每用一匙，白湯調服。（《丹溪心法·勞瘵》卷二）

（24）**九仙散** 九尖蓖麻子葉三錢 飛過白礬二錢 右用豬肉四兩，薄批，棋盤利開摻藥。<u>二味荷葉裹</u>，<u>文武火煨熱</u>，細嚼，白湯送下後，用乾食壓之。（《儒門事親·咳嗽痰涎》卷十五）

（25）**解毒丹** 紫背車螯大者，<u>鹽泥固製</u>，煅紅出火毒，甘草膏丸，甘草湯下；外用寒水石煅紅，入甕沉井中，臘、豬脂調敷。一方以輕粉為佐；又方以燈草為佐。（《丹溪手鏡·瘡瘍》卷之下）

（26）**健步丸** 治膝中無力，伸而不得屈，屈而不得伸，腰背腿腳沉重，行步艱難。羌活半兩 柴胡半兩 防風三錢 川烏頭一錢 炒滑石半兩 炙甘草半兩 防己一兩 苦參一錢，酒製 肉桂半錢 瓜蔞根半兩，酒製 澤瀉三錢 上為末，<u>酒糊丸</u>，如桐子大，每服七十丸，煎愈風湯送下，空心。愈風湯出潔古老人方論風門中。（《東垣先生試效方·腰痛門·腰痛論》卷六）

（27）**治脫肛痔痛** 胡荽子一升 乳香少許 粟糠半斤或一升 右先泥成爐子，止留一小眼，可抵肛門大小，不令透煙，<u>火薰之</u>。（《儒門

事親・腸風下血》卷十五）

（28）**治雀目**　真正蛤粉炒黃色為細末。右油蠟就熱和為丸如皂子，納於豬腰子中，麻纏，蒸熟食之，可配米粥。（《儒門事親・目疾證》卷十五）

（29）**豬腎丸**　黑牽牛碾細末二錢半，入豬腎中，以線紮，青竹葉包，慢火煨熟，空心溫酒嚼下。（《丹溪心法・漏瘡》卷二）

（30）**治**　喘年深，時作時止。雄豬肚一個，治如食法，入杏仁四五兩，線縫，醋三碗，煮乾取出。先食肚，次以杏仁新瓦焙，搽去皮，旋食，永不發。（《脈因證治・喘》卷上）

（31）**三聖膏**　貼塊。石灰末化者半斤，瓦器炒，令淡紅出，候熱稍減，研之　大黃一兩，末之，就爐微炒，候涼入桂　桂心半兩，末，略炒，醋熬成膏，厚攤，貼患處。又方　大黃　朴硝各一兩，末。大蒜搗膏，貼之亦佳。（《脈因證治・積聚》卷下）

（32）余若大下不至者，宜四物湯加黃連、槐花。仍取血見愁少許，生薑搗取汁，和米大服，於血見愁草中，加入側柏葉，與生薑同搗汁尤好。（《丹溪心法・下血》卷二）

（33）**應痛丸**　阿魏二兩，醋和喬麥麵裹，火煨熟；檳榔大者二個，刮空，滴乳香滿盛，將刮下末，用蕎麥拌作餅，慢火煨。右細末，入硇砂一錢，赤芍一兩，同為末，麵糊搜和，丸如梧子大，鹽酒下。（《脈因證治・疝癩》）

（34）**熨痛**　醋炒灰熱，布裹熨之，蔥艾炒亦可；韭汁亦可。（《脈因證治・脅痛》卷上）

（35）**破飲丸**　蓽撥　胡椒　丁香　縮砂　青皮　烏梅　木香　蠍梢　巴豆去油。以青皮同巴豆，漿水漬一宿，漉出，同炒，青皮焦，去豆不用。將漿水淹烏梅肉，炊一熟飯，研細為膏，薑湯下五七丸。（《丹溪手鏡・宿食留飲》卷之下）

（36）青蒿二錢、童便四升，文武火熬至七分，去蒿再熬至一升半，入豬膽汁十個，檳榔末，辰砂再熬數沸，甘草末收之。（《丹溪手鏡・癆瘵》卷之中）

以上製藥動詞用例可以看出，製藥動詞大部分是單音節動詞，可以是動賓結構，也可以是動補結構。動賓結構，以不帶賓語為常。動補結構中作補語的一般是「破、勻、下、過、取、熱、熟」等單音節詞語，補語非常有限，語義基本上是完結義動詞。金元醫籍名詞作狀語時，製藥義 VP 構成的語義表達式：〔施事 受事 使成〕。語義表達式中往往不出現施事（施事者往往通過百科知識理解，如製藥者），受事（處置某事物）不用介詞，出現使成（結果成分）。製藥義 VP 的使成，強調結果。這與現代漢語中的製作義動詞特徵不同，如周國光，黎洪（2001）提到現代漢語製作動詞的語義表達式。〔註3〕這也是金元醫籍製藥義動詞的特質。

第二節　醫治義 VP

金元醫籍名詞作狀語時，VP 是醫治義動詞，主要有主（349 次）、下／微下（72 次）、利（2 次）、汗／發汗（9 次）、解（21 次）、和解（9 次）、攻（2次）、覆取（1 次）、疏利（1 次）、通利（1 次）、治（15 次）、泄（1 次）、投（1 次）、調（9 次）、和（4 次）、潤（2 次）、散（3 次）、療（1 次）、補（4次）、止（1 次）、佐（3 次）、溫（6 次）、調理（1 次）、奪（3 次）、分（1 次）、用（1 次）、平（1 次）、回陽（1 次）、發（1 次）、下主（1 次）、導（1 次）等，共 31 類動作動詞（不計重複）。從例證看，醫治義 VP 以單音節詞為主，複音詞比較少，共 9 個，如發汗、和解、微下、覆取、疏利、通利、調理、回陽、下主等。醫治義 VP 的各種動詞，語義上形成詞匯聚合關係。從各醫家醫籍名詞作狀語醫治義 VP 的使用頻率看，醫治義動詞「主」占主流，其次是動詞「下」（指下藥，用藥義），再次是動詞「解」和「治」，最後是其他動作動詞。其他動詞使用頻率不高，但種類多，語義比較豐富。說明醫家普遍使用的醫治方式是使用動作動詞「主」和「治」，用一種藥物來主治某種疾病是醫家最直接的治病方式，體現了認知識解的百科知識，其他動作動詞則是具體藥物在治療過程中的精細化運作。各醫籍醫治義 VP 的使用頻率，如下表。

〔註3〕周國光，黎洪：《現代漢語製作動詞的配價研究》，《安徽師範大學學報》（人文社會科學版）2001 年第 1 期。指出製作義動詞構成的語義表達式是：〔某人使用某工具處置某事物∧使之產生一定的變化或結果〕。

表 6　金元醫籍名詞作狀語時醫治義 VP

醫治義 VP	劉河間	黃帝素問	傷寒標本	傷寒心要	傷寒直格	新刊圖解	素問氣宜	素問玄機	儒門事親	用藥心法	東垣試效	活發機要	蘭室秘藏	內外傷寒	脾胃論	醫學發明	脈因證治	丹溪手鏡	局方發揮	金匱鉤玄	丹溪心法	合計
主	8	54	4	2	1	0	43	0	4	1	16	8	4	10	2	26	36	87	25	0	18	349
下/微下	0	2	17	4	24	0	1	3	3	0	0	1	1	0	0	0	9	8	0	0	0	73
利	1	0	0	0	0	0	0	0	0	0	0	0	0	0	0	0	0	0	1	0	0	2
汗/發汗	0	1	0	0	1	0	1	1	0	0	0	0	0	0	0	0	2	3	0	0	0	9
解	0	2	1	1	3	0	0	0	14	0	0	0	0	0	0	0	0	0	0	0	0	21
和解	0	3	2	1	3	0	0	0	0	0	0	0	0	0	0	0	0	0	0	0	0	9
攻	0	0	1	0	1	0	0	0	0	0	0	0	0	0	0	0	0	0	0	0	0	2
覆取	0	0	1	0	0	0	0	0	0	0	0	0	0	0	0	0	0	0	0	0	0	1
疏利	0	0	0	1	0	0	0	0	0	0	0	0	0	0	0	0	0	0	0	0	0	1
通利	0	0	0	0	0	0	0	0	0	0	0	0	0	0	0	1	0	0	0	0	0	1
治	0	0	0	2	0	0	3	0	1	0	2	0	1	0	0	1	2	3	0	0	0	15
泄	0	0	0	1	0	0	0	0	0	0	0	0	0	0	0	0	0	0	0	0	0	1
投	0	0	0	1	0	0	0	0	0	0	0	0	0	0	0	0	0	0	0	0	0	1
調	0	0	0	0	5	0	2	0	2	0	0	0	0	0	0	0	0	0	0	0	0	9
和	0	0	0	0	1	0	2	0	0	0	0	0	0	0	0	0	0	1	0	0	0	4
潤	0	0	0	0	2	0	0	0	0	0	0	0	0	0	0	0	0	0	0	0	0	2
散	0	0	0	0	0	0	0	1	0	0	0	0	0	0	0	1	0	1	0	0	0	3
療	0	0	0	0	0	0	0	1	0	0	0	0	0	0	0	0	0	0	0	0	0	1
補	0	0	0	0	0	0	0	1	0	0	0	0	0	1	0	0	1	0	0	0	1	4
止	0	0	0	0	0	0	0	1	0	0	0	0	0	0	0	0	0	0	0	0	0	1
佐	0	0	0	0	0	0	0	2	0	0	0	0	0	0	0	0	0	0	0	0	0	3
溫	0	0	0	0	0	0	0	0	0	0	1	0	0	0	0	0	0	5	0	0	0	6
調理	0	0	0	0	0	0	0	0	1	0	0	0	0	0	0	0	0	0	0	0	0	1
奪	0	0	0	0	0	0	0	0	3	0	0	0	0	0	0	0	0	0	0	0	0	3
分	0	0	0	0	0	0	0	0	1	0	0	0	0	0	0	0	0	0	0	0	0	1
用	0	0	0	0	0	0	0	0	1	0	0	0	0	0	0	0	0	0	0	0	0	1
平	0	0	0	0	0	0	0	0	0	0	0	0	0	0	0	0	1	0	0	0	0	1

回陽	0	0	0	0	0	0	0	0	0	0	0	0	0	0	0	0	0	1	0	0	0	1
發	0	0	0	0	0	0	0	0	0	0	0	0	0	0	0	0	0	1	0	0	0	1
下主	0	0	0	0	0	0	0	0	0	0	0	0	0	0	0	0	0	1	0	0	0	1
導	0	0	0	0	0	0	0	0	0	0	0	0	0	0	0	0	0	1	0	0	0	1
小計	9	62	26	13	39	2	57	5	30	1	19	10	7	10	2	29	51	113	25	1	18	529
備註	《醫學發明》:《醫學發明》(節本)。和:和解。調:調理,調治。下:下藥。利:解利,通利。汗:發汗。投:投藥,下藥。微下:指醫生下藥。																					

　　數據表明醫治義 VP 在名詞作狀語中形成的優選等級序列是:主>下>解>治>其他。醫治義動作動詞種類分布零散,語義豐富,「主」和「治」是其抽象認知概念,其他醫治義動詞是在治病過程中的具體識解,體現了百科知識。不同動作動詞也體現了醫家針對不同藥物採取的因病制方的救治方案,是長期臨床實踐經驗的總結。各醫家醫籍 31 類醫治義動作動詞用例,如下。

　　(1)仲景處大承氣湯,小承氣湯、調胃承氣湯,亦各有所宜。熱勢大者,大承氣主之;微者,小承氣主之;胸中有痛,大便溏者,調胃承氣主之。(《劉河間傷寒醫鑒》)

　　(2)治　宜流濕祛風緩表而安。詳有、無汗而藥之。柔痙,葛根加桂湯;剛痙,大承氣湯。葛根湯汗之,有表證可用;大承氣下之,有裏證可用。(《脈因證治·痙》卷上)

　　(3)下利而渴不眠,宜豬苓湯利其水。(《丹溪手鏡·不得眠臥》卷之上)

　　(4)或孕婦不宜滑石、麻黃、桂枝輩發汗,即用甘草一兩、蒼術二兩,同為粗末,每服四錢,水一盞,蔥白五寸,豉五十粒,同煎至六分,濾去滓,熱服,並二三服,取微汗,是名逼毒散,非孕婦亦可服。(《傷寒直格論方·諸證藥石分劑·益元散》卷下)

　　(5)傷寒病已有裏證,脈沉,下之裏證尚在,脈漸浮,至一二日汗不能出者,裏證鬱,發之不峻,病已,三一承氣湯微下之。(《傷寒直格論方·泛論》卷下)

　　(6)傷風自汗,表病裏和者,桂枝湯解肌;半在表、半在裏,白虎湯和解之;病在裏者,大承氣湯下之。(《黃帝素問宣明論方·傷寒門·主療說》卷五)

（7）太陽病不解而蓄血下焦者見蓄血門，先桂枝解表，已而以下血也，宜<u>桃仁承氣湯，或抵當丸攻之</u>。（《傷寒直格論方·傷風表徵》卷中）

（8）**葛根湯**（四） 葛根一兩四錢 麻黃三錢 生薑三錢 桂壯 甘草 芍藥各二錢 棗一枚 上作兩貼，水煎服，<u>衣覆取汗</u>為度。（《傷寒標本心法類萃·方》卷下）

（9）脈浮者不可下，是表證未出，<u>小柴胡合小陷胸湯投之</u>；脈雖浮而熱大極者，<u>承氣徐徐疏利之</u>。（《傷寒心要》）

（10）中腑，內有便溺之阻隔，宜<u>三化湯或《局方》中麻仁丸通利</u>。（《醫學方明·中風有三》）

（11）痰而能食者，大承氣湯微下之，少利為度；痰而不能食者，<u>厚朴湯治之</u>。（《素問病機氣宜保命集·咳嗽論》卷下）

（12）小便不通，<u>五苓泄之</u>；大便閉結，<u>承氣下之</u>；更有外證，加減通聖，方內隨證用藥。（《傷寒心要》）

（13）下後熱稍退而未愈者，<u>黃連解毒湯調之</u>；或微熱未除者，<u>涼膈散調之</u>。（《傷寒直格論方·主療》卷中）

（14）治太陰脾經受濕，水泄注下，體微重微滿，困弱無力，不欲飲食，暴泄無數，水穀不化，先宜<u>白術芍藥湯和之</u>，身重暴下，是大勢來，亦宜和之。（《素問病機氣宜保命集·瀉痢論·防風芍藥湯》卷中）

（15）佐以酸辛者，以酸收之，<u>辛潤之</u>，辛瀉酸補，正補瀉其肺，平以胃氣。（《新刊圖解素問要旨論·六步氣候變用·邪反勝天者》卷五）

（16）或微而不為他病，止為他病，止為中酸，俗謂之「醋心」是也，法宜<u>溫藥散之</u>，亦猶解表之義，以使腸胃結滯開通，怫熱散而和也。《素問玄機原病式·熱類》

（17）在陰經則不分三經，總謂之濕瘧，當從太陰經則不分，其病發在處暑後冬至前，此乃傷之重者，遠而為痎，痎者老也，故謂之久瘧，氣居西方，宜<u>毒藥療之</u>。（《素問病機氣宜保命集·諸瘧論》卷中）

（18）有自太陰脾經受濕而為水泄、虛滑、微滿、身重、不知穀味，假令春，<u>宜益黃散補之</u>；夏宜瀉之。（《素問病機氣宜保命集·瀉痢論》卷中）

（19）以上證，如心下痞，每服各加枳實一錢；如小便不利，各加茯苓二錢；如腹痛漸已，瀉下微少，<u>宜訶子散止之</u>，法雲：大勢已去，而宜止之。（《素問病機氣宜保命集·瀉痢論·白術芍藥湯》卷中）

（20）如未見膿血而惡寒，乃太陰欲傳少陰，加黃連為主，<u>桂枝佐之</u>；如腹痛甚者，加當歸，倍芍藥；如見血，加黃連為主，<u>桂、當歸佐之</u>……。（《素問病機氣宜保命集·瀉痢論》卷中）

（21）少陰無汗，脈沉，<u>宜四逆溫之</u>。（《丹溪手鏡·無汗》卷之上）

（22）《脈訣》云：下利脈微小者生，洪浮大者無瘥。以瓜蒂散湧之，出寒痰數升。又以無憂散泄其虛中之積及燥糞，僅盈斗。次以白術調中湯，<u>五苓散、益元散調理數日</u>，僧已起矣。（《儒門事親·泄瀉》卷六）

（23）夫小腸泄者，溲而便膿血，少腹痛。<u>宜寒劑奪之</u>，<u>淡劑、甘劑分之</u>。（《儒門事親·小腸泄熱濕》卷十）

（24）又一法，生薑湯、鹽元散、白術散，禹功散，加冰沉冷，細細呷之。渴未止者，頻頻飲之。如無冰，<u>新汲水亦得用之</u>。大忌白粥米湯。（《儒門事親·濕熱門》卷十一）

（25）有厥胡下利不止，脈沉而遲，手足厥逆，涕唾膿血，此難治，<u>宜麻黃湯、小續命湯平之</u>。（《脈因證治·下利》卷上）

（26）霍亂自汗，脈細緊，<u>宜四逆回陽也</u>。（《丹溪手鏡·自汗》卷之上）

（27）**劉論** 表證<u>宜麻黃湯發之</u>。內證之外者，麻黃細辛附子湯。（《丹溪手鏡·傷寒方論》卷之上）

（28）**熱** 食入即吐，煩躁，脈數，<u>柴胡湯下主之</u>。（《丹溪手鏡·嘔吐噦》卷之下）

（29）吐下後，虛煩不得眠，<u>酸棗仁湯導其熱</u>。（《丹溪手鏡·不得眠臥》卷之上）

以上醫治類 VP 在句法中的特點是可以帶賓語，也可以不帶賓語，總的看是以帶賓為常。賓語常常是指示代詞「之」，語義上，代詞賓語「之」指向句前或句意中的某種病症。醫治義 VP 的語義與 NP 密切相關，不同 NP 也會影響 VP 語義的選擇。如湯劑類的 NP，謂語中心語 VP 以「主」或「治」及「下」（下藥）為主。散劑類的 NP，謂語中心語 VP 以「平」「補」或「調理」為常。性味類的 NP，謂語中心語以「潤」為典型，如「辛潤之」。

第三節　給藥義 VP

名詞作狀語的給藥義 VP 是金元醫籍的主要謂語中心語，占比 52.6%。根據醫家給藥的不同方式，給藥義 VP 分為兩種類型：服藥義 VP 與用藥義 VP。前者是給藥義的主流形式，占比 49.1%，也是整個金元醫籍名詞作狀語的主要謂語中心語。以金元醫籍為例，《儒門事親》《黃帝素問宣明論方》《素問氣宜保命集》《蘭室秘藏》《丹溪心法》和《脈因證治》等服藥義 VP 占主要地位。

（一）服藥義 VP

服藥義 VP 是名詞作狀語時服藥時的動作行為動詞，根據不同的病症與藥物特性，各醫家採取了不同的服藥方式，據調查，這類服藥義動作動詞有 38 類，它們彼此在語義上形成詞匯聚合關係。如研化（下）（19 次）、調服（34 次）、下／微下（559 次），化破（下）（9 次）、調下（185 次）、服（14 次）、點服（6 次）、煎服（37 次）、頓服（2 次）、送下（148 次）、磨下（1 次）、清下（1 次）、點（6 次）、飲（1 次）、化（4 次）、化下（14 次）、任（1 次）、任下（10 次）、投（2 次）、送（3 次）、吸吃（1 次）、飲下（1 次）、投入（1 次）、磨化（2 次）、呷（1 次）、點下（1 次）、漱（4 次）、吞下（2 次）、細嚼（1 次）、咽下（3 次）、溫服（2 次）、磨服（1 次）、灌下（2 次）、灌（1 次）、冷服（2 次）、嚼下（1 次）、化開（1 次）等。這些服藥義動詞，在句法中可帶賓語，也可不帶賓語，以帶賓語為常。雙音節詞動詞占多數，主要是動補結構，補語一般是完結義動詞「破」與趨向義動詞「下」「開」等。各醫家醫籍服藥義 VP 的使用情況，如下表。

表7　金元醫籍名詞作狀語時服藥義 VP

服藥義VP	保童秘要	劉河間	黃帝素問	傷寒標本	傷寒心要	傷寒直格	素問氣宜	儒門事親	東垣試效	活發機要	蘭室秘藏	內外傷寒	脾胃論	殘本	節本	脈因證治	丹溪手鏡	本草衍義	金匱鉤玄	丹溪心法	合計
研化（下）	19	0	0	0	0	0	0	0	0	0	0	0	0	0	0	0	0	0	0	0	19
調服	1	0	1	0	0	0	1	11	2	1	3	0	0	0	0	1	0	1	4	8	34
下/微下	27	4	111	3	2	1	37	62	9	16	41	3	3	0	10	84	62	0	14	71	560
化破（下）	9	0	0	0	0	0	0	0	0	0	0	0	0	0	0	0	0	0	0	0	9
調下	3	0	31	5	2	10	32	51	6	8	7	4	2	0	3	1	1	1	3	15	185
服	1	0	1	2	0	2	1	2	1	0	1	1	0	0	0	1	0	0	0	1	14
點服	0	0	1	0	0	0	0	0	1	0	0	0	1	0	1	0	0	0	0	2	6
煎服	0	0	0	1	0	1	3	4	1	3	0	0	1	0	1	5	0	0	1	16	37
頓服	1	0	0	0	0	0	0	1	0	0	0	0	0	0	0	0	0	0	0	0	2
送下	0	0	4	2	0	0	4	23	36	1	16	19	9	3	19	6	1	0	3	2	148
磨下	1	0	0	0	0	0	0	0	0	0	0	0	0	0	0	0	0	0	0	0	1
點	0	0	4	0	0	0	0	1	0	1	0	0	0	0	0	0	0	0	0	0	6
飲	0	0	1	0	0	0	0	0	0	0	0	0	0	0	0	0	0	0	0	0	1
化	0	0	2	0	0	0	0	2	0	0	0	0	0	0	0	0	0	0	0	0	4
化下	0	0	7	0	0	0	1	2	0	1	0	0	0	0	0	0	0	0	1	2	14
任	0	0	1	0	0	0	0	0	0	0	0	0	0	0	0	0	0	0	0	0	1
任下	0	0	0	0	0	0	0	2	0	0	2	0	1	0	0	2	3	0	0	0	10
投	0	0	2	0	0	0	0	0	0	0	0	0	0	0	0	0	0	0	0	0	2
送	0	0	1	0	0	0	0	1	0	0	0	0	0	0	0	0	0	0	1	0	3
吸吃	0	0	1	0	0	0	0	0	0	0	0	0	0	0	0	0	0	0	0	0	1
飲下	0	0	0	0	0	0	0	1	0	0	0	0	0	0	0	0	0	0	0	0	1
投入	0	0	0	0	0	0	0	1	0	0	0	0	0	0	0	0	0	0	0	0	1
磨化	0	0	0	0	0	0	0	1	0	0	0	0	0	0	0	0	0	0	0	1	2
呷	0	0	0	0	0	0	0	1	0	0	0	0	0	0	0	0	0	0	0	0	1
點下	0	0	0	0	0	0	0	1	0	0	0	0	0	0	0	0	0	0	0	0	1
漱	0	0	0	0	0	0	0	3	0	0	0	0	0	0	0	0	1	0	0	0	4
吞下	0	0	0	0	0	0	0	0	0	0	0	0	0	0	0	0	0	0	1	0	2
細嚼	0	0	0	0	0	0	0	0	0	0	1	0	0	0	0	0	0	0	0	0	1
咽下	0	0	0	0	0	0	0	0	0	0	2	1	0	0	0	0	0	0	0	0	3
溫服	0	0	0	0	0	0	0	0	0	0	0	1	0	0	0	0	0	0	0	1	2
磨服	0	0	0	0	0	0	0	0	0	0	0	1	0	0	0	0	0	0	0	0	1
灌下/灌	0	0	0	0	0	0	0	0	0	0	0	0	0	0	0	1	1	0	0	1	3
冷服	0	0	0	0	0	0	0	1	0	0	0	0	0	0	0	0	0	0	1	0	2

嚼下	0	0	0	0	0	0	0	0	0	0	0	0	0	0	0	0	0	0	0	0	1	1
化開	0	0	0	0	0	0	0	0	0	0	1	0	0	0	0	0	0	0	0	0	0	1
	62	4	168	13	4	14	80	171	56	31	74	28	19	3	34	101	69	3	28	121	1083	
備註	下：服下。投：吞服。點：點服。微下：指病人吞服。殘本：《醫學發明》（殘本）。節本：《醫學發明》（節本）。																					

　　表中數據表明服藥義 VP，在各醫家醫籍中形成的優選等級序列是：下＞調下＞送下＞煎服，主要是表示吞服，服下義的「下」占主流，在整個金元醫籍中占比 51%。與「下」相關的服藥義動作動詞，構成動補結構，如「研化（下）」「化破（下）」「調下」「送下」「飲下」「磨下」「化下」「任下」「點下」「吞下」「咽下」「灌下」「嚼下」等。文言義較強，表示服藥的「服」，構成並列結構和狀中偏正結構，並列結構，如「調服」「點服」「煎服」「磨服」；偏正結構，如「溫服」「冷服」「頓服」。單音節的服藥動詞，大幅度減少，如「下」「服」「點」「飲」「任」「呷」「嗽」「灌」等，讓位於雙音節服藥動詞。這些單音節服藥義動詞，文言義都較強，沒有雙音節詞表義明確，這表明單音節服藥動詞在金元時期已經式微，逐漸被表義明確的雙音節或多音節詞取代。金元醫籍用例，如：

　　（1）**又方**　大黃　梔子仁　鬱李仁別搗如泥　黃芩各二分　甘草炙　蚺蛇膽去皮膜　升麻各一分　檳榔仁三枚　朴消四分　常山兩皂子大　右為末，蜜和為丸，如梧子大，每日一歲兒，空腹，溫水研化下五丸。（《保童秘要·眼》）

　　（2）夫婦人產後一二日，潮熱口乾，可用新汲水調玉露散，或冰水調服之亦可。（《儒門事親·產後潮熱》卷五）

　　（3）龍骨一兩，別研　訶子皮五個，大者　縮砂仁半兩，去皮　朱砂一兩，研細，一分為衣　上為末，麵糊為丸，如綠豆大，每服一丸，空心，溫酒下，冷水亦得，不可多服。大秘，蔥白湯、茶下。（《黃帝素問宣明論方·白淫證》卷二）

　　（4）龍齒三分，細研如粉　升麻　防風各二分　苦參　赤石脂　黃連各一分　遠志半分　金薄十片，以水銀熬　右為末，以蜜溲時入金薄泥，又入白中搗三五百杵，丸如梧子大，每服七丸，溫水化破下。（《保童秘要·雜病》）

　　（5）**五苓散**　豬苓去黑皮　茯苓　白術各半兩　桂去皺皮，一分　澤瀉一兩

上為細末，每服二三錢，<u>熱湯調下</u>；惡熱欲冷飲者，<u>新水調下</u>，或<u>生薑湯調下</u>愈妙，或加滑石二兩。甚或喘、嗽咳、煩心不得眠者，更加阿膠半兩炮。（《傷寒直格論方‧諸證藥石分劑‧白虎湯》卷下）

（6）傷寒汗下後，自汗、脈虛、熱不已，<u>白虎加人參、蒼術服之</u>，汗止身涼，通仙之法也。（《傷寒標本心法類萃‧自汗》卷上）

（7）**木香調氣散** 白蔻仁 丁香 檀香 木香各二兩 藿香 甘草炙‧各八兩 砂仁四兩 右為末，每服二錢，入鹽少許，<u>沸湯點服</u>。（《丹溪心法‧咳逆》卷二）

（8）**參歸散** 治骨蒸勞。知母炒 參炒 秦艽去尖蘆 北柴胡同木炒 鱉甲麥湯浸七次 前胡各半兩 烏梅三個 地骨皮 川常山酒浸三日 川歸同柴胡炒 甘草 白茯苓各七錢半 <u>水煎服</u>。（《脈因證治‧勞》卷上）

（9）或腰腳胯痛，可用甘遂粉二三錢，以豶豬腰子薄批七八片，摻藥在內，以濕紙包數重，文武火燒熟，至臨臥細嚼，以溫酒或米飲湯調下。至平明見一二十行，勿訝，意欲止瀉，則<u>飲水或新水頓服之</u>，瀉立止。（《儒門事親‧凡在下者皆可下式》卷二）

（10）**黃芩利膈丸** 除胸中熱，利膈上痰。生黃芩 炒黃芩各一兩 南星三錢 半夏半兩 黃連五錢 枳殼三錢 白術二錢 陳皮三錢 澤瀉五錢 白礬半錢 上件為細末，湯浸蒸餅為丸，如桐子大，每服三十丸至五十丸，<u>溫水送下</u>，食遠，忌酒濕麵。（《東垣先生試效方‧心下痞門‧心下痞論》卷二）

（11）葉子青 朱砂 麝香 磨刀石用新瓦上磨取‧以上各等分 右為末，用荊芥水丸，如雞頭大，如驚著，<u>荊芥薄荷湯磨下一丸</u>。（《保童秘要‧驚癇》）

（12）表裏熱勢俱甚者，<u>大柴胡湯微下之</u>，更甚者<u>大承氣湯下之</u>。（《黃帝素問宣明論方‧傷寒門‧主療說》卷五）

（13）**寧神散** 御米囊一斤，生，醋炒 烏梅四兩 上為末，每服二三錢，<u>沸湯點</u>，常服，食後，日三服。（《黃帝素問宣明論方‧藥證方》卷九）

（14）新補又方，治陽厥，若除煩下氣，鐵落為飲，<u>鐵漿湯飲之</u>，食後並服。（《黃帝素問宣明論方‧陽厥證》卷二）

（15）**白術調中湯**　白術　茯苓去皮　紅皮去白　澤瀉各半兩　乾薑炮　官桂去皮　縮砂仁　藿香各一分　甘草一兩　上為末，<u>白湯化蜜少許</u>，調下二錢，每日三服；煉蜜和就，每兩作十丸，名白術調中丸。小兒一服分三服。（《黃帝素問宣明論方·藥證方》卷十二）

（16）一人癱左。酒連、酒芩、酒柏、防風、羌活、川芎、當歸半兩、南星、蒼術、人參一兩、麻黃、甘草三錢、附子三片。右丸如彈子，<u>酒化下</u>。（《丹溪心法·中風》卷一）

（17）**川芎天麻散**　川芎　細辛　苦參　地骨皮　菖蒲　何首烏　蔓荊子　薄荷葉　杜錢梨　牛蒡子　荊芥穗　蚖蚆草　威靈仙　防風　天麻各一兩　甘草二兩，炙　上為末，每服二三錢，研蜜水調下，<u>茶水任</u>，不計時候。（《黃帝素問宣明論方·藥證方·川芎天麻散》卷三）

（18）**加味青娥丸**　治腎虛腰痛，或風寒中之，血氣相搏為痛。杜仲薑汁浸炒，十二兩　破故紙水淘，十二兩，芝麻同炒變色，去麻，瓦上焙乾為末　沉香六兩　胡桃去皮膈，另研，六兩　沒藥另研　乳香另研，各六兩　右為末，用肉蓯蓉十二兩，酒浸成膏，和劑搗千餘杵，丸如梧桐子大，每服三十丸，<u>空心溫酒或鹽湯任下</u>。（《蘭室秘藏·腰痛門》卷中）

（19）**消飲丸**　天南星　半夏　芫花　自然銅等分，生用　上為末，醋煮麵糊為丸，如桐子大，每服五七丸，食前，<u>溫水下</u>，良久，<u>蔥粥投之</u>，相虛實加減。（《黃帝素問宣明論方·藥證方》卷七）

（20）凡使自頸自死者良，然亦應候而鳴。此物有毒，人被其毒，以鹽水浸咬處，又以鹽湯飲之，立差。若治腎臟風、下產病不可闕也，仍須<u>鹽湯送</u>。（《本草衍義補遺·蚯蚓》）

（21）**盧同散**　款冬花　井泉石　鵝管石　鍾乳石　官桂　甘草　白礬　佛耳草各等分　上為末，每服一錢，<u>竹筒子吸吃</u>，日三服，立效。（《黃帝素問宣明論方·藥證方》卷九）

（22）治男子、婦人心經搐熱，如癇病狀，宜服妙香丸；風癇者，煎羌活為引，下妙香禮，<u>血癇當歸湯飲下</u>。（《素問病機氣宜保命集·心痛論》卷中）

（23）太平之時可用辛溫之荊發散，後便可用涼膈加當歸、白

虎湯，化斑湯、玉露散煎服之。甚者，<u>解毒湯、調胃承氣湯投入</u>。（《儒門事親·瘡皰癮疹》卷五）

（24）**聖餅子** 黃丹二錢 定粉三錢 密陀僧二錢 舶上硫黃三錢 輕粉少許 右為細末，入白麵四錢，滴水和為指尖大，撚作餅子，陰乾，食前，<u>漿水磨化服之</u>。大便黑色為妙。（《丹溪心法·痢》卷二）

（25）風熱結於乳房之間，血脈凝注，久而不散，潰腐為膿。宜用益元散，<u>生薑湯調下</u>，冷服，或<u>新汲水時時呷之勿輟</u>，晝夜可三五十次，自解矣。（《儒門事親·婦人風門》卷十一）

（26）**桂苓甘露散** 官桂 人參 藿香各半兩 茯苓 白術 甘草 葛根 澤瀉 石膏 寒水石各一兩 滑石二兩 木香一分 右為細末，每服三錢。<u>白湯點下</u>，新水或生薑湯亦用可也。（《儒門事親·暑門》卷十二）

（27）**治牙痛** 又方 華細辛去苗 白茯苓去皮 川升麻 蓽撥 青鹽 明石膏 川芎 不蛀皂角去皮弦，酥炙黃色。各等分 右為細末，早晚刷牙，<u>溫水漱之</u>，牙痛處更上少許。（《儒門事親·口齒咽喉》卷十五）

（28）戴云：子腫者，謂孕婦手足或頭面、通身浮腫者是也。用山梔子炒一合，<u>米飲湯吞下</u>。（《金匱鈎玄·子腫》卷三）

（29）**水府丹** 治婦人久虛積冷，經候不行，症瘕癖塊，腹中暴痛，面有黶黯，黧黑羸瘦。鋼砂紙隔沸湯淋熬取 紅豆各五錢 桂心另為末 木香 乾薑各一兩 砂仁二兩 經煅花蕊石研，一兩五錢 斑蝥一百個，去頭翅 生地黃汁 童子小便各一升 臘月狗膽七枚 芫蜻三百個，去頭足，糯米一升，炒米黃，去米不用 右九味為細末，同三汁熬為膏，和丸如雞頭大，朱砂為衣。每服一丸，<u>溫酒細嚼</u>，食前服，米飲亦可，孕婦不可服。（《蘭室秘藏·婦人門》卷中）

（30）**朱砂安神丸** 治心煩懊悔，心亂怔忡，上熱，胸中氣亂，心下痞悶，食入反出。朱砂四錢 黃連五錢 生甘草二錢五分 右為末，湯浸蒸餅為丸，如黍米大，每服十丸，食後，<u>津唾咽下</u>。（《蘭室秘藏·瘡瘍門》卷下）

（31）**梔子大黃湯** 梔子十五個 大黃一兩 枳實五枚 豉一升 <u>水煎溫服</u>。（《丹溪心法·疸》卷三）

（32）**聖餅子** 治瀉痢赤白，臍腹撮痛，久不愈者。黃丹二錢 定粉 舶上硫磺 陀僧各三錢 輕粉少許 右細剉為末，入白麵四錢匕，滴水和如指尖大，撚作餅子，陰乾，食前<u>溫漿水磨服之</u>，大便黑色為效。（《脾胃論·論飲酒過傷》卷下）

（33）**行瘀血清魂散** 治虛。澤蘭葉 參一兩 荊芥一兩 川芎 歸半兩 <u>溫酒灌下</u>。（《脈因證治·婦人產胎》卷下）

（34）蟲入耳中，<u>麻油灌耳中</u>，蟲出。（《丹溪手鏡·目》卷之中）

（35）內傷，病退後燥渴不解者，有餘熱在肺家，可用參苓甘草少許，<u>薑汁冷服</u>，或茶匙調薑汁與之。（《金匱鈎玄·內傷》卷一）

（36）**豬腎丸** 黑牽牛碾細末二錢半，入豬腎中，以線繫，青竹葉包，慢火煨熟，空心<u>溫酒嚼下</u>。（《丹溪心法·漏瘡》卷二）

（37）**還睛紫金丹** 白沙蜜二十兩 黃丹六兩，水飛 南乳香 當歸各三錢 烏魚骨二錢 麝香一錢 白丁香直者五分 輕粉一字 甘石十兩，燒七遍，碎，連水浸拌 揀連三兩，小便浸碎為末 鋼砂小盞內放乾瓶口上薰乾 右將白沙蜜於沙石器內，慢火去沫，下甘石，次下丹，以柳枝攪，次下餘藥，以黏手為度。作丸如雞頭大，每用一丸，<u>溫水化開洗</u>。（《蘭室秘藏·眼耳鼻門》卷上）

以上名詞作狀語中，服藥義 VP 帶賓語一般是數量短語或文言指代詞「之」。不帶賓語的一般是狀中結構的複合動作動詞，與單音節動詞相比，數量急劇上升。不帶賓語的單音節謂語中心語文言義較強，相比製藥義和醫治義謂語中心語，數量大幅減少。帶補語的一般是趨向補語「下」「開」等或完結義補語「破」。

（二）用藥義 VP

用藥義 VP 是金元醫家對症用藥，採取不同的用藥動作，治療疾病。這些用藥義動作動詞一般是身體外部用藥，主要有 19 類動詞，如：灌（2 次）、洗（1 次）、塗（6 次）、蘸（1 次）、點（3 次）、淋（2 次）、揉（1 次）、傅／敷（10 次）、濡（1 次）、掃（2 次）、貼（6 次）、調塗（9 次）、灌（1 次）、擦（1 次）、調敷（16 次）、掩（2 次）、敲（1 次）、裹（2 次）、研傅／敷（1 次）、埽（古同

「掃」，歸入「掃」類）1 次。用藥義 VP 基本上是單音節動作動詞，文言義高度凝練，複音詞較少。醫家治療外部病患的常見用藥動詞是調敷、敷／傅、調塗，以「調敷」為習見，占比 23%，調敷的主要原料是脂膏、麵糊、水或新水。其他用藥動詞，有的是處理病症的灌洗動作，如濯、洗、淋、灌、濡等，有的是處理病症過程中的敷藥或上藥動作，如塗、蘸、點、掃（埽）、貼、調塗、傅／敷、擦、調敷、掩、研敷，還有是處理病症的包紮與按摩動作，如「裹」與「揉」等。這些用藥義 VP 在用藥語義場下，形成詞彙語義聚合關係。金元各醫家醫籍用藥義謂語中心語的使用情況，如下表。

表 8　金元醫籍名詞作狀語時用藥義 VP

用藥義 VP	傷寒直格	傷寒標本	黃帝素問	儒門事親	東垣試效	活法機要	丹溪手鏡	丹溪心法	金匱鉤玄	脈因證治	合計
濯	1	1	0	0	0	0	0	0	0	0	2
洗	0	1	0	0	0	0	0	0	0	0	1
塗	0	0	3	2	1	0	0	0	0	0	6
蘸	0	0	1	0	0	0	0	0	0	0	1
點	0	0	1	2	0	0	0	0	0	0	3
淋	0	0	2	0	0	0	0	0	0	0	2
揉	0	0	0	1	0	0	0	0	0	0	1
傅／敷	0	0	0	1	0	0	4	2	0	3	10
濡	0	0	0	1	0	0	0	0	0	0	1
掃／埽	0	0	0	2	0	0	0	0	0	1	3
貼	0	0	0	3	0	0	0	0	0	3	6
調塗	0	0	0	8	0	1	0	0	0	0	9
灌	0	0	0	1	0	0	0	0	0	0	1
擦	0	0	0	0	1	0	0	0	0	0	1
調敷	0	0	0	0	0	0	5	7	0	4	16
掩	0	0	0	0	0	0	1	0	0	1	2
敲	0	0	0	0	0	0	1	0	0	0	1
裹	0	0	0	0	0	0	2	0	0	0	2
研傅／敷	0	0	0	0	0	0	0	1	0	0	1
備註	1	2	7	21	2	1	13	8	2	12	69
	灌：澆灌；裹：用藥裹；埽：同「掃」；傅：同「敷」。										

金元各醫家醫籍用例，如下：

（1）凡懊憹虛煩者，皆用涼膈散甚佳，及宜<u>湯濯手足</u>，使心胸結熱宣散而已。（《傷寒直格論方·懊憹》卷中）

（2）**生肌散**（六十六）　龍骨火煆　赤石脂火煆，各半兩　乳香　沒藥　海螵蛸　輕粉　全蠍洗，焙乾，各一錢　血竭二錢　黃丹一錢　上為末，待瘡頭落盡，此藥填滿在瘡曰上，以膏藥貼之，一日<u>甘草湯洗二次</u>，膏藥一二日一換。（《傷寒標本心法類萃·生肌散》卷下）

（3）**乳香散**　乳香一錢　砒霜一錢　硇砂一錢半　紅娘子二十四個，去翅，足　黃丹一錢　上為末，糯米粥和作餅子，如折三錢厚，小銅錢裏卷，大破，瘡上白麵糊；如不破者，灸七壯，大者不過一月，其癩鬎核自下。後斂瘡生肌藥，黃檗不以多少，為細末，<u>麵糊塗患處</u>，甚妙。（《黃帝素問宣明論方·藥證方》卷十五）

（4）**治螻蛄瘡**　又方　千年石灰　茜根燒灰　右為細末，用水調，<u>雞翎塗上</u>。（《儒門事親·瘡瘍癰腫》卷十五）

（5）**通天散**　赤芍藥　川芎　黃連　黃芩　玄胡索　草烏頭　當歸　乳香別研，各等分　上為細末，每服少許，<u>紙撚子蘸藥</u>，任之鼻嗅，神效。（《黃帝素問宣明論方·藥證方》卷十四）

（6）**又方**　桑柴灰、石灰，淋汁熬成膏。<u>草莖刺破點</u>，以新水沃之。忌油膩等物。（《儒門事親·瘡瘍癰腫》卷十五）

（7）**麝香散**　上好鹹土不以多少　麝香真好者，少許　<u>上熱湯淋取汁</u>，去滓用清汁，銀石器中熬乾，刮下，再與麝香同研勻，摻於瘡上，以紙貼，神效。（《黃帝素問宣明論方·藥證方》卷十五）

（8）右用法之人，每念一遍，望日取氣一口，吹在手心自揉之。如小兒病在左臂上，用法之人亦<u>左手揉之</u>；在右臂以右手揉之。（《儒門事親·身瘦肌熱》卷五）

（9）腐痔桃化為水，硼砂火煆、輕粉、爐甘石煆，或加信石煆，以朴硝洗淨，<u>辰砂敷外四圍</u>，點核上。（《丹溪手鏡·痔漏》卷之下）

（10）夫小兒瘡疥風癬，可用雄黃散加芒硝少許，<u>油調傅之</u>。如面上有瘡癬，不宜擦藥。恐因而入眼則損目矣。（《儒門事親·瘡疥風癬》卷五）

（11）戴人曰：左手三部脈皆伏，比右手小三倍，此枯澀痹也。

不可純為之風，亦有火燥相兼。乃命一湧一泄一汗，其麻立已。後以辛涼之劑調之，<u>潤燥之劑濡之</u>，惟小指次指尚麻。（《儒門事親·臂麻不便》卷六）

（12）**拔毒散** 寒水石不以多少，燒令赤。右研為末，以新水調，<u>雞翎掃痛處</u>。（《儒門事親·獨治於外者》卷十二）

（13）**龍火拔毒散** 陽起石煅 伏龍肝各三錢 <u>新水塡之</u>。（《脈因證治·喉痹》卷下）

（14）**枯瘤方** 硇砂 粉霜 雄黃各二錢 輕粉 沒藥 乳香各一錢 土黃三錢 麝香少許 右為細末，以津調塗瘤頂，外邊歇一韭葉，先<u>花紙貼之</u>。上以小黃膏貼之。（《儒門事親·獨治於外者》卷十二）

（15）**陽起石散** 陽起石燒 右研末，<u>新水調塗腫痛處</u>。（《儒門事親·獨治於外者》卷十二）

（16）**治蚰蜒入耳中** 又方 <u>黑驢乳灌耳中</u>，亦出。（《儒門事親·諸雜方藥》卷十五）

（17）**一上散** 治諸般疥癬必效。雄黃通明，手可碎，五錢 熟地黃半兩 斑螯三個，去翅足，研碎 黑狗脊五錢 寒水石五錢 蛇床子半兩，炒 上另研雄黃、硫黃、寒水石如粉，次入斑螯和勻，蛇床子，黑狗脊另為細末，同研勻，凡疥癬令湯透去痂，<u>油調手中擦熱</u>，鼻中嗅三兩次，擦上，可一上即愈也。（《東垣先生試效方·瘡瘍門·瘡瘍治驗》卷三）

（18）**蛇蛻散** 蛇皮焙焦 五倍子 龍骨各二錢半 續斷五錢 右為末，入麝香少許，<u>津唾調傅</u>。（《丹溪心法·漏瘡》卷二）

（19）惡瘡，霜後凋殘芭蕉葉乾末，<u>香油調敷</u>，<u>油紙掩</u>。先洗，用忍冬藤、金絲草、

蔥、椒煎。又，松上白蟻、黃丹各燒黑，<u>香油調敷</u>，外有油紙掩上，日易，後用龍骨為末，摻口上收肉。又，黃丹、香油煎，入朴硝抹上。（《丹溪手鏡·瘰癧》卷之下）

（20）腳足上生毒瘡，蜜佗僧、黃連、俱末敷。又，杜牛膝<u>鹽敲</u>。又，旱蓮草即墨汁草也，以鹽敲盦，以桑白皮打細作餅蓋，乾則易。又，無名異，又黃柏末、龍骨末敷。（《丹溪手鏡·肺痿肺癰腸癰》卷之下）

（21）**陰脫** 又，蛇床子炒，<u>熱布裹</u>，熨之。（《丹溪手鏡·婦人胎產》卷之下）

（22）**久瘺方** 九孔蜂房灸黃 右為末，<u>臘月豬脂研傅</u>。候收汁，以龍骨降香節末入些乳香硬瘡。（《丹溪心法·漏瘡》卷二）

以上用例中，用藥義 VP 後可以帶賓語，也可以不帶賓語，其中 VP 是單音節帶賓語為常，複音節常不帶賓語。用藥義 VP 是動補結構的較少見。

第四節　湧吐義 VP

金元醫籍名詞作狀語中，謂語中心語是湧吐義的動作動作，主要是三類動詞，如吐（14 次），瀉（1 次）、下（1 次），其中以「吐」占主流。湧吐義 VP，都是單音節動作動詞，以帶賓語為常，賓語可以是指示代詞「之」，也可以是數量名結構，或是普通名詞。例如：

（1）或表證罷，邪熟入裏，結於胸中，煩滿而饑不能食，四肢微厥而脈乍急者，宜<u>瓜蒂散吐之</u>。（《傷寒標本心法類萃·在上湧之》卷上）

（2）凡一切沉積，或有水不能食，使頭目昏眩。不能清利，可<u>茶調散吐之</u>。次服七宣丸，木香檳榔丸。（《儒門事親·內傷》卷十一）

（3）一日問於戴人，戴人曰：兩手寸脈皆滑，余不以為寒，然其所以寒者，水也。以茶調散湧寒水五七升，<u>無憂散瀉積水數十行</u>。乃通周通用之法也。次以五苓散淡劑，滲瀉利之道。又以甘露散止渴，不數日而冷食寒飲皆如故。（《儒門事親·瀉利惡寒》卷七）

（4）凡一切蟲獸所傷及背瘡腫毒，杖瘡焮發，或透入裏，可服木香檳榔丸七八十丸，或至百餘丸，<u>生薑湯下五七行</u>，量虛實加減用之。（《儒門事親·外傷治法》卷十一）

（5）《經》云：上部有脈，下部無脈，其人當吐，不吐者死，宜<u>瓜蒂散之類吐之</u>。（《東垣先生試效方·飲食勞倦門·勞倦所傷論》卷一）

（6）經云胸中有寒者，<u>瓜蒂散吐之</u>。又云表熱裏寒者，白虎湯主之。（《用藥心法·知母》）

（7）痰積，在太陰分，宜蘿蔔子吐之。（《丹溪手鏡・泄瀉》卷之中）

（8）由下後，表邪未解，陽邪內陷，結狀於心胸之間，邪熱鬱於胸中，宜梔子豉湯吐之。（《丹溪手鏡・懊憹》卷之上）

（9）張法 白虎加參湯、小柴胡合五苓散、神佑丸治之。服前三方未動，次與之承氣湯。治甚者，甘露飲調之，人參柴胡飲子補之，常山飲吐之。（《脈因證治・瘧》卷上）

（10）惡寒 有濕痰積中，脈沉緩，抑遏陽氣，不得外泄，身必惡寒。宜薑茶入香油、薑汁吐其痰，以通經散去麻、硝、黃，加歸、地黃。（《脈因證治・雜治》卷下）

第五節　它類義 VP

金元醫籍名詞作狀語中，謂語中心語還出現了其他語義類型，分布比較零散，歸為它類義 VP。這類謂語中心語涉及到貯存義動詞，如合（1 次）、放（1 次）、盛（2 次）、蓋覆（5 次）、蓋（2 次）；輔助義動詞，如助（1 次）、益（1 次）、充（1 次）、接（1 次）；烹飪義動詞，如滾下（1 次）；趨向義動詞，如入（1 次）；排泄義動詞，如過（1 次，指排泄）；彈奏義動詞，如吹入（1 次）；熨燙義動詞，如熨（1 次）。根據動詞語義出現的頻次，其中貯存義的動作動詞比較多見，此時 NP 主要是工具類名詞，如「盆」「磁合」「碗」「絹袋子」「衣」等。它類義 VP 以單音節詞為主，複音詞較少，動補結構少見，賓語可帶可不帶。

（1）**又方** 棗一斗，鍋內入水，上有四指，用大戟並根苗蓋之遍，盆合之，煮熟為度，去大戟不用，旋煮旋吃，無時，盡棗決愈，神效。（《素問病機氣宜保命集・》腫脹論・取穴法卷下）

（2）樺皮四兩，燒灰 荊芥穗二兩 甘草半兩，炙 杏仁二兩，去皮尖，用水一碗於銀器內熬，去水一半，放，令乾 枳殼四兩，去穰，用炭火燒欲灰，於濕紙上令冷 上件除杏仁外，餘藥為末，將杏仁別研細，次用諸藥令勻，磁合放之，每服三錢，食後，溫酒調下。（《素問病機氣宜保命集・癘風論》卷上）

（3）**仙人肢丸** 人參 沙參 玄參 紫團參 丹參 白術 牡蠣 知母 甘草各二兩 蛤蚧一對，頭尾全用，河水淨洗，文武文酥炙黃色 上為末，用麻黃十五斤去根，拘杞子三斤，熬成膏，丸如彈子大，<u>磁合子內盛</u>，臨臥，煎生墊自然汁化下一丸，小兒量數加減。（《黃帝素問宣明論方·藥證方》卷九）

（4）**膽礬丸** 土馬駸燒存性 石馬駸燒存性 半夏各一兩 生薑一兩 胡桃十個 真膽礬半兩 川五倍子一兩 上為末，和作一塊，<u>絹袋子盛</u>，如彈子大，熱酒水各少許，浸下藥汁，淋洗頭髮，一月神效。（《黃帝素問宣明論方·藥證方》卷十五）

（5）**換骨丹** 麻黃煎膏 仙術 香白芷 槐角子取子 川芎 人參 防風 桑白皮 苦參 威靈仙 何首烏 蔓荊子 術香 龍腦研 朱砂研 麝香研 五味子 上為末，桑白單搗細秤，以麻黃膏和就，杵一萬五千下，每兩分作十丸，每服一丸，以硬物擊碎，溫酒半盞浸，以物蓋，不可透氣，食後臨臥，一呷咽之，<u>衣蓋覆</u>，當自出汗即瘥。以和胃湯調補，及避風寒，茶下半丸，蓋出汗。（《黃帝素問宣明論方·藥證方》卷三）

（6）故病蠲之後，莫若以五穀養之，<u>五果助之</u>，<u>五畜益之</u>，<u>五菜充之</u>，相五臟所宜，毋使偏傾可也。（《儒門事親·推原補法利害非輕說》卷二）

（7）夫冒風、時氣、溫病、傷寒，三日以裏，頭痛身熱惡寒，可用通聖散、益元散各五七錢，水一大碗，入生薑十餘片，蔥白連鬚者十餘莖，豆豉一撮，同煎三五沸，去滓。稍熱，先以多半投之。良久，用釵子於咽喉中探引吐了，不宜漱口。次用少半，亦稍熱投之。更用蔥醋酸辣湯投之。<u>衣被蓋覆</u>，汗出則愈矣。（《儒門事親·解利傷寒》卷四）

（8）棠溪李民范，初病嗽血，戴人以調胃湯一兩加當歸使服之，不動。再次<u>舟車丸五六十粒</u>，過三四行，又嘔血一碗。若庸工則必疑。不再宿，又與舟車丸百餘粒，通經散三四錢，大下之，過十餘行已愈過半。（《儒門事親·嘔血》卷六）

（9）**視星膏** 白沙蜜一斤，揀去蜜滓可稱十四兩 密佗僧一兩，金色者研極

細，水淘可得六七錢　新柳算子四兩，去皮心，半乾半炒　右用臘雪水五升，與蜜溶調入藥，與柳算子同貯於瓷瓶中，以柳木塞瓶口，油絹封勒，於黑豆鍋中熬。從朝至暮，仍用柳棒閣瓶，防傾側。用文武火另添一鍋，豆水滾下，旋於另鍋中取水添之，熬成，用重綿濾淨卻入瓶中，用井水浸三兩日，埋在雪中更妙。頻點為上。（《儒門事親·目疾證》卷十五）

（10）鼻衄不止，或素有熱而暴作，諸藥無驗，以白紙一張，作八楪或十楪，於極冷水內，濕紙置頂中，熱熨斗熨至一重或二重紙乾，立止。（《東垣先生試效方·衄吐嘔唾血門·治鼻衄不止法》卷三）

（11）十灰散　大薊　小薊　柏葉　荷葉　茅根　茜根　大黃　山梔　牡丹皮　棕櫚灰　右等分、燒灰存性，研細用紙包，碗蓋地上一夕，出火毒。用時先以白藕搗碎絞汁，或蘿蔔搗絞汁亦可，磨真京墨半碗，調灰五錢，食後服。病輕用此立止，病重血出升斗者，如神之效。（《丹溪心法·勞瘵》卷二）

（12）秘方　朴硝　牙硝各研　青魚膽　右以膽放二硝上，乾方研為末，竹管吹入喉中，痰出即愈。（《脈因證治·喉痹》卷下）

（13）春雪膏　點眼。朴硝置生腐上蒸，待流下，瓦器接之。（《脈因證治·目》卷下）

（14）惡寒　有濕痰積中，脈沉緩，抑遏陽氣，不得外泄，身必惡寒。宜薑茶入香油、薑汁吐其痰，以通經散去麻、硝、黃，加歸、地黃。（《脈因證治·雜治》卷下）

第六節　小　結

金元醫籍名詞作狀語「NP＋VP」中謂語中心語的類型及特點，主要是：

（一）金元醫籍名詞作狀語形成的構式：NP＋VP，其中謂語中心語 VP 與 NP 關係密切，NP 類型對 VP 的選擇有限制瞎域，各醫家治病救人選擇的 VP 語義類型，也是基於 NP 的語義特徵。從金元各醫家醫籍看，名詞作狀語的 VP 主要有五大類型，最後一類因語義多樣而用例零散，歸為它類。其他四類主要是

製藥義 VP、醫治義 VP、給藥義 VP（又分為服藥義 VP 和用藥義 VP）與湧吐義 VP。根據文獻例證看，給藥義 VP 是醫家常用謂語中心語，說明服藥和用藥是治病救人的最終動作動詞，製藥是其前提，醫治是其過程，給藥才是治病救人的關鍵，俗語「藥到病除」。而湧吐是治病過程中或服藥後的病理反應，這又激發醫家因病制方，對症下藥。

（二）製藥義 VP 是名詞作狀語的一種重要語義形式，在金元醫籍中占比 22%，金元醫籍一共有 38 類（不含重複）動作動詞，如：「煎」「羅／羅過」「浸」「潤」「調（調製）」「煮」「裹」「燒」「和（調和）／攪和」「潑」「為」「穿作」「滾」「燎」「蒸」「洗」「攪」「淬」「封」「作」「拔」「製」「打」「濾」「拌勻／拌」「研」「熬」「煨」「固」「糊」「薰」「纏」「包」「縫」「搗／搗絞／搗取」「搜和」「炒／浸炒」「漬」「收」等，它們彼此在語義上形成詞彙聚合關係。從動詞音節看，製藥動詞基本上都是單音節詞，複音詞比較少。從句法結構看，製藥義 VP 可以是動賓結構，也可以是動補結構。動賓結構，以不帶賓語為常，帶賓語的大部分是文言指代詞「之」，不帶賓語的或省略賓語，大都是語境缺省，可以補出。動補結構中作補語的一般是「破、勻、下、過、取、熱、熟」等單音節詞語，補語非常有限，語義基本上是完結義動詞。從製藥義 VP 的使用頻率看，它們之間形成的主要等級序列是：煎＞調＞浸＞煮＞燒＞其他。製藥義動詞涉及到製藥前、製藥中和製藥後，各醫家的製藥動詞，尤以「煎」為主。製藥動詞「調」可以是製藥前的調和，也可以是製藥過程中的調製。「煎」「煮」「燒」等是傳統中醫製藥的動作行為，從古至今，成為中醫製藥過程中的標準範式。

（三）醫治義 VP 是各醫家治病救人的重要動作動詞，在金元醫籍中占比 23.8%，涉及到的動作動詞有 31 類，如：「主」「下／微下（下藥義）」「利（解利、通利義）」「汗／發汗」「解」「和解」「攻」「覆取」「疏利」「通利」「治」「泄」「投（投藥、下藥義）」「調（調理，調治義）」「和（和解義）」「潤」「散」「療」「止」「佐」「溫」「調理」「奪」「分」「用」「平」「回陽」「發」「下主」「導」「散結」等，它們彼此語義上形成詞彙聚合關係。從動詞音節看，醫治義 VP 基本上以單音節為主，文言義比較強。從句法結構看，VP 後可帶賓語，也可不帶賓語，其中以帶賓語為常，賓語常常是指示代詞「之」，代詞賓語「之」語義指向句前或句中的某種病症。醫治義 VP 的語義與 NP 密切

相關，不同 NP 也會影響 VP 語義的選擇。如湯劑類的 NP，謂語中心語 VP 以「主」或「治」及「下」（下藥）為主。散劑類的 NP，謂語中心語 VP 以「平」「補」或「調理」為常。性味類的 NP，謂語中心語以「潤」為典型，如「辛潤之」。從醫治義 VP 的使用頻率看，動作動詞形成的優選等級序列是：主＞下＞解＞治＞其他。說明醫家普遍使用的醫治方式是使用動作動詞「主」和「治」，用一種藥物來主治某種疾病是醫家最直接的治病方式，體現了認知識解的百科知識，其他動作動詞則是具體藥物在治療過程中的精細化運作。醫治義動作動詞種類分布零散，語義豐富，「主」和「治」是其抽象認知概念。不同動作動詞也體現了醫家針對不同藥物採取的因病制方的救治方案，是長期臨床實踐經驗的總結。

（四）給藥義 VP 是金元醫籍的主要謂語中心語，占比 52.6%。根據醫家給藥的不同方式，給藥義 VP 分為兩種類型：服藥義 VP 與用藥義 VP。前者是給藥義的主流形式，占比 49.1%，也是整個金元醫籍名詞作狀語的主要謂語中心語。

1. 服藥義動作動詞有 38 類，如「研化」「調服」「下（服下義）／微下（吞服義）」「化破」「調下」「服」「點服」「煎服」「頓服」「送下」「磨下」「點（點服）」「飲」「化／化下」「任／任下」「投（吞服義）」「送」「吸吃」「投入」「磨化」「呷」「點下」「漱」「吞下」「細嚼」「咽下」「溫服」「磨服」「點服」「灌下」「灌」「冷服」「嚼下」「化開」等，它們彼此在語義上形成詞匯聚合關係。從服藥義 VP 的使用頻率看，動作動詞形成的優選等級序列是：下＞調下＞送下＞煎服，其中「下」占主流，在整個金元醫籍中占比 51%。從動詞的音節看，雙音節詞較多，而單音節的服藥動詞，大幅度減少，如「下」「服」「點」「飲」「任」「呷」「嗽」「灌」等，讓位於雙音節服藥動詞。這些單音節服藥義動詞，文言義都較強，沒有雙音節詞表義明確，這表明單音節服藥動詞在金元時期已經式微，逐漸被表義明確的雙音節或多音節詞取代。從句法結構看，服藥義 VP 可以是動補結構，補語一般是趨向補語「下」「開」等或完結義補語「破」。表示服藥的「服」，文言義較強，構成並列結構和狀中偏正結構。並列結構，如「調服」「點服」「煎服」「磨服」；偏正結構，如「溫服」「冷服」「頓服」。服藥義 VP，在句法中可帶賓語，也可不帶賓語，以帶賓語為常。服藥義 VP 帶賓語一般是數量短語或文言指代詞「之」。不帶賓語的一般是狀

中結構的複合動作動詞，與單音節動詞相比，數量急劇上升。不帶賓語的單音節謂語中心語文言義較強，相比製藥義和醫治義謂語中心語，數量大幅減少。

2. 用藥義 VP 是給藥義 VP 的重要組成部分，用例雖不多，但不可忽略，在金元醫籍中占比 3.1%，涉及到 19 類動作動詞，如「濯」「洗」「塗」「蘸」「點（點敷義）」「淋」「揉」「傅／敷」「濡」「掃／埽」「貼」「調塗」「灌」「擦」「掩」「敲」「裹」「研傅」等，它們彼此在語義上形成詞匯聚合關係。用藥義 VP 基本上是單音節動作動詞，文言義高度凝練，複音詞較少。醫家治療外部病患的常見用藥動詞是「調敷」「敷／傅」「調塗」，以「調敷」為習見，占比 23%，調敷的主要原料是「脂膏」「麵糊」「水或新水」。其他用藥動詞，有的是處理病症的灌洗動作，如「濯」「洗」「淋」「灌」「濡」等，有的是處理病症過程中的敷藥或上藥動作，如「塗」「蘸」「點」「掃（埽）」「貼」「調塗」「傅／敷」「擦」「調敷」「掩」「研敷」，還有是處理病症的包紮與按摩動作，如「裹」與「揉」等。從句法結構看，用藥義 VP 後可以帶賓語，也可以不帶賓語，其中 VP 是單音節帶賓語為常，複音節常不帶賓語。用藥義 VP 是動補結構的較少見。

（五）湧吐義 VP 主要是三類動詞，如吐，瀉和下，其中以「吐」占主流。湧吐義 VP，都是單音節動作動詞，以帶賓語為常，賓語可以是指示代詞「之」，也可以是數量名結構，或是普通名詞。

（六）它類 VP 語義類型多樣，比較零散，歸為一類。共 20 例。根據構式句法環境，這類謂語中心語涉及到貯存義動詞，如「合」「放」「盛」「蓋覆」「蓋」；輔助義動詞，如「助」「益」「充」「接」；烹飪義動詞，如「滾下」；趨向義動詞，如「入」；排泄義動詞，如「過」（指排泄）；彈奏義動詞，如「吹入」；熨燙義動詞，如「熨」。根據動詞語義出現的頻次，其中貯存義的動作動詞比較多見，此時 NP 主要是工具類名詞，如「盆」「磁合」「碗」「絹袋子」「衣」等。它類義 VP 以單音節詞為主，複音詞較少，動補結構少見，賓語可帶可不帶。

第七章　醫籍文獻名詞作狀語的歷時比較

第一節　醫籍文獻選定

一、斷代專書

　　根據金元醫籍的時代特性與語言特點，考察名詞作狀語的歷時比較，我們抽樣調查斷代專書。這些專書時代確定、作者明確，且具有代表性，能從各個時代的發展脈絡上反映名詞作狀語的歷時演變，通過比較、分析、歸納，總結語法演變的內在規律。調查的專書時代是從漢代至清代，如漢代馬王堆漢墓帛書《五十二病方》（簡稱「病方」）、晉代葛洪撰的《肘後方》（簡稱「後方」）、唐代孫思邈《千金翼方》（簡稱「翼方」）、宋代楊士瀛《仁齋直指方論》（附補遺）（簡稱「方論」）、明代趙宜真《外科集驗方》（簡稱「驗方」）、金代張元素《醫學啟源》（簡稱「醫學」）、元代羅天益《衛生寶鑒》（簡稱「衛生」）、清代汪昂《醫方集解》（簡稱「醫方」）。

二、語料版本

　　選定的斷代專書，版本比較可靠。如東晉葛洪的《肘後方》，是上海科學技

術出版社 2009 年 9 月第 1 版《附廣肘後方》，它是由（晉）葛洪原撰，（梁）陶弘景補輯，（金）陽用道補輯，胡冬裴匯輯。《五十二病方》是由馬王堆漢墓帛書整理小組編，北京文物出版社 1979 年 11 月出版。唐代孫思邈《千金翼方》，是人民衛生出版社 1955 年 5 月第 1 版，據清翻刻元大德梅溪書院本影印。宋代楊士瀛《仁齋直指方論》（附補遺）是福建科學技術出版社 1989 年 10 月第 1 版，該書以明嘉靖年間朱崇正刊刻的《新刊仁齋直指附遺方論》為藍本，以浙江中醫學院（今浙江中醫藥大學）圖書館藏日本精抄本（「甲種抄本」）和中國醫學科學院圖書館藏日本抄本（「乙種抄本」）為參校本。金代張元素《醫學啟源》是任應秋點校，人民衛生出版社 1978 年 11 月第 1 版出版。元代羅天益《衛生寶鑒》是人民衛生出版社 1963 年 11 月第 1 版，該書據商務印書館 1959 年重印本，以《惜陰軒叢書》本為底本，參校明永樂本、弘治本。明代趙宜真《外科集驗方》，是上海古籍書店複印明洪武戊午年（公元 1378 年）刻本。清代汪昂《醫方集解》，是上海科學技術出版社 1959 年 3 月第 1 版。

三、體裁與字數

　　由於醫籍文獻數量較大，我們採取抽樣調查諸種文獻，「抽樣調查也是一種有效的語言調查形式。」[註1] 據金元醫籍的語言特點與語料價值，抽樣調查的歷時語料，都是體裁相近，字數範圍大致相當的作品，從中觀察語言的歷時變化。金元醫籍的體裁以方劑占主要篇目，選定的代表性語料也以方劑為主。因為是抽樣調查，考慮到每部作品的字數，為了保證選定的語料字數範圍相當，基本上是抽樣調查每部作品的其中五卷或五回，但因為馬王堆漢墓帛書《五十二病方》，全文內容不多，為了與其他調查的作品字數相當，採取窮盡調查。金代張元素《醫學啟源》，與金元醫籍是同時代作品，為了保證內容體裁上的一致與字數範圍相當以及語言上的共性，抽樣調查上卷、中卷、下卷中的某卷。具體調查範圍，如：《附廣肘後方》卷一至卷四和卷七。《五十二病方》是從「諸傷」至「治 」。《千金翼方》是第十六卷至第二十卷。《仁齋直指方論》（附補遺）是卷至八至卷之十二。《醫學啟源》是上卷第九《主治心法》、中卷第十一《六氣方治》、下卷第十二《用藥備旨》。《衛生寶鑒》是第十回至

〔註1〕袁賓：《近代漢語概論》，上海教育出版社 1992 年版，第 34 頁。

第十四回。《外科集驗方》是卷上三回，如《五發癰疽論》《疔瘡論》《瘰鬁論》。《醫方集解》是前五卷：《補養之劑》《發表之劑》《湧吐之劑》《表裏之劑》《攻裏之劑》。

　　名詞作狀語的歷時比較，近代時期各語料版本、調查範圍表，如下：

表9　語料調查

時代	作　者	作　品	版　本	調查範圍
漢代	馬王堆漢墓帛書整理組	《五十二病方》	文物出版社，1979 年 11 月版	諸傷至治
晉代	葛洪	《肘後方》	上海科學技術出版社，2009 年 9 月第 1 版	卷一至卷四卷七
唐代	孫思邈	《千金翼方》	人民衛生出版社影印 1955 年 5 月第 1 版	第十六卷至二十卷
宋代	楊士瀛	仁齋直指方論（附補遺）	福建科學技術出版社，1989 年 10 月第 1 版	卷之八至卷十二
金代	張元素	《醫學啟源》	人民衛生出版社，1963 年 11 月第 1 版	九、十一、十二
元代	羅天益	《衛生寶鑒》	人民衛生出版社，1963 年 11 月第 1 版	第十回至第十四回
明代	趙宜真	《外科集驗方》	明洪武戊午年（公元 1378 年）刻本	卷上三回
清代	汪昂	《醫方集解》	上海科學技術出版社，1959 年 3 月第 1 版	前五卷

第二節　名詞作狀語歷時比較概況

　　名詞作狀語在醫籍文獻中的歷時考察，主要表達形式有四種，如：介＋NP＋VP＋（O）、NP＋VP＋（O）、介＋NP、NP。其中介＋NP＋VP＋（O）和 NP＋VP＋（O）仍然是名詞作狀語的主要表達形式，在各個時代兩者的使用頻率波動起伏，但是金元時期名詞直接作狀語的「NP＋VP＋（O）」使用頻率大大超過前置介詞的名詞作狀語「介＋NP＋VP＋（O）」。作為名詞作狀語的中介過渡形式「介＋NP」和「NP」，在漢代、晉代和宋金元時期零星出現，其中在金元時期相對密集。漢代和晉代，「介＋NP＋VP＋（O）」占主流形式，尤其以漢代最為顯著，晉代「介＋NP＋VP＋（O）」與「NP＋VP＋（O）」基本持平。從宋代開始，「NP＋VP＋（O）」表達形式異軍突起，一直延續到金元時期，「NP＋

VP＋（O）」處於主導地位。明清時期，「介＋NP＋VP＋（O）」和「NP＋VP＋（O）」兩種狀語表達形式，又回歸於相對平衡狀態。從漢代到清代的整體情況看，名詞作狀語仍以前置介詞為主，占整個歷時語料的 53.2%，而名詞直接作狀語也占 44.8%，在漢語史發展中佔有重要地位，金元時期是名詞作狀語的特殊歷史時期，不容忽視。各狀語表達形式在漢代至清代的具體使用情況與頻率，如下表。

表 10　漢至清名詞作狀語的頻率

時代	語料	狀語表達式								小計
		介＋NP＋VP＋（O）	頻率	NP＋VP＋（O）	頻率	介＋NP	頻率	NP	頻率	
漢	病方	111	91%	7	5.7%	4	3.3%	0	0	122
晉	後方	502	50.5%	484	48.6%	9	0.9%	0	0	995
唐	翼方	401	65.5%	211	34.5%	0	0	0	0	612
宋	方論	82	34.5%	155	65.1%	1	0.4%	0	0	238
金	醫學	79	36.9%	96	44.9%	8	37.4%	31	14.5%	214
元	衛生	197	46.6%	220	52.0%	3	0.7%	3	0.7%	423
明	驗方	178	59.3%	122	40.7%	0	0	0	0	300
清	醫方	61	48.8%	63	50.4%	0	0	1	0.8%	125
合　計		1611	53.2%	1358	44.8%	25	0.8%	35	1.2%	3029
備　註		各狀語表達形式的頻率，保留一位小數點。								

表中數據分析：

（1）從共時比較看，宋金元時期，名詞直接作狀語的「NP＋VP＋（O）」語法構式或表達形式，逐漸取得主流地位，與前置介詞的「介＋NP＋VP＋（O）」狀語表達形式形成主要競爭關係。

（2）從歷時比較看，「介＋NP＋VP＋（O）」在晉代和元代是兩個高峰期，隨後呈現逐漸下降趨勢。與之形成競爭關係的「NP＋VP＋（O）」狀語表達式，晉代和元代也是兩個峰谷頂點，隨後與前置介詞的表達形式共同遺留在現代漢語中。從歷時分析看，名詞作狀語的表達形式並不是一開始就是省略介詞的形式，而是兩種狀語表達形式並存，經歷了此起彼伏的發展過程，兩種狀語表達式都是漢民族的本體語言構式。漢代、晉代和唐代就存在名詞直接作狀語。宋金元時期，蒙古族等外族入侵，對中原語言的表達形式的滲透，在元代影響較

大，這既是本民族語言的固有表達形式，也是民族融合帶來的語言高峰時期，因為前置介詞的狀語表達形式並沒從漢語史中消失，而是與之形成此消彼長的共存局面。

（3）「介＋NP」和「NP」的狀語表達形式作為名詞作狀語的表達式的過渡形式，生命力非常有限，在漢語史的發展中猶如曇花一現，金元時期是其出現的高峰期，隨後就偃旗息鼓，說明這兩種狀語表達形式的語義不充分，無法精準表達語言的效力。

第三節　介＋NP＋VP＋（O）歷時考察

從歷時縱向看，漢至清時期名詞作狀語整體平穩。漢代以前置介詞作狀語為常，從晉代開始「介＋NP＋VP＋（O）」與「NP＋VP＋（O）」相對持平，名詞直接作狀語分化了前置介詞的語法功能。明清時期，前置介詞名詞作狀語又回歸到主流地位，但與「NP＋VP＋（O）」形成掎角之勢，勢均力敵。「介＋NP＋VP＋（O）」狀語表達式，是一種介賓短語構式（簡稱「介賓構式」），其語義與 NP 和 VP 密切相關，而介詞一般是「以」「用」「將」「把」等，表示介引的對象。考察「介＋NP＋VP＋（O）」構式的歷時發展，主要考察 NP 與 VP 的語義發展面貌。

一、歷時 NP

考察漢至清「介＋NP＋VP＋（O）」狀語表達式中「NP」的語義，根據其出現在歷時語料中的特點，「NP」語義類型分為工具義、飲食義、中藥義、火候義、調料義、性味義、組合義與它類義。漢至清時期，「NP」各語義類型的使用頻率見下表。

表 11　漢至清「介＋NP＋VP＋（O）」中「NP」的語義類型使用頻率

時代	作品	NP 的語義類型								小計
		工具	飲食	中藥	火候	調料	組合	它類	性味	
漢	病方	33	38	35	0	3	0	2	0	111
晉	後方	76	257	121	9	24	12	3	0	502
唐	翼方	45	284	50	4	11	4	3	0	401
宋	方論	10	18	43	6	2	0	3	0	82

金	醫學	3	3	40	2	0	0	0	31	79
元	衛生	66	22	73	3	9	0	9	15	197
明	驗方	58	38	60	8	10	1	3	0	178
清	醫方	7	4	42	0	0	1	0	7	61
合 計		298	664	464	32	59	18	23	53	1611
頻 率		18.5%	41.2%	28.8%	2%	3.7%	1.1%	1.4%	3.3%	100%

表中數據分析：

（1）從共時比較看：「介＋NP＋VP＋（O）」中「NP」語義在各時代的使用偏向不同，各時代的共同特點是飲食義、中藥義和工具義都占比較大，頻率最高，他們是構式中常出現的語義偏向。從橫向比較看，各時代 NP 的語義偏向又各有側重。如漢代、晉代和唐代以飲食義 NP 為主，宋代、金代、元代、明代和清代義中藥義 NP 為主。

（2）從歷時發展看：各語義在歷時發展中呈現的面貌不同，語義頻率呈現凸顯差異，形成不同的語義趨向。如從漢至清，工具義 NP，最為凸顯的是晉代；飲食義 NP，最為凸顯的是唐代；中藥義 NP，最為凸顯的是晉代；性味義 NP，最為凸顯的是金元時期；調料義 NP，最為凸顯是的晉代。從漢至清的整個歷時發展看，飲食義、中藥義和工具義都是主要的語義特徵，構成「介＋NP＋VP＋（O）」狀語表達式的主要語義成分，與共時比較大致相同。說明這三種語義特徵是醫籍文獻中狀語表達式中的優選語義。

（3）除飲食義 NP、中藥義 NP 和工具義 NP 主要語義特徵外，其他語義特徵在各時代也有零星分布，形成「介＋NP＋VP＋（O）」狀語表達式中豐富多彩的語義特徵，體現了漢語史發展的全貌。

（一）工具義 NP

漢至清，「介＋NP＋VP＋（O）」狀語構式中的「NP」表工具義，包括器皿、竹筒、布囊、紙張、衣物、繩具、手等。它們都是製藥、用藥、醫治病症的外部使用力量。有的工具義 NP 不具備典型性特徵，如「布」「泥」「絹袋」等，但在工具效用語義上發揮著同等的作用，在語義上歸屬為工具義範疇。例如：

漢代：

（1）顛（癲）疾：先侍（俟）白雞、犬矢。發，即以**刀**剝（劓）其頭，從顛到項，即以犬矢【濕】之，而中剝（劓）雞□，冒其所

以犬矢溼者，三日而已。已，即孰（熟）所冒雞而食之，□已。（《五十二病方・顚（癲）疾》）

（2）一，痔者，以醬灌黃雌雞，令自死，以菅裹，涂（塗）上〈土〉，炮之。涂（塗）乾，食雞，以羽薰纂。（《五十二病方・【牡】痔》第）

（3）一，以小童弱（溺）漬陵（菱）扙（芰），以瓦器盛，以布蓋，置突上五、六日，□【敷】之。（《五十二病方・加（痂）》）

（4）一，令斬足者清明東鄉（向），以箙赾之二七。（《五十二病方・𥊖（癩）》）

（5）脬傷：取久溺中泥，善擇去其蔡、沙石。置泥器中，旦以苦酒□□。以泥【傅】傷，傅□□之，傷已。已用。（《五十二病方・脬傷》）

晉代：

（1）《篋中方》治咳嗽。每服以新綿裹一丸，含之，徐徐咽津，甚者不過三丸。今醫亦多用。（《附廣肘後方・治卒上氣咳嗽方第二十三》卷三）

（2）又方　以繩圍其死人肘腕，男左女右。畢，伸繩從背上大槌度以下，又從此灸，橫行各半繩。此法三灸各三，即起。（《附廣肘後方・救卒中惡死方第一》卷一）

（3）又方　以蘆管吹兩耳，並取病患發二七莖，作繩納鼻孔中，割雄雞冠取血，以管吹入咽喉中，大效。（《附廣肘後方・治卒魘寐不寤方第五》卷一）

（4）又方　取灶下熱灰，篩去炭分，以布囊貯，令灼灼爾。便更番以熨痛上，冷，更熬熱。（《附廣肘後方・治卒心痛方第八》卷一）

（5）無問年月，可治三十年者。常山、黃連各三兩。酒一斗，宿漬之，曉以瓦釜煮取六升。一服八合，比發時令得三服。（《附廣肘後方・治寒熱諸瘧方第十六》卷二）

唐代：

（1）**赤膏**　生地黃汁二升　生烏麻脂二兩薰陸香末　丁香末各二錢七　黃丹四錢蠟如雞子黃二枚上六味，先極微火煎地黃汁、烏麻脂三分

減一，乃下丁香、薰陸香，煎三十沸，乃下黃丹，次下蠟，煎之使消。以<u>匙</u>攪之數千回，下之停凝用之。(《千金翼方‧中風上‧諸膏第三》卷十六)

（2）治血淋、熱淋方 以韭七莖燒令熱，以<u>手</u>熟按，熱掩尿處，冷即易之，可六七度，瘥。(《千金翼方‧雜病中‧淋病第二》卷十九)

（3）又方以<u>柳絮</u>裹敷之，血便止。(《千金翼方‧雜病下‧金瘡第五》卷二十)

（4）治灸瘡及湯火所損，晝夜啼呼不止，兼滅瘢方羊脂^{半兩} 豬脂一分 松脂^{半兩} 蠟一分上四味，於松明上以<u>小銚</u>火燒豬脂等皆消，以<u>杯</u>承取汁敷之，松明是服松木節也。(《千金翼方‧雜病下‧金瘡第五》卷二十)

（5）又方以<u>刀</u>割卻，以<u>好墨</u>塗遍，瘥。(《千金翼方‧雜病下‧沙蝨第六》卷二十)

宋代：

（1）**觀音丸** 圓白半夏^生 烏梅肉 母丁香 川巴豆^{不去油。每件各十}枚 上為末，薑、麵糊丸麻子大，上下以<u>厚紙</u>蓋貼熟，有油又再易紙。每服五丸，臨臥冷水下。(《仁齋直指方論（附補遺）‧瘰癧證治》卷之十二)

（2）**雄黃散** 雄黃 安息香^{各一分} 露蜂房^{去子，燒灰} 桃仁^{去皮，炒。}各二分 麝少許 上為末。每用一錢，生艾葉入生蜜研汁夾和，臨臥含化，仍燒艾，以<u>管子</u>吹煙薰喉。(《仁齋直指方論（附補遺）‧咳嗽證治》卷之八)

（3）**癸字號補髓丹**^{一名十珍丸} 明膠^{四兩} 真黃蠟^{三兩} 上二味逐漸下，與前八味和一處，擂成膏子，和平胃散末、四君子湯末、知母、黃柏末各一兩，共一十兩搜和成劑。如十分硬，再入白蜜同熬，取起放青石上，用<u>木捶</u>打如泥，丸如梧桐子大。每服一百丸，不拘時候，棗湯下。(《仁齋直指方論（附補遺）‧附諸方》卷之九)

（4）**六物湯** 嫩常山^{二錢半} 柴胡 雞心檳榔 青皮^{去白。各二錢} 草果仁 甘草^{炙。各一錢半} 上銼，分三服，每服大軟烏梅二個，好夏酒準一

啜許，新水二盞，煎半，隔宿露空，以<u>紗</u>蓋之，次早拂明服。苦寒熱等，加制厚朴二錢，略暖服，是日飲食皆勿用熱。(《仁齋直指方論（附補遺）·痎瘧證治》卷之十二)

（5）**止嗽煙筒方** 冬花蕊 鵝管石 雄黃 艾葉各等分 上為末，用<u>紙</u>捲筒內，用火點，煙入口內吞下，就用水吞一口，以塞煙氣，立效。(《仁齋直指方論（附補遺）·咳嗽證治》卷之八)

金代：

（1）又云：甘苦，純陽，補胃氣，進飲食。去枝莖用葉，以<u>手</u>搓用。(《醫學啟源·用藥備旨·藥類法象》卷下第十二)

（2）《主治秘要》云：能發汗，通關節，除勞渴，冷搗和醋封毒腫，去枝莖以<u>手</u>搓碎用。(《醫學啟源·用藥備旨·藥類法象》卷下第十二)

（3）又云：甘苦，純陽，補胃氣，進飲食。去枝莖用葉，以<u>手</u>搓用。(《醫學啟源·用藥備旨·藥類法象》卷下第十二)

元代：

（1）**金露膏** 治一切眼，神效。淄州黃丹 葳仁搥碎，各一兩 黃連半兩 蜜六兩 右先將黃丹鐵鍋內炒紫色，入蜜攪勻，下長流水四升，以嫩柳枝五七條，把定攪之，次下葳仁，滾十數沸，又下黃連，以<u>柳枝</u>不住手攪，熬至二升，筮籬內傾藥在紙上，慢慢滴之，無令塵污。(《衛生寶鑒·眼目諸病並方》卷十)

（2）**清肺飲子** 治衄血、吐血久不愈。服此藥，以<u>三稜針</u>刺氣沖穴出血，立愈。(《衛生寶鑒·眼目諸病並方》卷十)

（3）**消毒膏** 治一切腫毒結硬疼痛。右件藥三十三味，入油內浸七日七夜，於淨銀石器內，慢火熬，候白芷焦黃色，放溫，以<u>白綿</u>濾去粗，於瓷罐內密封三晝夜，候取出，傾於鍋內，慢火溫，再濾去粗，傾入好燒鍋中，慢火再熬，次下黃蠟十五兩，用<u>竹蓖</u>不住手攪令勻，次下黃丹，攪勻，以慢火再熬動，出火攪勻，續次再上火三日，方欲膏盛於磁合子內密封。每用時，以軟白絹上攤勻，貼患處。(《衛生寶鑒·瘡腫門》卷十三)

（4）**舍時從證** 予舉瘍醫孫彥和視之，曰：此乃附骨癰，開發

已遲。以燔針起之，膿清稀解。(《衛生寶鑒·瘡腫門》卷十三)

(5) **五黃散** 黄丹 黄連 黄芩 黄蘗 大黄 乳香各等分 右為細末，新汲水調成膏，用緋絹帛子攤在上，貼於瘡上。(《衛生寶鑒·瘡腫門》卷十三)

明代：

(1) 碧霞錠子 銅綠一兩 砂二錢 蟾酥一錢 上為細末，軟米飯一處擦勻，撚作錠子粳米樣，每用針刺之不覺痛者，但有血出，拰一錠子在內，以膏貼之，或作散以紙撚蘸拰之亦可。臨證看如何宜合用度。(《外科集驗方·五發癰疽論·五發癰疽通治方》卷上)

(2) 國老膏 大橫紋粉甘草二斤 上捶令碎，河水浸一宿，揉令漿汁濃，去盡筋柤，再用密絹濾過，銀石器內慢火熬成膏，以瓷罐收之。每服一二匙。無灰酒侵入或白湯亦可，不拘時服。曾服燥藥丹劑亦解之，或微利無妨。(《外科集驗方·五發癰疽論·五發癰疽通治方》卷上)

(3) 如硬，再旋加油少許。如軟加瀝青。試得如法卻下乳沒末。起鍋在炭火上，再用槐柳條攪數百次。又以粗布濾膏，在水盆內扯拔如金絲，頻換水，浸一日，卻用小銚盛頓。(《外科集驗方·五發癰疽論·五發癰疽通治方》卷上)

(4) 蟾酥膏 治疔瘡。上取蟾酥，以白麵黃丹搜作劑，丸如麥顆狀。用指甲抓動瘡上插入，重者針破瘡頭，以一粒納之，仍以水沉膏貼之。(《外科集驗方·疔瘡論》卷上)

(5) 滴滴金 治疔瘡。硇砂 輕粉 人言 雄黃 朱砂各一錢 麝香少許 上為細末，每用些少，先以針刺開瘡頭貼藥，黃水出效。(《外科集驗方·疔瘡論》卷上)

清代：

(1) 本方單用燒鹽熟水調飲，以指探吐，名燒鹽探吐法。治傷食痛連胸膈，痞悶不通，手足逆冷，尺脈全無。(《醫方集解·湧吐之劑》)

(2) **蜜煎導法**通大便，仲景 蜂蜜 用銅器微火熬，頻攪，勿令焦，候凝如飴，撚作挺子，頭銳如指，糝皂角末少許，乘熱納穀道中，

用<u>手</u>抱住，欲大便時去之。(《醫方集解·攻裏之劑》)

（3）**金液丹**　硫黃十兩，研末，瓷盆盛水，和赤石脂，封口，鹽泥固濟。日乾，地內埋一小罐，盛水令滿，安盆在內，用<u>泥</u>固濟，慢火養七日七夜，加頂火一斤煆，取出，研末，蒸餅丸，米飲下，治久寒錮冷，勞傷虛損，傷寒陰證，小兒慢驚。(《醫方集解·補養之劑》)

（二）飲食義 NP

飲食義 NP 是漢至清使用頻率最多的語義類型，占比為 41.2%，這在中醫藥文獻中表現尤為突出。這與「醫食同源」的中醫理論密切相關，在「介＋NP＋VP＋（O）」狀語表達形式中，「NP」為飲食義時能產性最高。「NP」表飲食義名詞性詞語主要是：「水」「酒」「茶」「湯」「飲」「粥」「蒸餅」等，從漢至清基本一致。由於製藥、醫治及服藥都離不開「水」「酒」，作為 NP 語義，它們是狀語表達式的主要語義特徵。無論從橫向共時，還是縱向歷時，飲食義 NP 都在前置介詞狀語形式中占主導地位。例如：

漢代：

（1）一，取蠃牛二七，薤一拼（ ），並以<u>酒</u>煮而飲之。(《五十二病方·【人】病馬不間（癇）者》)

（2）毒烏（喙）者：炙□□，飲小童弱（溺）若產齊赤，而以<u>水</u>飲☒。(《五十二病方·毒烏（喙）者》)

（3）以<u>青梁米</u>為鬻（粥），水十五而米一，成鬻（粥）五斗，出，揚去氣，盛以新瓦甕，冥（冪）口以布三□，即封涂（塗）厚二寸，燔，令泥盡火而（歇）之，痏已。(《五十二病方·蚖》)

（4）一，□□及癙不出者方：以<u>醇酒</u>入□，煮膠，廣□□□□□□□，燔叚（煆）□□□□火而酒中，沸盡而去之，以<u>酒</u>飲病【者】，□□□□□□□□飲之，令□□□起自次（恣）毆（也）。(《五十二病方·【人】病馬不間（癇）者》)

（5）一，冶蘪米，以<u>乳汁</u>和，敷之，不痛，不瘢。(《五十二病方·□闌（爛）者方》)

晉代：

（1）又方　別左角發，方二寸，燒末，以<u>酒</u>灌，令入喉，立起

也。(《附廣肘後方·救卒死屍厥方第二》卷一)

(2)又方 鹽一升,水二升。和攪飲之,並以冷水噀之。勿令即得吐,須臾吐,即瘥。(《附廣肘後方·治卒得鬼擊方第四》卷一)

(3)又方 東引桃枝一把,切。以酒一升,煎取半升,頓服,大效。(《附廣肘後方·治卒心痛方第八》卷一)

(4)姚和眾治卒心痛。鬱李仁三七枚,爛嚼,以新汲水下之,飲溫湯尤妙。須臾痛止,卻煎薄鹽湯熱呷之。(《附廣肘後方·治卒心痛方第八》卷一)

(5)應急大效玉粉丹:生硫黃五兩,青鹽一兩,以上裒細研,以蒸餅為丸,如綠豆大。每服五丸,熱酒空心服,以食壓之。(《附廣肘後方·治卒腹痛方第九》卷一)

唐代:

(1)**杜仲酒**杜仲八兩,炙 羌活四兩石楠二兩 大附子三枚,去皮 上四味,切,以酒一斗漬三宿,服二合,日再。(《千金翼方·中風上·諸酒第一》卷十六)

(2)**大續命湯方**麻黃八兩,去節大杏仁四十枚,去皮尖、兩仁桂心 芎藭各二兩石膏四兩,碎黃芩 乾薑 當歸 甘草炙,各一兩荊瀝一升上一十味,㕮咀,以水一斗,先煮麻黃,去上沫,下藥煮取四升,下荊瀝煮取三升,分四服。(《千金翼方·中風下·中風第一》卷十七)

(3)治膈上熱方苦參十兩 玄參三兩 麥門冬去心 車前子各三兩上四味,搗篩為末,煉蜜和丸如梧子。以飲服十五丸,日二,食後服。(《千金翼方·雜病上·胸中熱第五》卷十八)

(4)**苦瓠丸** 苦瓠白穰實撚如大豆粒 上一味,以麵裹,煮一沸,空腹吞七枚,午後出水一升,三四日水自出不止,大瘦即瘥。三年慎口味,苦瓠須好無黶翳者,不爾有毒,不堪用。(《千金翼方·雜病中·水腫第三》卷十九)

(5)**阿魏藥**阿魏藥三兩,碎之如麻子大上一味,以餛飩麵裹半兩[註2],熟煮吞之,日三服之,服滿二七日永瘥。忌五辛油麵,生

[註2] 《廣韻·魂韻》:「餛,餛飩。」餫,同餛。」

冷酢滑，以<u>酒</u>服之即瘥。(《千金翼方·雜病下·備急第一》卷二十)

金代：

（1）氣刺痛，用枳殼，看何經，分以引經藥導之。眼痛不可忍者，用黃連、當歸根，以<u>酒</u>浸煎。(《醫學啟源·主治心法·隨證治病用藥》卷九)

（2）又云：用<u>溫水</u>洗去土，酒製過，或焙或曬乾，血病須去蘆頭用。(《醫學啟源·用藥備旨·藥類法象》卷下第十二第)

（3）**當歸拈痛湯** 羌活半兩 防風三錢，二味為君 升麻一錢 葛根二錢 白術一錢 蒼術三錢 當歸身三錢 人參二錢 甘草五錢 苦參酒浸二錢 黃芩一錢炒 豬苓三錢 澤瀉三錢 右銼如麻豆大，每服一兩，水二盞半，先以<u>水</u>拌濕，候少時，煎至一盞，去滓溫服，待少時，美膳壓之。(《醫學啟源·用藥備旨·五行制方生剋法》卷下第十二)

元代：

（1）**又方** 耳痛，食鹽不以多少，炒熱，用<u>棗麵</u>蒸物，青花布包定枕之，其效如神。(《衛生寶鑒·眼目諸病並方》卷十)

（2）**解毒雄黃丸** 鬱金 雄黃各一兩 巴豆去皮膜，研出油，十四枚 右為末，醋糊為丸綠豆大。用<u>熱茶清</u>下七丸，吐出頑涎，立便蘇省。未吐再服。(《衛生寶鑒·咽喉口齒門》卷十一)

（3）**延壽丹** 天麻半兩 白礬一兩，半生半枯 枸杞子 半夏泡，七次 甘草各一兩半 人參一兩 右為末，水酒和成劑，再用<u>蒸餅</u>裹定，於籠內蒸熟。去蒸餅，搓藥為丸，如桐子大。每服三十丸，溫水送下，食後臨臥服。(《衛生寶鑒·咳嗽門》卷十二)

（4）**硝石礬** 硝石 礬石燒，各等分 右二味為末，以<u>大麥麵粥</u>和，服方寸匕，日三服。(《衛生寶鑒·諸濕腫滿》卷十四)

（5）**補金散** 鶴虱生 雷丸 定粉 錫灰各等分 右為末，每服三錢，空心食前，少油調下。又用<u>豬肉一兩</u>，燒熟，糝藥在上，細嚼亦得。每服藥時，用雞翎、甘遂末一錢，與前藥一處服之，其蟲自下矣。

（《衛生寶鑒·腹中諸蟲》卷十四）

明代：

（1）若胸腹膨滿，或大小便閉澀，可服當歸連翹散一帖，行五

七次，用<u>溫米粥湯</u>補止。(《外科集驗方·五發癰疽論·五發癰疽通治方》卷上)

（2）**乳香拔毒散** 黃柏_{二兩·去皮} 黃芩_{二兩·去腐} 地骨皮_{二兩} 乳香_{二錢·另研} 沒藥_{二錢} 上為細末，用<u>井花涼水</u>調作膏子，攤紙上貼腫處，效。(《外科集驗方·五發癰疽論·五發癰疽通治方》卷上)

（3）**透膿散** 蛾口繭_{用出了蛾兒繭子} 上將繭兒燒作灰，用<u>酒</u>調服即透。切不可用二三個繭兒燒服，若服一個只一個瘡口，若二三個則瘡口多，慎勿輕忽。(《外科集驗方·五發癰疽論·五發癰疽通治方》卷上)

清代：

（1）**天真丸**_{補血氣} 肉蓯蓉 山藥_{濕者十兩} 當歸_{十二兩酒洗} 天冬_{去心·一斤} 為末，安羊肉內，縛定，用<u>無灰酒四缸</u>煮，令酒乾，入水二斗，煮爛，再入後藥。黃芪_{五兩} 人參_{三兩} 白術_{二兩} 為末，糯米飯作餅，焙乾，和丸，溫酒下。如難丸，用<u>蒸餅</u>杵丸。(《醫方集解·補養之劑》)

（2）**霞天膏** 即照前法。每肉十二斤，可熬膏一斤，瓷罐盛之，夏月水浸，可留三日。寒天久留生黴，用<u>重湯</u>煮，入煎劑調服，入丸劑，每三分加曲一分，煮糊或同蜜煉。(《醫方集解·攻裏之劑》)

（三）中藥義 NP

「介＋NP＋VP＋（O）」語法構式中，NP 表示中藥義的詞語從漢至清，一直占住重要地位，從歷時語料看，占比 28.8%，這突出了中醫藥文獻的特色。中藥義 NP 主要是中藥原材料名詞、湯劑類名詞、膏藥類名詞以及動植物類具有藥用效果的名詞。有些 NP 語義，在中醫認知域中具有藥效的，也一併歸屬中藥義範疇，比如「人尿」「熱牛屎」「雞冠血」等詞語。例如：

漢代：

（1）一，湮汲水三斗，以<u>龍鬚（須）一束並者</u>（煮）☐。(《五十二病方·【人】病馬不間（癇）者》)

（2）胕腸：治胕腸，取陳黍、叔（菽），冶，以<u>犬膽</u>和，以傅。(《五十二病方·胕腸》)

（3）一，冶烏象（喙）　四果（顆）、陵（菱）芰（芰）一升半，以<u>南（男）　潼（童）弱（溺）</u>一斗半並□，煮熟，□米一升入中，撓，以傅之。（《五十二病方·加（痂）》）

（4）一，乾加（痂）：冶蛇床實，以<u>牡癘膏</u>膳，先括（刮）加（痂）潰，即傅而□□，乾，去□目☑。（《五十二病方·加（痂）》）

（5）一，取桌垢，以<u>艾</u>裹，以久（灸）積（）者中顛，令闌（爛）而已。（《五十二病方·積（癩）》第 77 頁）

晉代：

（1）又方　以<u>雞冠及血</u>塗面上，灰圍四邊，立起。（《附廣肘後方·救卒中惡死方第一》卷一）

（2）《外臺秘要》，治天行毒病衄鼻，是熱毒血下數升者，好墨末之，雞子白，丸如梧子，用<u>生地黃汁</u>，下一二十丸，如人行五里，再服。（《附廣肘後方·治傷寒時氣溫病方第十三》卷二）

（3）《聖惠方》治白駁。用<u>蛇蛻</u>燒末，醋調，敷上，佳。（《附廣肘後方·治中風諸急方第十九》卷三）

（4）惡肉病者，身中忽有肉，如赤小豆粒突出，便長如牛馬乳，亦如雞冠狀，亦宜服漏蘆湯，外可以燒鐵烙之。日三烙，令稍焦。以<u>升麻膏</u>敷之。（《附廣肘後方·治癰疽妒乳諸毒腫方第三十六》卷七）

（5）若已有核，膿血出者。以<u>熱牛屎</u>塗之，日三。（《附廣肘後方·治卒得蟲鼠諸瘻方第四十一》卷七）

唐代：

（1）**風痹散**附子炮，去皮　乾薑　白術各四兩石斛半兩蜀椒去目，一分，汗及開口者上一十二味，搗篩為散，酒服五分匕，以<u>少羊脯</u>下藥，日再。勿大飽食，饑即更服，常令有酒勢，先服吐下藥，後乃服之。以韋袋貯藥勿泄，忌冷水房室百日。（《千金翼方·中風上·風眩第六》卷十六）

（2）**尿煮牡蠣**牡蠣五兩，熬上一味，以<u>患人尿</u>三升，煮取二升，分再服。（《千金翼方·雜病中·消渴第一》卷十八）

（3）凡山中石上草中，多有蛭，食人血，入肉中，浸淫起方用

灸斷其道，即瘥。又方常以<u>臘月豬脂</u>和鹽，塗腳及足指間、足跌上並鞋上，則不著人。(《千金翼方‧雜病中‧雜療第八》卷十九第 230)

(4) **芥子薄** 芥子一升，蒸熟上一味，搗下篩，以<u>黃丹</u>二兩攪之，分作兩處，疏布袋盛之，更蒸使熱，以敷痛處，當更迭蒸袋，常使熱敷之，如此三五度即定。(《千金翼方‧雜病下‧備急第一》卷二十)

(5) 又方取故鞋網如棗大，婦人中衣有血者如手掌大，倒勾棘針二七枚，三味合燒作灰，以<u>臘月豬膏</u>和，塗之，蟲出。(《千金翼方‧雜病下‧沙虱第六》卷二十)

宋代：

(1) **安腎丸** 方見水飲門 **八味丸 養正丹** 見痼冷門。治腎虛上喘。凡腎虛而喘，須以<u>人參</u>為佐。(《仁齋直指方論(附補遺)‧肺痿方論》卷之八)

(2) **小菟絲子丸** 用<u>北五味子</u>煎湯下，治諸虛白濁。方見疝門。(《仁齋直指方論(附補遺)‧漏濁證治》卷之十)

(3) **白丸子** 治陰陽不調，清濁相干，小便渾濁。方見身疼門。用<u>茯苓湯</u>送下。(《仁齋直指方論(附補遺)‧漏濁證治》卷之十)

(4) **虎牙丸** 上細末，以<u>紫河車</u>、<u>狗肉</u>杵黏為丸桐子大。每七十粒，月首五更，空心米湯下，午時又服。如無胎衣，以<u>雄豬肚</u>代用，修事同。(《仁齋直指方論(附補遺)‧勞瘵證治》卷之九)

(5) **蒜丹丸** 號丹蝦 穿山甲熱灰中炮焦。各一分 土朱半兩 上為末，以獨頭蒜煨，去皮，研膏丸桐子大。每十丸，生薑、烏梅、紫蘇煎湯下。(《仁齋直指方論(附補遺)‧痎瘧證治》卷之十二)

金代：

(1) 凡諸瘡，以<u>黃連</u>為君，甘草、黃芩為佐。(《醫學啟源‧主治心法‧用藥凡例》卷九)

(2) 柴胡瀉三焦火，黃芩佐之；柴胡瀉肝火，須用<u>黃連</u>佐之，膽經亦然。(《醫學啟源‧用藥備旨‧去臟腑之火》卷下第十二)

(3) 脾，虛則甘草、大棗之類補之，實則以<u>枳殼</u>瀉之。如無他證，虛則以錢氏益黃散，實則瀉黃散。心乃脾之母，以<u>炒鹽</u>補之；

肺乃脾之子，以<u>桑白皮</u>瀉肺。（《醫學啟源·主治心法·五臟補瀉法》）

元代：

（1）**碧霞丹** 銅綠三錢 枯白礬三錢 乳香一錢 右為末，將<u>黃連</u>熬成膏子，入藥，丸如雞頭大，水浸開洗之。（《衛生寶鑒·眼目諸病並方》卷十）

（2）**送花散** 白礬半兩，枯 麻勃 木香 松脂 花胭脂各二錢半 右為末，先用綿淨拭膿盡後，以<u>藥</u>滿耳填，取效。（《衛生寶鑒·眼目諸病並方》卷十）

（3）**麝香散** 銅綠五錢 白芨二錢半 白薇三錢半 白礬二錢半 麝香一錢 右為末，用<u>麝香</u>研細入藥和勻。每用少許，貼於牙患處。（《衛生寶鑒·咽喉口齒門》卷十一）

明代：

（1）如瘡患要將好，腐肉不脫，可用針刺破皮，令隨膿出，將<u>水紅花根</u>煎湯洗之，用<u>生肌散</u>撒上，每一日洗一次，依此法無不效。（《外科集驗方·五發癰疽論·五發癰疽通治方》卷上）

（2）蟾酥膏 治疔瘡。上取蟾酥，以<u>白麵黃丹</u>搜作劑，丸如麥顆狀。用指甲抓動瘡上插入，重者針破瘡頭，以一粒納之，仍以<u>水沉膏</u>貼之。（《外科集驗方·疔瘡論》卷上）

（3）內消丸 青皮 陳皮以上各二兩 牽牛八兩，取頭末二兩 薄荷葉 皂角以上各八兩，不蛀者，去粗皮捶碎，用冷水一斗煮令極軟，揉汁去渣用，熬成膏 上將<u>青皮、陳皮末並牽牛末</u>和勻，用<u>前膏子</u>和丸，如漿豆大。每服三十丸，食後荊芥茶，清溫水皆可下。（《外科集驗方·瘰癧論》卷上）

清代：

（1）**三才封髓丹**補脾肺腎，拔萃 天門冬 熟地黃二兩 人參一兩 黃蘗酒炒三兩 砂仁半兩 甘草炙七錢半 麵糊丸，用蓯蓉五錢切片，酒一大盞浸一宿，次日煎湯送下。（《醫方集解·補養之劑》）

（2）**柴葛解肌湯**太陽陽明，節庵製此以代葛根湯 芷葛散，陽明之邪。柴胡散，少陽之邪。寒將為熱，故以<u>黃芩、石膏、桔梗</u>清之，以<u>芍藥甘草</u>和之也。（《醫方集解·發表之劑》）

（3）**豬膽導法**通大便·仲景 豬膽一枚 取汁入醋少許，用竹筒長三四寸，以一半納穀道中，將<u>膽汁</u>灌入肛中，頃當大便，此手陽明藥也。（《醫方集解·攻裏之劑》）

（4）**參蘇飲**外感內傷·元戎 此手足太陰藥也。風寒宜解表，故用蘇葛、前胡。勞傷宜補中，故用<u>參苓、甘草、橘半</u>除痰止嘔，枳桔利膈寬腸，木香行氣破滯，使內外俱和，則邪散矣。（《醫方集解·表裏之劑》）

（四）調料義 NP

醫籍文獻中，「介＋NP＋VP＋（O）」中的「NP」表示調料義的名詞性詞語與日常生活調味料密切相關，如「鹽」「醋」「蜜」「糖」「油」等。中藥的研製與調配，離不開調料的配伍。從漢至清，甚至現代中醫藥的製作與服用都會使用日常生活調味料，它們是中醫藥的調味劑。從歷時比較看，調料義 NP 在晉代相對突出，唐代與明清也有相當用例。比如：

漢代：

（1）治之以鮮產魚，□而以<u>鹽</u>財和之，以敷蟲所齧□□□□□□之。病已，止。嘗試，毋禁。【●】令。（《五十二病方·冥（螟）病方）

（2）一，以冥蠶種方尺，食衣白魚一七，長足二七。熬蠶種令黃，靡（磨）取蠶種冶，亦靡（磨）白魚、長足。節三，並以<u>醯二升</u>和，以先食飲之。嬰以一升。（《五十二病方·積（癩）》）

晉代：

（1）又方 以<u>鹽湯</u>飲之，多少約在意。（《附廣肘後方·治卒魘寐不寤方第五》卷一）

（2）取好蜜通身上摩，亦可以<u>蜜</u>煎升麻，並數數食。（《附廣肘後方·治傷寒時氣溫病方第十三》卷二）

（3）《聖惠方》治癩瘍風，用羊蹄菜根於生鐵上，以<u>好醋</u>磨，旋旋刮取，塗於患上。未瘥，更入硫黃少許，同磨，塗之。（《附廣肘後方·治中風諸急方第十九》卷三）

唐代：

（1）**治卒中惡風頭痛方**搗生烏頭去皮，以<u>醋</u>和塗，故布上敷痛

上，須臾痛止。日夜五六敷之。(《千金翼方・中風上・風眩第六》
卷十六)

（2）又方石硫黃三兩　附子去皮　鐵精各一兩上三味，並研搗，以三
年醋和，納瓷器中密封七日，以醋泔淨洗，上拭乾，塗之，乾即塗，
一兩日，慎風。(《千金翼方・中風下・鬝瘡第四》卷十七)

（3）雀屎　以蜜和為丸，飲服主癥癖、久痼冷病，或和少乾薑
服之，大肥悅人。(《千金翼方・雜病中・雜療第八》卷十九)

（4）又方以醬汁塗，立愈。(《千金翼方・雜病下・金瘡第五》
卷二十)

元代：

（1）碧玉散　青黛　盆硝　蒲黃　甘草各等分　右為末和勻，每用少
許，乾糝於咽喉內，細細咽津。綿裹噙化亦得。若作丸，用砂糖和
丸，每兩作五十丸。每服一丸，噙化咽津亦得。(《衛生寶鑒・咽喉
口齒門》卷十一)

（2）綠白散　苦參不以多少　右細末，用香油調搽。(《衛生寶鑒・
瘡腫門》卷十三)

（3）失笑散　蒲黃炒香　五靈脂酒研，洗去砂土，各等分為末　右先用釅
醋調二錢，熬成膏，入水一盞，煎七分，食前熱服。(《衛生寶鑒・
心胃痛及腹中痛》卷十三)

明代：

（1）蠲毒散　大南星一兩　貝母三分　白芷　赤小豆　直僵蠶焙，各半
兩　雄黃二錢　上為細末，初用醋調敷，後用蜜水調敷。(《外科集驗方・
五發癰疽論・五發癰疽通治方》卷上)

（2）鐵粉散　多年生鐵三錢，炒過　松脂一錢　黃丹五分　輕粉五分　麝
香少許　上為細末，用清油調塗瘡口立效。(《外科集驗方・疔瘡論》
卷上)

（五）性味義 NP

「介＋NP＋VP＋（O）」中「NP」的語義表示性味義，基本上是單音節詞
語。它在金元時期比較顯著，其他時期相對較弱，說明金元醫家，比較注重藥

物的性味來治病，比如「甘」「酸」「苦」「淡」「鹹」「寒」「辛」等。這也突出了金元時期醫家的中醫學理論，受到了劉完素「寒涼派」、朱震亨「養陰派」的影響。比如：

金代：

（1）肝欲散，急食辛以散之，以辛補之，以酸瀉之；心欲軟，急食咸以軟之，以鹹補之，以甘瀉之；脾欲緩，急食甘以緩之，以甘補之，以苦瀉之；肺欲收，急食酸以收之，以酸補之，以辛瀉之；腎欲堅，急食苦以堅之，以苦補之，以鹹瀉之。（《醫學啟源·用藥備旨·制方法》卷下第十二）

（2）風 製法：肝、木、酸、春生之道也，失常則病矣。風淫於內，治以辛涼，佐以苦辛，以甘緩之，以辛散之。（《醫學啟源·用藥備旨·五行制方生剋法》卷下第十二）

元代：

（1）雜症有汗而渴者，以辛潤之。無汗而渴者，以苦堅之。（《衛生寶鑒·咳嗽門》卷十二）

（2）導滯通經湯 《內經》曰：濕淫所勝，平以甚熱，以苦燥之，以淡泄之。陳皮苦溫，理肺氣，去氣滯，故以為主，桑白皮甘寒，去肺中水氣水腫臚脹，利水道，故以為佐；木香苦辛溫，除肺中滯氣，白術苦甘溫，能除濕和中，以苦燥之，白茯苓甘平，能止渴、除濕，利小便，以淡泄之，故以為使也。（《衛生寶鑒·諸濕腫滿》卷十四）

（六）其餘義 NP

其餘義 NP，主要指火候義 NP、它類義 NP 和組合義 NP，它們在各時代處於零星分布，是語義的客觀表達。火候義 NP 在從晉到明，它類義 NP 從漢至元都有分布，組合義 NP 在晉唐相對突出。火候義 NP 指與火候相關的名詞性詞語，如「文武火」「桑柴火」「糠火」「慢火」等。它類義 NP 是指不適合歸屬飲食義 NP、中藥義 NP、工具義 NP 的名詞性詞語，如數量詞語，比如「寸」「一丸」「前三件」；指示代詞，如「此」；以及氣體名詞，如「氣」「胃氣」；指人義名詞，如「瘧人」；病症名詞，如「瘡頭」；時間名詞，如「十八

日」等。組合義 NP 主要是不同語義的 NP 組合而成，與介詞一起放在謂語中心語 VP 的前面作狀語。它們一般是中藥義 NP 與飲食義 NP 的組合，在晉代比較突出。組合義 NP 是中醫藥臨床實踐的總結與應用。例如：

1. 火候義 NP：

（1）又方 先炙鱉甲搗末方寸匕。至時令三服盡，用<u>火炙</u>，無不斷。（《附廣肘後方·治寒熱諸瘧方第十六》卷三）

（2）姚方：大蝮蛇一枚，切勿令傷，以酒漬之。大者一斗，小者五升。以<u>糠火溫</u>，令下尋取蛇一寸許，以臘月豬膏和，敷瘡，瘥。（《附廣肘後方·治卒得癩皮毛變黑方第四十》卷七）

（3）**豬蹄湯** 香白芷不見火 黃芩去心 赤芍藥 露蜂房有蜂兒者 當歸去蘆 羌活 生甘草各等分 上為粗末，看疽大小用藥，如疽大加料用。先將獖豬前蹄二隻一斤，只用白水三升煮軟，將汁分作二次，澄去面上油花，盡下面粗肉，每次用藥一兩投於汁中，再用<u>文武火</u>煎十數沸去粗。以古帛蘸藥湯，溫溫徐薄揩瘡上，死肉惡血隨洗而下淨，洗訖，以帛挹乾。（《外科集驗方·五發癰疽論·五發癰疽通治方》卷上）

（4）**消毒膏** 治一切腫毒結硬疼痛。右件藥三十三味，入油內浸七日七夜，於淨銀石器內，慢火熬，候白芷焦黃色，放溫，以白綿濾去粗，於瓷罐內密封三晝夜，候取出，傾於鍋內，慢火溫，再濾去粗，傾入好燒鍋中，慢火再熬，次下黃蠟十五兩，用竹篦不住手攪令勻，次下黃丹，攪勻，以<u>慢火</u>再熬動，出火攪勻，續次再上火三日，方欲膏盛於磁合子內密封。每用時，以軟白絹上攤勻，貼患處。（《衛生寶鑒·瘡腫門》卷十三）

（5）**白丸子** 輕粉半錢 桂府滑石研炒 粉霜研細炒，各四錢 硇砂研炒白丁香杵如米，炒，填者 寒水石火燒研細，各三錢 右先將輕粉、滑石二味研勻，用油紙裹了，卻更和白麵作餅，再裹合藥，用<u>桑柴火燒</u>，以熟為度。取出，與前四味一處研勻，水浸，蒸餅搵乾為丸，如綠豆大。第一日每服二丸，煎生薑湯送下，食前，一日三服。（《衛生寶鑒·諸濕腫滿》卷十四）

2. 它類義 NP：

（1）一，取秋竹者（煮）之，而以<u>氣</u>薰其病，已。（《五十二病方·□闌（爛）者方》）

（2）次灸巨闕。在心厭尖尖四下一寸，以<u>寸</u>度之，凡灸以上部五穴，亦足治其氣。（《附廣肘後方·治風毒腳弱痹滿上氣方第二十一》卷三）

（3）麥門冬十分，去心，甘草十分，炙，椒、遠志、附子，炮，乾薑、人參、桂、細辛各六分，搗，篩，以上好蜜丸如彈丸。以<u>一丸</u>含，稍稍咽其汁，日三丸，服之，主短氣，心胸滿，心下堅，冷氣也。（《附廣肘後方·治胸膈上痰癃諸方第二十八》卷四）

（4）又方 治風痰。以蘿蔔子為末，溫水調一匙頭，良久吐出涎沫，如是癱瘓風，以<u>此</u>吐後，用緊疏藥服，疏後服和氣散，瘥。（《附廣肘後方·治胸膈上痰癃諸方第二十八》卷四）

（5）寅時發者，獄死鬼所為，治之以<u>瘧人</u>著窯上灰火，一周不令火滅，即瘥。（《千金翼方·雜病上·瘧第二》卷十八）

（6）治鼻口瀝血三升，氣欲絕方。龍骨細篩一棗核許，微以<u>氣</u>吹入鼻中即斷，更出者再吹之，取瘥止。（《千金翼方·雜病上·吐血第四》卷十八）

（7）**太一神明丸**癥結宿物勿食，服四丸，但欲癥消，服一丸，日三，病下如雞子白，或下蛇蟲，下後以肥肉精作羹補之；狐鳴，以<u>一丸向擲之</u>，狐即於其處死，神秘不妄傳。（《千金翼方·雜病下·備急第一》卷二十）

（8）**金櫻子丸** 真龍骨 厚牡蠣煆 桑螵蛸各一兩 上以雄黑豆一盞淘濕，將<u>前三件</u>置豆上，蒸半日，去豆，焙三件為末，入白茯苓一兩末，金櫻子四十九枚，去刺並穰蒂，洗淨，捶碎，磁器內入水一盞，濃煮汁濾清，調茯苓末為糊丸桐子大。每三十丸，食前用益智五枚連殼捶碎，北五味子十粒，縮砂仁三個，煎湯下。（《仁齋直指方論（附補遺）·漏濁證治》卷之十）

（9）**胃氣為本** 四時五臟，皆以<u>胃氣</u>為本，五臟有氣，則和平

而身安，若胃氣虛弱，不能運動，滋養五臟，則五臟脈不和平。(《衛生寶鑒・諸濕腫滿》卷十四)

（10）師曰：黃疸之病，當以十八日為期，治之十日以上宜瘥，反劇為治。(《衛生寶鑒・諸濕腫滿》卷十四)

（11）**保生鋌子** 金腳信 雄黃 硇砂各二錢 麝香一錢 輕粉半大匣，重二錢 巴豆四十九粒，文武火炒研 右為極細末，用黃蠟五錢熔開，將藥和成鋌子，冷水浸少時取出，旋丸捏作餅子，如錢眼大。將瘡頭撥開，安一餅子，次用神聖膏貼，後服托裏散。若瘡氣入腹危者，服破棺丹。(《衛生寶鑒・瘡腫門》卷十三)

3. 組合義 NP：

（1）《聖惠方》，治傷寒四日已嘔吐，更宜吐，以苦參末，酒下二錢，得吐，瘥。(《附廣肘後方・治傷寒時氣溫病方第十三》卷二)

（2）《梅師方》，主胃反，朝食暮吐，暮食朝吐，旋旋吐者。以甘蔗汁七升，生薑汁一升，二味相和分為三服。(《附廣肘後方・治卒胃反嘔啘方第三十》卷四)

（3）**丹參膏** 丹參 蒴根各四兩 秦艽三兩羌活 蜀椒汗，去目閉口者 牛膝 烏頭去皮連翹 白術各二兩 躑躅 菊花 莽草各一兩上一十二味，切，以苦酒五升，麻油七升，合煎苦酒盡，去滓。用豬脂煎成膏，凡風冷者用酒服，熱毒單服，齒痛綿沾嚼之。(《千金翼方・中風上・諸膏第三》卷十六)

（4）治丈夫陰下癢濕方以甘草一尺，水五升煮洗之。生用。(《千金翼方・雜病下・陰病第八》卷二十)

（5）**倒倉法** 陳垢積滯，丹溪 黃牡牛肉肥嫩者二三十斤 切碎，洗淨，用長流水，桑柴火煮糜爛、濾去滓，取淨汁，再入鍋中，文武火熬至琥珀色，則成矣。(《醫方集解・攻裏之劑》)

（七）小　結

「介＋NP＋VP＋（O）」中的「NP」語義從漢至清的發展與演變中，主要特徵體現在：

1.「NP」語義在各時代的使用偏好不同，形成優選等級序列，如：飲食義

NP＞中藥義 NP＞工具義 NP＞調料義 NP＞性味義 NP＞其餘義 NP。漢至清，飲食義 NP 佔據介賓構式的主要地位，占比 41.2%，是主流的名詞性語義。工具義 NP 語義範疇在中醫上比較寬泛，非典型性特徵的事物因其用途上的功用，也歸屬於典型性的工具義範疇。中藥義 NP 在介賓構式中的出現，體現了醫籍文獻從古至今的傳承性與獨特性。調料義 NP 與性味義 NP 及其餘義 NP 也表達了名詞作狀語時語義的豐富性與語體的時代性。

2.「NP」語義特徵在共時與歷時的比較中，飲食義 NP、中藥義 NP 與工具義 NP 始終占住主要地位，表明這三類「NP」語義特徵在介賓構式中的出現，極具穩定性。雖然各時代「NP」語義分布略有差異，如漢代、晉代和唐代以飲食義 NP 為主，宋代、金代、元代、明代和清代以中藥義 NP 為主，但三大語義類型對「介＋NP＋VP＋（O）」作狀語起到了穩住中心語的作用。介詞主要是「以」與「用」，對中心語的「NP」語義起介引作用，「NP」語義的穩定，也極大地推動了介賓構式的持續性與能產性。

3. 從「NP」語義的音節看，「介＋NP＋VP＋（O）」構式作狀語，「NP」的音節以雙音節詞為主，漸次有單音節、三音節和多音節（組合義 NP，尤為突出）。

二、歷時 VP

考察漢至清「介＋NP＋VP＋（O）」狀語表達式中謂語中心語「VP」的語義，根據其出現在歷時語料中的特點，「VP」語義類型分為製藥義、醫治義、用藥義、服藥義、湧吐義與它類義。漢至清時期，「VP」各語義類型的使用頻率見下表。

表 12　漢至清「介＋NP＋VP＋（O）」中「VP」的語義類型使用頻率

時　代	作　品	VP 的語義類型						合　計
		製藥義	醫治義	用藥義	服藥義	湧吐義	它類義	
漢	病方	58	5	39	9	0	0	111
晉	後方	331	69	43	57	1	1	502
唐	翼方	268	38	57	37	0	1	401
宋	方論	61	8	1	12	0	0	82
金	醫學	10	67	0	2	0	0	79
元	衛生	95	61	28	12	0	1	197

明	驗方	102	41	25	10	0	0	178
清	醫方	20	37	2	2	0	0	61
合　計		952	326	195	134	1	3	1611
頻　率		59.0%	20.2%	12.1%	8.3%	0.1%	0.2%	100%

（一）製藥義 VP

製藥義 VP 包括製藥前的準備，製藥中的蒸煮、薰燒、浸泡、調及包裹等過程以及製藥後的貯存或晾曬等。漢至清，製藥義 VP 後可帶賓語，也可不帶賓語，其中以不帶賓語為常。謂語中心語 VP 一般是單音節動作動詞，複音節動作動詞隨著時代的推移，逐漸增多，以金元代最為常見。帶賓語時，主要是代詞「之」作賓語。例如：

漢代：

（1）嬰兒病間（癇）方：取雷尾〈屎矢（矢）〉三果（顆），冶，以豬煎膏<u>和</u>之。（《五十二病方・嬰兒病間（癇）方》）

（2）一，痔者，以醬<u>灌</u>黃雌雞，令自死，以菅<u>裹</u>，涂（塗）上〈土〉，炮之。涂（塗）乾，食雞，以羽<u>薰</u>纂。（《五十二病方・【牡】痔》）

（3）一，爛疽：爛疽者，□□起而□□□□□□□□□冶，以麤膏未<u>湔（煎）</u>者灸銷（消）以和□敷之。（《五十二病方・睢（疽）病》）

（4）一，乾加（痂）：冶蛇床實，以牡麤膏<u>饍</u>[註3]，先括（刮）加（痂）潰，即傅而□□，乾，去□目☑。（《五十二病方・加（痂）》）

（5）一，冶亭（葶）歷（藶）、茈夷（黃），熬叔（菽）□□皆等，以牡□膏、鱣血<u>饍</u>。【先】以酒灑，燔朴炙之，乃敷。（《五十二病方・加（痂）》）

晉代：

（1）又方 以粉一撮，著水中<u>攪</u>。飲之。（《附廣肘後方・治卒得鬼擊方第四》卷一）

（2）治霍亂心腹脹痛，煩滿短氣，未得吐下方：鹽二升，以水

〔註3〕馬王堆漢墓帛書小組編：《馬王堆漢墓帛書・五十二病方》，文物出版社1979年版，第107頁。饍：注釋為「攪拌摻和」義。

五升，煮取二升，頓服，得吐愈。(《附廣肘後方·治卒霍亂諸急方第十二》卷二)

（3）又方 以暖湯漬小蒜五升許，取汁服之，亦可。(《附廣肘後方·治卒霍亂諸急方第十二》卷二)

（4）又方 細銼黃柏五斤，以水三斗，煮漬之，亦治攻陰腫痛。(《附廣肘後方·治傷寒時氣溫病方第十三》卷二)

（5）《聖惠方》治中風，以大聲咽喉不利。以蘘荷根二兩，研，絞取汁，酒一大盞相和，令勻。不計時候，溫服半盞。(《附廣肘後方·治卒風暗不得語方第二十》卷三)

（6）又方 治風立有奇效。用木天蓼一斤，去皮，細銼，以生絹袋貯，好酒二斗浸之，春夏一七日，秋冬二七日後開。(《附廣肘後方·治中風諸急方第十九》卷三)

唐代：

（1）**獨活酒**獨活 石楠各四兩 防風三兩 茵芋 附子去皮 烏頭去皮 天雄去皮，各二兩上七味，切，以酒二斗浸六日，先食服，一服半合，以知為度。(《千金翼方·中風上·諸酒第一》卷十六)

（2）**杜仲酒**杜仲八兩，炙 羌活四兩石楠二兩 大附子三枚，去皮 上四味，切，以酒一斗漬三宿，服二合，日再。(《千金翼方·中風上·諸酒第一》卷十六)

（3）**烏頭膏**烏頭去皮，五兩野葛 莽草各一斤上三味，切，以好酒二斗五升淹漬再宿，三日，以豬膏五斤煎成膏，合藥，作東向露灶，以葦火煎之，以三上三下，膏藥成。(《千金翼方·中風上·喎僻第四》卷十六)

（4）又方硫黃 水銀 礜石 灶墨上四味，等分，搗下篩，以蔥涕和研之，臨臥以敷病上。(《千金翼方·中風下·鬎瘍第四》卷十七)

（5）治霍亂止吐方丁香十四枚，以酒五合，煮取二合，頓服之，用水煮之亦佳。(《千金翼方·雜病上·霍亂第一》卷十八)

宋代：

（1）**百藥煎** 杏仁去皮尖 百合 訶子肉 薏苡仁各等分 上為末，以

雞子清和丸如彈子大。每用一丸，臨臥嚼化。(《仁齋直指方論（附補遺）·附諸方》卷之八)

（2）**三才封髓丹** 天門冬去心 熟地黃酒洗 人參各五錢 黃柏炒褐色·三兩 砂仁一兩半 甘草七錢半。一方無 上為末，水糊丸如梧子大。每服五十丸，用蓯蓉半兩，<u>切作</u>片子，酒一盞浸一宿，次日煎三四沸，去滓，空心送丸子。(《仁齋直指方論（附補遺）·附諸方》卷之九)

（3）**癸字號補髓丹**一名十珍丸 明膠四兩 真黃蠟三兩 上二味逐漸下，與前八味和一處，擂成膏子，和平胃散末、四君子湯末、知母、黃柏末各一兩，共一十兩搜和成劑。如十分硬，再入白蜜同熬，取起放青石上，用木<u>捶打</u>如泥，丸如梧桐子大。每服一百丸，不拘時候，棗湯下。(《仁齋直指方論（附補遺）·附諸方》卷之九)

金代：

（1）氣刺痛，用枳殼，看何經，分以引經藥導之。眼痛不可忍者，用黃連、當歸根，以酒<u>浸煎</u>。(《醫學啟源·主治心法·隨證治病用藥》卷九)

（2）《主治秘要》云：能發汗，通關節，除勞渴，冷搗和醋封毒腫，去枝莖以手<u>搓碎</u>用。(《醫學啟源·用藥備旨·藥類法象》卷下第十二)

（3）**當歸拈痛湯** 羌活半兩 防風三錢，二味為君 升麻一錢 葛根二錢 白術一錢 蒼術三錢 當歸身三錢 人參二錢 甘草五錢 苦參酒浸二錢 黃芩一錢炒 豬苓三錢 澤瀉三錢 右銼如麻豆大，每服一兩，水二盞半，先以水<u>拌濕</u>，候少時，煎至一盞，去滓溫服，待少時，美膳壓之。(《醫學啟源·用藥備旨·五行制方生剋法》卷下第十二)

元代：

（1）**碧霞丹** 銅綠三錢 枯白礬三錢 乳香一錢 右為末，將黃連<u>熬成</u>膏子，入藥，丸如雞頭大，水浸開洗之。(《衛生寶鑒·眼目諸病並方》卷十)

（2）**治蟻入耳** 以大蒜<u>搗取</u>汁，灌耳中。(《衛生寶鑒·眼目諸病並方》卷十)

（3）**延壽丹** 天麻半兩 白礬一兩，半生半秸 枸杞子 半夏泡，七次 甘

草各一兩半　人參一兩　右為末，水酒和成劑，再用蒸餅<u>裹定</u>，於籠內蒸熟。去蒸餅，搓藥為丸，如桐子大。每服三十丸，溫水送下，食後臨臥服。(《衛生寶鑒·咳嗽門》卷十二)

（4）**保生鋌子**　金腳信　雄黃　硇砂各二錢　麝香一錢　輕粉半大匣，重二錢　巴豆四十九粒，文武火炒研　右為極細末，用黃蠟五錢<u>熔開</u>，將藥<u>和成</u>鋌子，冷水浸少時取出，旋丸捏作餅子，如錢眼大。將瘡頭撥開，安一餅子，次用神聖膏貼，後服托裏散。若瘡氣入腹危者，服破棺丹。(《衛生寶鑒·瘡腫門》卷十三)

（5）**消毒膏**　治一切腫毒結硬疼痛。右件藥三十三味，入油內浸七日七夜，於淨銀石器內，慢火熬，候白芷焦黃色，放溫，以白綿<u>濾去</u>粗，於瓷罐內密封三晝夜，候取出，傾於鍋內，慢火溫，再濾去粗，傾入好燒鍋中，慢火再熬，次下黃蠟十五兩，用竹篦不住手<u>攪</u>令勻，次下黃丹，攪勻，以慢火再<u>熬動</u>，出火攪勻，續次再上火三日，方欲膏盛於磁合子內密封。每用時，以軟白絹上攤勻，貼患處。(《衛生寶鑒·瘡腫門》卷十三)

明代：

（1）生肌散水紅花葉　上為細末，先用水紅花根<u>銼碎</u>，煎湯洗淨，卻用葉末撒瘡上，每一日洗一次撒一次。(《外科集驗方·五發癰疽論·五發癰疽通治方》卷上)

（2）忍冬丸　忍冬草　上不拘多少，根莖花葉皆可用。上入瓶內以無灰好酒<u>浸</u>，以糠火<u>煨</u>一宿取出曬乾，入甘草少許，研為細末，以所浸酒<u>打</u>麵糊，丸如梧桐子大。每服五十丸至百丸，無時候酒飲任下此藥，不特治癰疽，大能止渴並治五痔諸瘻等證。(《外科集驗方·五發癰疽論·五發癰疽通治方》卷上)

（3）乳香拔毒散　黃柏二兩，去皮　黃芩二兩，去腐　地骨皮二兩　乳香二錢，另研　沒藥二錢　上為細末，用井花涼水<u>調作</u>膏子，攤紙上貼腫處，效。(《外科集驗方·五發癰疽論·五發癰疽通治方》卷上)

清代：

（1）**扶桑丸**除風濕，潤五臟。胡僧　嫩桑葉去帶，洗淨，曝乾，一斤為末　巨勝子即黑芝麻淘淨四兩　白蜜一斤　將芝麻<u>擂碎</u>，熬濃汁，和蜜，煉至滴水

成珠，入桑葉末，為丸。一方，桑葉為末，芝麻蒸搗等分，蜜丸，早鹽湯，晚酒下。(《醫方集解‧補養之劑》)

（2）**蜜煎導法**_{通大便，仲景} 蜂蜜 用銅器微火<u>熬</u>，頻攪，勿令焦，候凝如飴，撚作挺子，頭銳如指，糁皂角末少許，乘熱納穀道中，用手抱住，欲大便時去之。(《醫方集解‧攻裏之劑》)

（3）**龜鹿二仙膏**_{補氣血} 鹿角十斤 龜板五斤 枸杞二斤 人參一斤 先將鹿角龜板鋸截<u>刮淨</u>，水浸，桑火熬煉成膠，再將人參枸杞<u>熬膏</u>和入，每晨酒服三錢。(《醫方集解‧補養之劑》)

（二）醫治義 VP

醫治義 VP 主要是借助工具救治病人的動作動詞，它包括直接治療病症的動作動詞，如「治」「主」「解」「補」等，也包括輔助救治的動作動詞，如「吹」「導」「裏」等。醫治義 VP 的對象，側重身體病態部位或某種疾病、病症等。漢至清，醫治義 VP 一般是單音節動作動詞，複音詞較少。它後面可帶賓語或不帶賓語，以帶賓語為常。元代醫治義 VP 以帶賓語「之」為常見，指示代詞「之」用來指代上下文的某種病症。

漢代：

（1）顛（癲）疾：先侍（侍）白雞、犬矢。發，即以刀<u>劋</u>（劙）其頭，從顛到項，即以犬矢【濕】之，而中劋（劙）雞□，冒其所以犬矢濕者，三日而已。已，即孰（熟）所冒雞而食之，□已。(《五十二病方‧顛（癲）疾》)

（2）一，牡痔居竅旁，大者如棗，小者如棗（核）者方：以小角<u>角</u>之，如孰（熟）二斗米頃，而張角，絜以小繩，剖以刀。(《五十二病方‧【牡】痔》)

（3）即以鐵椎<u>段</u>之二七。以日出為之，令積（癩）者東鄉（向）。(《五十二病方‧積（癩）》)

晉代：

（1）又方 取雄鴨，就死人口上斷其頭，以熱血瀝口中。並以竹筒<u>吹</u>其下部，極則易人，氣通下即活。(《附廣肘後方‧救卒中惡死方第一》卷一)

（2）以菖蒲屑<u>納</u>鼻兩孔中，吹之；令人以桂屑<u>著</u>舌下。(《附廣

肘後方‧救卒死屍厥方第二》卷一）

（3）又方 以繩<u>橫</u>度其人口，以度其臍，去四面各一處，灸各三壯，令四火俱起，瘥。（《附廣肘後方‧救卒客忤死方第三》卷一）

（4）又方 以瓦甌<u>覆</u>病患面上，使人疾打，破甌，則寤。（《附廣肘後方‧治卒魘寐不寤方第五》卷一）

（5）若小腹滿，不得小便方：細末雌黃，蜜和丸，取如棗核大，納溺孔中，令半寸，亦以竹管<u>注陰</u>，令痛朔之通。（《附廣肘後方‧治傷寒時氣溫病方第十三》卷二）

（6）又方，治風痰。鬱金一分，藜蘆十分，各為末，和令勻，每服一字，用溫漿水一盞，先以少漿水調下餘者，水漱口都服，便以食<u>壓</u>之。（《附廣肘後方‧治胸膈上痰癊諸方第二十八》卷四）

唐代：

（1）**治頭風方**搗葶藶子末，以湯<u>淋取</u>汁，洗頭良。（《千金翼方‧中風上‧風眩第六》卷十六）

（2）又方 取商陸根搗蒸之，以新布<u>藉</u>腹上，以藥鋪布上，以衣<u>覆上</u>，冷即易，取瘥止，數日之中，晨夕勿息為之，妙。（《千金翼方‧雜病中‧癖積第五》卷十九）

（3）又方以刀<u>割</u>卻，以好墨塗遍，瘥。（《千金翼方‧雜病下‧沙虱第六》卷二十）

宋代：

（1）**乙字花蕊石散** 五內崩損，湧噴血出升斗，用此<u>止</u>之。花蕊石_{火煆存性，研如粉} 上童子小便一鍾，煎溫，調末三錢，甚者五錢，食後服下。如男，用酒一半，女用醋一半，與童便和藥服，使瘀血化為黃水，服此訖，以後藥<u>補</u>之。（《仁齋直指方論（附補遺）‧附諸方》卷之九）

（2）**雄黃散** 雄黃 安息香各一分 露蜂房_{去子，燒灰} 桃仁_{去皮，炒}。各二分 麝少許 上為末。每用一錢，生艾葉入生蜜研汁夾和，臨臥含化，仍燒艾，以管子<u>吹煙薰喉</u>。（《仁齋直指方論（附補遺）‧咳嗽證治》卷之八）

（3）**六物湯** 嫩常山_{二錢半} 柴胡 難心檳榔 青皮_{去白。各二錢} 草果

仁　甘草炙。各一錢半　上銼，分三服，每服大軟烏梅二個，好夏酒準一
啜許，新水二盞，煎半，隔宿露空，以紗蓋之，次早拂明服。(《仁
齋直指方論（附補遺）·瘰癧證治》卷之十二)

金代：

　　(1) 脈沈者在裏，當疏利藏府，利後，用前藥中加大黃，取利
為度，隨虛實定分兩。痛者，止以當歸、黃芪止之。(《醫學啟源·
主治心法·瘡瘍》卷九)

　　(2) 脾，虛則甘草、大棗之類補之，實則以枳殼瀉之。如無他
證，虛則以錢氏益黃散，實則瀉黃散。心乃脾之母，以炒鹽補之；
肺乃脾之子，以桑白皮瀉肺。(《醫學啟源·主治心法·五臟補瀉法》
卷九)

　　(3) 暑　製法：心、火、苦，夏長之道也，失常則病矣。熱淫於
內，治以鹹寒，佐以甘苦，以酸收之，以苦發之。(《醫學啟源·用
藥備旨·五行制方生剋法》卷下第十二)

　　(4) 柴胡瀉三焦火，黃芩佐之；柴胡瀉肝火，須用黃連佐之，
膽經亦然。(《醫學啟源·用藥備旨·去臟腑之火》卷下第十二)

　　(5) 厚朴湯　凡治臟腑之秘，不可一例治療，有虛秘，有實秘。
有胃實而秘者，能飲食，小便赤，當以麻仁丸、七宣丸之類主之。
胃虛而秘者，不能飲食，小便清利，厚朴湯主之。《醫學起源·六氣
方治·燥》卷中第十一)

元代：

　　(1) 托裏溫經湯　邪氣酷熱，固宜以寒藥治之，時月嚴凝，復
有用寒遠寒之戒。(《衛生寶鑒·瘡腫門》卷十三)

　　(2) 雜症有汗而渴者，以辛潤之。無汗而渴者，以苦堅之。(《衛
生寶鑒·咳嗽門》卷十二)

　　(3) 許學士云：大抵治積，或以所惡者攻之，或以所喜者誘之，
則易愈。(《衛生寶鑒·治積要法》卷十四)

明代：

　　(1) 如瘡患要將好，腐肉不脫，可用針刺破皮，令隨膿出，將
水紅花根煎湯洗之，用生肌散撒上，每一日洗一次，依此法無不效。

（《外科集驗方·五發癰疽論·五發癰疽通治方》卷上）

（2）四聖旋疔散 治疔瘡生於四肢，其勢微者，先以好醋調藥塗上，以紙封之；次服內托裏之藥，其疔自旋出根。巴豆仁五分 白僵蠶 輕粉 硇砂以上各二錢半 上為細末，醋調用之。（《外科集驗方·疔瘡論》卷上）

（3）是齋立應散 連翹 赤芍藥 川芎 當歸 甘草炙 滑石研，各半兩 黃芩 白牽牛生取末 烏尖七個 土蜂房蜜水洗，飯上蒸，日乾，各二錢半 地膽去頭翅足拌米炒，米黃為度，去米稱三錢 上為細末，每服抄一大錢匕，濃煎木通湯調下，臨臥服。毒根從小便中出，澀痛不妨，毒根如粉片塊血爛肉是也。如未效再服，繼以薄荷丹解其風熱，且地膽性帶毒，濟以烏尖，或衝上麻悶，不能強制，嚼蔥白一寸，茶清下以解之。（《外科集驗方·瘰癧論》卷上）

清代：

（1）**參蘇飲**外感內傷，元戎 此手足太陰藥也。風寒宜解表，故用蘇葛、前胡。勞傷宜補中，故用參苓、甘草、橘半除痰止嘔，枳桔利膈寬腸，木香行氣破滯，使內外俱和，則邪散矣。（《醫方集解·表裏之劑》）

（2）**柴胡加芒硝湯**少陽陽明解表攻裏，仲景 治傷寒十三日不解，胸脅滿而嘔，日晡潮熱，已而微利，此本柴胡證，知醫以圓藥下之，非其治也。潮熱者，實也。先以小柴胡湯以解外，後以加芒硝湯主之。（《醫方集解·表裏之劑》）

（3）此正陽陽明藥也。東垣曰：太陽陽明藥。熱淫於內，治以鹹寒。氣堅者以鹹軟之，熱盛著以寒消之，故用芒硝之鹹寒，以潤燥軟堅。（《醫方集解·攻裏之劑》）

從歷時比較看，晉代醫治義 VP 動作動詞類別相對豐富，金元時期醫治義動作動詞類別相對單一。這種動作動詞類型的複雜多變與單一定型，表明：晉代在中醫臨床早期因病症的複雜而採取了多樣化的救治方法。金元時期，各家醫派紛爭，四大醫家提出的火熱說、攻邪說、脾胃說與養陰說對當時其他醫家的醫治方法上產生了深遠的影響，各醫家根據中藥本身的性能醫治病症，以期藥到病除。

（三）用藥義 VP

用藥義 VP，指運用中藥對傷口的癒合起輔助作用的動作動詞，側重的對象是身體某部位，如「傅／敷」「塗」「拭」「掃」「灑」「貼」等。有時用藥的過程，也是醫治的過程，但用藥義 VP 是語義聚焦到藥物的使用動作上，醫治義 VP 語義聚焦到醫生的醫治過程與結果上。用藥義 VP 以單音節詞為主，唐代開始複音詞增長較快。從歷時上看，用藥義 VP 在唐代最多，晉代和漢代相當，元明繼續沿用，用藥義 VP 語義單一，詞形變化不大，承襲了中醫用藥傳統。例如：

漢代：

（1）一，露疛：燔飯焦，冶，以久膏和傅。（《五十二病方·身疛》）

（2）蛇齧：以桑汁涂（塗）之。（《五十二病方·蛇齧》）

（3）一，煮麥，麥孰（熟），以汁灑之，□□□膏☒。（《五十二病方·睢（疽）病》）

（4）一，以雞卵弁兔毛，敷之。（《五十二病方·□闌（爛）者方》）

（5）蟲蝕：□□在於（喉），若在它所，其病所在曰□□□□□□□□礉（核），毀而取□□而□□，以□灑之，令僕僕然，即以敷。敷□□□□□□□□□湯，以羽靡（磨）□□□□□，即敷藥。敷藥薄厚盈空（孔）而止。□□□□□□□□□明日有（又）灑以湯，傅【藥】如前。（《五十二病方·蟲蝕》）

晉代：

（1）《十全方》，治疔瘡。巴豆十粒，火炮過黃色，去皮膜。右順手，研如麵，入酥少許，膩粉少許。同研勻，爪破，以竹篦子點藥，不得落眼裏及外腎上。如薰炙著外腎，以黃丹塗，甚妙。（《附廣肘後方·治癧癬疥漆諸惡瘡方第三十九》卷七）

（2）《千金翼方》，瘡癬初生或始痛癢。以薑黃敷之，妙。（《附廣肘後方·治癧癬疥漆諸惡瘡方第三十九》卷七）

（3）又方　末藜蘆，以臘月豬膏和塗之，五月漏蘆草燒作灰，膏和使塗之。（《附廣肘後方·治癧癬疥漆諸惡瘡方第三十九》卷七）

（4）其煙上著，以雞羽<u>掃取</u>之，以注創。（《附廣肘後方·治癰疽妒乳諸毒腫方第三十六》卷七）

唐代：

（1）又方以人精<u>塗</u>之，瘥。（《千金翼方·雜病下·金瘡第五》卷二十）

（2）水毒方搗蒼耳取汁服一升，以綿<u>沾</u>汁淬，導下部中，日三。（《千金翼方·雜病下·沙虱第六》卷二十第 242）

（3）治丈夫陰頭癰腫，師所不能醫方鱉甲一枚上一味，燒焦末之，以雞子白<u>和敷</u>之。（《千金翼方·雜病下·陰病第八》卷二十）

元代：

（1）**送花散** 白礬半兩，枯 麻勃 木香 松脂 花胭脂各二錢半 右為末，先用綿<u>淨拭</u>膿盡後，以藥滿耳<u>填</u>，取效。（《衛生寶鑒·眼目諸病並方》卷十）

（2）**蓽撥散** 蓽撥二錢 良薑各一錢 草烏去皮尖，五分 右為末，每用半字。先含水一口，應痛處鼻內嚙上，吐了水，用指<u>黏</u>藥，擦牙疼處立定。（《衛生寶鑒·咽喉口齒門》卷十一）

（3）**拔毒散** 寒水石生用 石膏生用，各四兩 黃藥 甘草各一兩 右為末，每用生水<u>調掃</u>於赤腫處。或紙花子塗貼之，如干則水潤之。（《衛生寶鑒·瘡腫門》卷十三）

（4）**綠白散** 苦參不以多少 右細末，用香油<u>調搭</u>。（《衛生寶鑒·瘡腫門》卷十三）

明代：

（1）鐵井欄 芙蓉葉重陽前收 蒼耳端午前收，燒灰存性 上為末，以蜜水<u>調敷</u>之。（《外科集驗方·五發癰疽論·五發癰疽通治方》卷上）

（2）神異膏 治發背癰疽，諸般惡毒瘡癤，其效如神。治疽疾，先以麥飯石膏<u>塗敷</u>，俟其瘡根腳漸收止於徑寸大，卻用神異膏<u>貼</u>之收口。此藥隨其人病深淺取效。合時不可與婦人、雞、犬、貓，厭穢物見之。（《外科集驗方·五發癰疽論·五發癰疽通治方》卷上）

（3）拔毒散 寒水石生用 石膏生用，各四兩 黃柏 甘草以上各一兩 上為細末，每用新水<u>調掃</u>之，或油調塗之，或紙花上攤貼亦妙，涼水

潤之。(《外科集驗方‧五發癰疽論‧五發癰疽通治方》卷上)

（４）鐵粉散　多年生鐵三錢，炒過　松脂一錢　黃丹五分　輕粉五分　麝香少許　上為細末，用清油<u>調塗</u>瘡口立效。(《外科集驗方‧疔瘡論》卷上)

（四）服藥義 VP

服藥義 VP 從漢代至清代，各個時代出現了特定或偏向的服藥義 VP，語義功能具有承襲性。如漢代服藥義 VP 文言性較強，常用單音節動詞，如「飲」「服」等。晉代主要是「灌」「服」「飲」「下」「嚥」「吞」「送」和「和服」等。唐代基本上用「服」「和服」「下」等，其中「服」占主流。宋代基本上用「下」「送下」「吞」「化下」「調下」等。金元時期，主要用「下」「化下」「送下」「服」「點服」「化開」等。明清時期，主要用「灌」「服」「下」「送下」「吞下」「調下」「調飲」等。服藥義 VP 從晉代開始出現複音詞。宋代以來，服藥義複音詞基本上是以繼承前代為主，新造詞較少。例如：

漢代：

（１）毒烏（喙）者：炙□□，<u>飲</u>小童弱（溺）若産齊赤，而以水<u>飲</u>☒。(《五十二病方‧毒烏（喙）者》)

（２）屑勺（芍）藥，以□半桮（杯），以三指大捽（撮）<u>飲</u>之。(《五十二病方‧毒烏（喙）者》)

晉代：

（１）又方　剔左角髮，方二寸，燒末，以酒<u>灌</u>，令入喉，立起也。(《附廣肘後方‧救卒死屍厥方第二》卷一)

（２）又方　鹽一升，水二升。和攪<u>飲</u>之，並以冷水<u>嚥</u>之。勿令即得吐，須臾吐，即瘥。(《附廣肘後方‧治卒得鬼擊方第四》卷一)

（３）又方　以鹽湯<u>飲</u>之，多少約在意。(《附廣肘後方‧治卒魘寐不寤方第五》卷一)

（４）又方　敗布裹鹽如彈丸。燒令赤，末，以酒一盞<u>服</u>之。(《附廣肘後方‧治卒心痛方第八》卷一)

（５）孫真人治霍亂：以胡椒三四十粒，以飲<u>吞</u>之。(《附廣肘後方‧治卒霍亂諸急方第十二‧附方》卷二)

唐代：

（1）**小三五七散** 天雄炮，去皮，三兩 山茱萸 薯蕷七兩上三味，搗篩為散，以酒服五分匕，日三。不知稍增，以知為度。（《千金翼方·中風上·風眩第六》卷十六）

（2）**化痰玉壺丸** 生南星 生半夏各一兩 天麻半兩 頭白麵三兩 右為細末，滴水為丸梧子大。每服三十丸，用水一大盞，先煎令沸，下藥煮五七沸，候藥浮即漉出，放溫，別用薑湯下，不拘時候。（《衛生寶鑒·咳嗽門》卷十二）

（3）**開心肥健方** 人參五兩 大豬肪八枚上二味，搗人參為散，豬脂煎取凝，每服以人參一分、豬脂十分，以酒半升和服之，一百日骨髓充溢，日記千言，身體潤澤，去熱風冷風頭心風等，月服二升半，即有大效。（《千金翼方·中風上·心風第五》卷十六）

宋代：

（1）**止嗽煙筒方** 冬花蕊 鵝管石 雄黃 艾葉各等分 上為末，用紙捲筒內，用火點，煙入口內吞下，就用水吞一口，以塞煙氣，立效。（《仁齋直指方論（附補遺）·咳嗽證治》卷之八）

（2）**秘傳大補元丸** 每服八十丸，空心淡鹽湯下。寒月可用溫酒送下。（《仁齋直指方論（附補遺）·附諸方》卷之九）

（3）**密陀僧散** 密陀僧即是爐底，研極細 上每服挑一大錢匕，無熱者，用熱酒調下；有熱者，沸湯泡麝香調下。亦治喑風，頗有奇效。出《夷堅志》。（《仁齋直指方論（附補遺）·驚悸證治》卷之十一）

（4）**天王補心丹** 熟地黃 白茯苓 人參 遠志去心 石菖蒲 玄參 柏子仁 桔梗 天門冬去心 丹參 酸棗仁炒 麥門冬去心 乾草炙 百部 五味子 茯神 當歸 杜仲薑汁炒斷絲 上各等分，分細末，煮蜜丸如彈子大，每兩作十丸，金箔為衣。每服一丸，用燈心、棗湯化下，食遠臨臥服。或作小丸亦可。（《仁齋直指方論（附補遺）·附諸方》卷之九）

（5）**養正丹**方見癇冷門、**來復丹**方見暑門，升降陰陽用之。養正丹夾和震靈丹，以乳香泡湯下，升降鎮墜，功用兩全。（《仁齋直指方論（附補遺）·眩運證治》卷之十一）

金元：

（1）至寶丹亦涼藥也。如熱甚於裏，以大承氣湯<u>下</u>之。（《醫學啟源・主治心法・破傷中風法》卷九）

（2）食後用溫酒<u>送下</u>，日三服。如不食葷酒，粟米飲下，不計時。（《衛生寶鑒・煩躁門》卷十三）

（3）**扶陽助胃湯**　至秋先灸中脘三七壯，以助胃氣。次灸氣海白餘壯，生發元氣，滋榮百脈。以還少丹<u>服</u>之。（《衛生寶鑒・胃脘當心而痛治驗》卷十三）

（4）**木香硇砂煎丸**　木香　硇砂　官桂　附子炮　乾漆炒去煙　豬牙皂角　細辛　乳香研　荊三棱炮　廣茂炮　大黃炒，令為末　沒藥研　乾薑炮　青皮各一兩　巴豆霜半兩　右除研藥外，同為末，以好醋一升，<u>化開</u>硇砂，去粗。（《衛生寶鑒・腹中積聚》卷十四）

（5）**人參蛤蚧散**　蛤蚧一對全者，河水浸五宿，逐日換水，洗去腥，酥炙黃色　杏仁去皮尖，炒　甘草炙，各五兩　知母　桑白皮　人參　茯苓去皮　貝母各二兩　右八味為末，淨磁合子內盛。每日用如茶<u>點服</u>，永除神效。（《衛生寶鑒・咳嗽門》卷十二）

明清：

（1）後果於西山親見人被虎箭穿股者，號叫不忍聞，急以麻油<u>灌</u>之，良久遂定。（《外科集驗方・五發癰疽論・五發癰疽通治方》卷上）

（2）**黃芪六乙湯**　綿黃芪去叉蘆淨者六兩，一半生焙細銼，一半用鹽水濕潤，乘飯上蒸三次焙乾銼細　粉草一兩，一半生細銼，一半炙黃銼細。上為細末，每服二錢，早晨日午以白湯點當湯水<u>服</u>，若飲時初杯酒調服尤妙。（《外科集驗方・五發癰疽論・五發癰疽通治方》卷上）

（3）**奪命返魂散**　大黃　連翹　山梔子各二錢，俱為末　巴豆　杏仁各二錢，麩皮與豆同炒黑色，研為極細末　牽牛頭末　苦丁香各一錢　人言五錢，用大蒜五個去心，填人言同燒過性，研為細末　上為細末，研勻，每服半錢，病重者服一錢，用新汲井華水調<u>下</u>，一服見效。（《外科集驗方・疔瘡論》卷上）

（4）令病患先嚼蔥白三寸吐在手心內，將藥丸裹在蔥內，用熱

酒一盞吞下。(《外科集驗方·疔瘡論》卷上)

（5）如發背，先以溫水洗瘡淨，軟帛拭乾，卻用緋帛攤膏藥貼瘡，即用冷水下。(《外科集驗方·五發癰疽論·五發癰疽通治方》卷上)

（6）本方單用燒鹽熟水調飲，以指探吐，名燒鹽探吐法。治傷食痛連胸膈，痞悶不通，手足逆冷，尺脈全無。(《醫方集解·湧吐之劑》)

（7）一切風赤眼，用膏捏作小餅貼太陽穴，後服，以山梔子湯送下。(《外科集驗方·五發癰疽論·五發癰疽通治方》卷上)

（五）湧吐義 VP 與它類義 VP

作為介賓構式「介＋NP＋VP＋（O）」中的 VP，表示湧吐義 VP 與它類義 VP 在漢至清的發展過程中，基本上沒有能產性，使用頻率不高，主要是單音節動作動詞「吐」。這與名詞作狀語的共時比較分析一致。它類義 VP 是根據語義無法歸屬於製藥義、醫治義、用藥義、服藥義與湧吐義的動作動詞，如表示與人相關的「投擲」義動詞和表示與確定時期相關的「約定」義動詞，例如：

（1）又方 治風痰。以蘿蔔子為末，溫水調一匙頭，良久吐出涎沫，如是癱瘓風，以此吐後，用緊疏藥服，疏後服和氣散，瘥。(《附廣肘後方·治胸膈上痰癊諸方第二十八》卷四)

（2）又方 正月朔旦及七月，吞麻子、小豆各二七枚。又各二七枚投井中。又以附子二枚，小豆七枚，令女子投井中。(《附廣肘後方·治瘴氣疫癘溫毒諸方第十五》卷二)

（3）**太一神明丸**癥結宿物勿食，服四丸，但欲癥消，服一丸，日三，病下如雞子白，或下蛇蟲，下後以肥肉精作羹補之；狐鳴，以一丸向擲之，狐即於其處死，神秘不妄傳。(《千金翼方·雜病下·備急第一》卷二十)

（4）師曰：黃疸之病，當以十八日為期，治之十日以上宜瘥，反劇為治。(《衛生寶鑒·諸濕腫滿》卷十四)

（六）小　結

狀語表達形式「介＋NP＋VP＋（O）」作為一種構式，謂語中心語「VP」從漢至清的歷時發展中，呈現出的面貌主要有：

（1）從共時比較看：「介＋NP＋VP＋（O）」介賓構式，作狀語時，謂語中心語「VP」語義在共時比較看，佔據主要地位的是製藥義 VP、醫治義 VP、用藥義 VP 與服藥義 VP，但具體某一時代各自的優勢地位不同，如「製藥義 VP」在漢代、晉代、唐代、宋代以及元明時期占主流，而金代和清代，又比較側重醫治義 VP，中醫學家注重醫治功能。這四種語義 VP 在共時層面上占比較大，共同構成介賓構式的主要語義特徵。

（2）從歷時比較看：製藥義 VP 從漢至清，佔據絕對優勢地位，占比 59%，說明製藥是中醫的主要傳統，醫治義 VP 也有 20.2%，突出了中醫的功能性特徵。製藥在晉代與唐代尤為興盛，與之密切相關的用藥義 VP 和醫治義 VP 也占比較大，凸顯了中醫藥文獻的中醫文化傳統。中醫以治病救人為本質宗旨，製藥、醫治與用藥，構建了中醫的歷史使命與擔當。服藥義 VP 在晉代比較突出，與葛洪書中所載藥方相關。葛洪著《肘後方》是我國現存較早、實用價值較高的一部方書。所載方藥多有「便、廉、驗」的特點，治法簡便易行，使「貧家野居所能立辦」，因此臨床上頗有實用價值。

第四節　NP＋VP＋（O）歷時考察

從歷時比較看，直接用名詞作狀語的「NP＋VP＋（O）」表達式，在晉代和金元時期是兩個高峰期，期間各時代跌宕起伏，始終與前置介詞的「介＋NP＋VP＋（O）」狀語表達式相互制衡。雖然介賓構式在整個漢語史中占住主流地位，但在宋金元時期，「NP＋VP＋（O）」狀語表達式一度取得主導位置，體現了鮮明的時代特徵。「NP＋VP＋（O）」由「NP」與「VP」兩部分組成，形成一種狀語構式。考察其歷時發展特點，主要考察名詞性詞語 NP 與謂語中心語 VP 的歷時發展面貌。

一、歷時 NP

考察漢至清「NP＋VP＋（O）」狀語表達式中「NP」的語義，根據其出現在歷時語料中的特點，「NP」語義類型分為工具義、飲食義、中藥義、火候義、

調料義等。漢至清時期，「NP」各語義類型的使用頻率見下表。

表 13　漢至清「NP＋VP＋（O）」中「NP」的語義類型使用頻率

時代	作品	NP 的語義類型							合計
		工具義	飲食義	中藥義	火候義	調料義	組合義	它類義	
漢	病方	4	1	2	0	0	0	0	7
晉	後方	49	308	60	20	25	21	1	484
唐	翼方	19	121	41	15	14	1	0	211
宋	方論	8	84	52	9	2	0	0	155
金	醫學	4	47	44	1	0	0	0	96
元	衛生	26	145	26	9	14	0	0	220
明	驗方	14	77	9	14	8	0	0	122
清	醫方	6	37	15	3	2	0	0	63
合　計		130	820	249	71	65	22	1	1358
頻　率		9.6%	60.4%	18.3%	5.3%	4.8%	1.6%	0.1%	100%

（一）工具義 NP

「NP＋VP＋（O）」狀語表達式中「NP」表示工具義，主要是器具類詞語，如「銅器」「磁器」（同「瓷器」）「盞蓋」「瓦盆」「鐵杖」「管」「匙」「桶」「牙」「刀」「竹刀」「針」等；袋裝類詞語，如「絹袋」「布囊」「紗袋」；封包材料類詞語，如「鹽泥」「濕紙」「綿」「麻」「布」「青花布」「紙花」「油紙」等；人體部位類名詞，如「手」；用藥工具類詞語，如「鵝翎」；以及植物類詞語，如「柳條」等。這些名詞性詞語在製藥、用藥、包裝等過程中行使工具義範疇的語義功能。工具義 NP 以複音詞居多，單音節詞較少。例如：

漢代：

（1）一，取雄雞矢，燔，以薰其瘠。□□□□□□□□□□鼠令自死，煮以水，□布其汁中，傅之。毋【以】手操瘠。（《五十二病方・蟲蝕》）

晉代：

（1）又方　割丹雄雞冠血，管吹納鼻中。（《附廣肘後方・救卒中惡死方第一》卷一）

（2）又方　豬肪八合。銅器煎，小沸，投苦酒八合，相和，頓服，即瘥。（《附廣肘後方・治卒中五屍第六》卷一）

（3）《博濟方》，治陰陽二毒，傷寒黑龍丹，舶上硫黃一兩，以柳木槌研，三兩日，巴豆一兩和殼記個數，用二升鐺子一口，先安硫黃鋪鐺底，次安巴豆，又以硫黃蓋之，釅醋半升，已來澆之，<u>盞子蓋合令緊密</u>，更以濕紙周回固濟縫，勿令透氣，縫紙乾，更以醋濕之，文武火熬，常著人守之，候裏面巴豆作聲。（《附廣肘後方‧治傷寒時氣溫病方第十三》卷二）

（4）太乙流金方：雄黃三兩，雌黃二兩，礜石、鬼箭各一兩半，羚羊角二兩，搗為散，<u>三角絳囊</u>貯一兩，帶心前並門戶上。（《附廣肘後方‧治瘴氣疫癘溫毒諸方第十五》卷二）

（5）又方　取小豆，<u>新布囊</u>貯之，置井中三日出，舉家男服十枚，女服二十枚。（《附廣肘後方‧治瘴氣疫癘溫毒諸方第十五》卷二）

（6）治一切瘧，烏梅丸方：甘草二兩，烏梅肉^熬、人參、桂心、肉蓯蓉、知母、牡丹各二兩，常山、升麻、桃仁^{去皮尖，}^熬、烏豆皮^熬^{膜取皮}各三兩。桃仁研，欲丸入之，搗篩，蜜丸，<u>蘇屠白</u>搗一萬杵。（《附廣肘後方‧治寒熱諸瘧方第十六》卷二）

（7）又方　治膈壅風痰。半夏不計多少，酸漿浸一宿，溫湯洗五七遍，去惡氣，日中曬乾，搗為末，漿水搜餅子，日中乾之，再為末，每五兩，入生腦子一錢，研勻，以漿水濃腳丸，雞頭大，<u>紗袋</u>貯，通風處陰乾，每一丸，好茶或薄荷湯下。（《附廣肘後方‧治胸膈上痰癊諸方第二十八》卷四）

（8）又方　取研米槌煮令沸，絮中覆乳，以熨上，當用二枚，<u>牙</u>熨之，數十回止，姚雲神效。（《附廣肘後方‧治癰疽妬乳諸毒腫方第三十六》卷七）

（9）《初虞世方》，治水癩偏大，上下不定疼痛。牡蠣不限多少，<u>鹽泥</u>固濟，炭三斤，令火盡，冷取二兩，乾薑一兩，炮石為細末，用冷水調。稀稠得所，塗病處，小便利，即愈。（《附廣肘後方‧治卒陰腫痛頹卵方第四十二》卷七）

唐代：

（1）治丈夫陰頭生瘡，如石堅夫者方<u>刀</u>刮虎牙及豬牙末，豬脂

煎令變色,去滓,日三塗之。　（《千金翼方·雜病下·陰病第八》卷二十)

（2）**槐實益心智方**以十月上辛日,令童子於東方採兩斛槐子,去不成者,新瓦盆貯之,以井華水漬之……。(《千金翼方·中風上·心風第五》卷十六)

（3）治一切風虛方_{常患頭痛欲破者}杏仁九升_{,去皮尖、兩仁者,曝乾上一}味,搗作末,以水九升研濾,如作粥法,緩火煎,令如麻浮上,匙取和羹粥,酒納一匙服之,每食即服,不限多少,服七日後大汗出,二十日後汗止,慎風冷、豬、魚、雞、蒜、大醋。(《千金翼方·中風下·中風第一》卷十七)

（4）**玄霜**朴硝末　芒硝_{各六升}　麝香當門子_{一兩,後入}　上三味,納汁中漬一宿,澄取清,銅器中微微火煎取一斗二升,以匙抄看,凝即成下。經一宿,當凝為雪,色黑耳。若猶濕者,安布上,日乾之,其下水更煎,水凝即可停之如初,畢,密器貯之。此藥無毒,又主毒風香港腳,熱悶赤熱腫,身上熱瘡,水漬少許,綿貼取點上,即瘥。(《千金翼方·雜病上·壓熱第六》卷十八)

（5）**芥子薄**芥子_{一升},蒸熟上一味,搗下篩,以黃丹二兩攪之,分作兩處,疏布袋盛之,更蒸使熱,以敷痛處,當更迭蒸袋,常使熱敷之,如此三五度即定。(《千金翼方·雜病下·備急第一》卷二十)

宋代:

（1）**五枝散**　約午前取下癆蟲,淨桶盛,急鉗收油銚內煮,仍傾油蟲入磁器,灰縈埋山僻處。(《仁齋直指方論（附補遺)·勞瘵證治》卷之九)

（2）**甲字號十灰散**大薊　小薊　柏葉　荷葉　茅根　茜根　大黃　山栀　牡丹皮　棕櫚皮_{各等分}　上各燒灰存性,研極細末,用紙包,碗蓋於地上一夕,出火毒。(《仁齋直指方論（附補遺)·附諸方》卷之九)

（3）**雞清丸**　圓白半夏_生　上為末,用雞子清丸桐子大,稍乾以木豬苓末夾和,慢火同炒,丸子裂為度,留木豬苓末養藥,磁器密收。(《仁齋直指方論（附補遺)·漏濁證治》卷之十)

（4）**四獸湯** 半夏製　人參　茯苓　白術　橘紅　草果　生薑　烏梅　大棗各等分　甘草炙,減半　上㕮咀，以鹽少許淹食頃，<u>濕紙厚裏</u>，慢火煨香熟。（《仁齋直指方論（附補遺）·痎瘧證治》卷之十二）

金元：

（1）《主治秘要》云：辛，陽，明目之劑，<u>手搓</u>細用。（《醫學啟源·用藥備旨·藥類法象》卷下第十二）

（2）**夜光散** 治赤眼翳膜昏花。宜黃連　訶子各二兩　當歸一兩　銅綠一錢　右咀，以河水三升，同浸兩晝夜，於銀石器熬取汁，約一大盞，內八分來得所，看粗黑色為度。<u>生絹紐</u>取汁，再上文武火熬，<u>槐柳條攪</u>，滴水成朱為度。（《衛生寶鑒·眼目諸病並方》卷十）

（3）**魚膽丸** 黃連　秦皮　當歸等分　右以三味，淨水洗去泥土，剉碎，用溫水二升，<u>瓷盆浸</u>藥一宿。於淨室中，用鐵鍋內熬到一少半，藥力盡在水中，<u>新綿濾</u>去粗，換綿濾兩徧，再熬至盞半，如稀糊狀。取出銀器中，炭火上熬成膏子，入腦子藥、綠豆粉，和成劑，用盞蓋之，旋丸豆大。用淨几上搓成細條子，<u>竹刀</u>切如米大，點之。（《衛生寶鑒·眼目諸病並方》卷十）

（4）**輕黃散** 輕粉一錢　雄黃半兩　杏仁一錢,湯浸之,去皮尖並雙仁　麝香少許　右於乳缽內，先研杏仁如泥，餘藥同研細勻，<u>磁盒</u>蓋定。（《衛生寶鑒·眼目諸病並方》卷十）

（5）**又方** 耳痛，食鹽不以多少，炒熱，用棗麵蒸物，<u>青花布包</u>定枕之，其效如神。（《衛生寶鑒·眼目諸病並方》卷十）

（6）**黃連升麻散** 升麻一兩半　黃連七錢半　右為末，<u>綿裏含</u>，咽汁。（《衛生寶鑒·咽喉口齒門》卷十一）

（7）**紅芍藥散** 歌曰：心病口瘡，紫桔紅瘡，三錢四兩，五服安康。右用紫苑、桔梗、紅芍藥、蒼術等分為末，羊肝四兩，批開糝藥三錢。<u>麻扎</u>定，火內燒令香熟，空心食之，大效。後用白湯下。（《衛生寶鑒·咽喉口齒門》卷十一）

（8）**翠玉膏** 瀝青一兩　黃蠟　銅綠各二錢　沒藥　乳香各一錢　右先研銅綠為末，入油調勻。又將黃蠟、瀝青火上熔開，次下油，調銅綠攪勻，將沒藥旋入攪勻。用河水一碗，將藥傾在內，用手扯拔勻，

油紙裹。覷瘡大小，分大小塊，口嚼撚成餅子，貼於瘡上。<u>紙</u>封，三日一易之。(《衛生寶鑒‧瘡腫門》卷十三)

（9）**拔毒散** 寒水石_{生用} 石膏_{生用，各四兩} 黃藥 甘草各一兩 右為末，每用生水調掃於赤腫處。或<u>紙花子</u>塗貼之，如干則水潤之。(《衛生寶鑒‧瘡腫門》卷十三)

明清：

（1）**拔毒散** 南星_{上等大白者，一兩} 草烏頭 白芷各半兩 木鱉子仁一個，_研 上為細末，分兩次，法醋入蜜調敷，<u>紗</u>貼之。(《外科集驗方‧五發癰疽論‧五發癰疽通治方》卷上)

（2）**金絲萬應膏** 瀝青二斤半 威靈仙二兩 蓖麻子一百枚去皮殼研 黃蠟二兩 木鱉子二十八枚，去殼切片研 沒藥 乳香各一兩，另研 麻油夏二兩，春秋三兩，冬四兩。 上先將瀝青同威靈仙下鍋熬化，以槐柳枝攪，候焦黑色，<u>重綿</u>濾過。以瀝青入水盆候冷成塊，取出稱二斤淨，再下鍋熔開。下麻油、黃蠟、蓖麻、木鱉子泥，不住手<u>槐柳枝</u>攪勻。須慢火，滴入水中不黏手，扯拔如金絲狀方可。(《外科集驗方‧五發癰疽論‧五發癰疽通治方》卷上)

（3）**追毒散** 五靈脂 川烏頭炮 白乾薑炮，各一兩 全蠍五錢 上為細末，用少許摻瘡口中，深者<u>紙撚</u>蘸藥拈入瘡口內，以膏貼之。(《外科集驗方‧五發癰疽論‧五發癰疽通治方》卷上)

（4）**金液丹** 硫黃十兩，研末，<u>瓷盆</u>盛水，和赤石脂，封口，<u>鹽泥</u>固濟。日乾，地內埋一小罐，盛水令滿，安盆在內，用泥固濟，慢火養七日七夜，加頂火一斤煆，取出，研末，蒸餅丸，米飲下，治久寒錮冷，勞傷虛損，傷寒陰證，小兒慢驚。(《醫方集解‧補養之劑》)

（5）本方除赤豆，加鬱金韭汁，<u>鵝翎</u>探吐，亦名三聖散，治中風、風癇。(《醫方集解‧湧吐之劑》)

（6）**霞天膏** 即照前法。每肉十二斤，可熬膏一斤，<u>瓷罐</u>盛之，夏月水浸，可留三日。寒天久留生黴，用重湯煮，入煎劑調服，入丸劑，每三分加曲一分，煮糊或同蜜煉。(《醫方集解‧攻裏之劑》)

（二）飲食義NP

飲食義 NP 主要是製藥和服藥使用的飲食類名詞。從漢至清，「NP＋VP＋（O）」中的「NP」飲食義詞語類別基本沒有多大變化，以「水」「酒」「湯」「茶」「麵」「餅」等單音節詞語及其組合而成的複音節詞語為主，如「鹽湯」「茶清」「米飲」「蒸餅」「寒食麵」等。飲食義 NP 在晉代使用頻率最高，占比 37.6%，金元時期占比 23.4%。從飲食義 NP 的詞語類別看，金元時期相對豐富。飲食義 NP 的複音節詞語從宋代開始，逐漸增多，而漢代，飲食義 NP 作狀語比較罕見。例如：

漢代：

（1）一，踐而涿（瘃）者，燔地穿而入足，如食頃而已，即□蔥封之，若烝（蒸）蔥熨之。（《五十二病方·身疕》）

晉代：

（1）《修真方》，神仙方。菟絲子一斗，酒一斗，浸良久，漉出曝乾，又浸，以酒盡為度，每服二錢，溫酒下，日二服，後吃三五匙，水飯壓之。至三七日加至三錢匕，服之令人光澤。三年老變為少，此藥治腰膝去風，久服延年。（《附廣肘後方·治卒患腰脅痛諸方第三十二》卷四）

（2）《經驗方》，暖精氣，益元陽。白龍骨，遠志等分，為末，煉蜜丸如梧桐子大，空心臥時，冷水下三十丸。（《附廣肘後方·治虛損羸瘦不堪勞動方第三十三》卷四）

（3）《近世方》，主脾胃虛冷，不下食積，久羸弱成瘵者。溫州白乾薑一物，漿水煮，令透心潤濕，取出焙乾，搗，篩，陳廩米煮粥飲，丸如桐子大，一服三五十丸，湯使任用，其效如神。（《附廣肘後方·治脾胃虛弱不能飲食方第三十四》卷四）

（4）《千金翼》，治漆瘡。羊乳敷之。（《附廣肘後方·治癰癬疥漆諸惡瘡方第三十九》卷七）

（5）《經驗方》，治丈夫本臟氣傷膀胱連小腸等氣。金鈴子一百個，溫湯浸過，去皮巴豆二百個，捶微破，麩二升。同於銅鍋內炒，金鈴子，赤熟為度，放冷取出，去核為末，每服三錢。（《附廣肘後方·治卒陰腫痛頹卵方第四十二》卷七）

唐代：

（1）**孔子枕中散方**龜甲炙龍骨 菖蒲 遠志去心，各等分上四味，為散，食後<u>水</u>服方寸匕，日三，常服不忘。（《千金翼方·中風上·心風第五》卷十六）

（2）**青丸**烏頭一兩，炮，去皮 附子三兩，炮，去皮 麻黃四兩，去節上三味，搗篩為末，煉蜜和丸如梧子大，<u>酒</u>服五丸，日三服。（《千金翼方·中風下·腳氣第二》卷十七）

（3）**寒水石散**寒水石 白石脂 栝蔞各五分 知母 菟絲子 桂心各三分上六味，搗篩為散。<u>麥粥</u>服五分匕，日三，五日知，十日瘥。（《千金翼方·雜病上·黃疸第三》卷十八）

（4）**麻豆散**大麻子三升，熬香，末 大豆黃末，一升上二味和，<u>飲</u>服一合，日四五，任性多少。（《千金翼方·雜病中·飲食不消第七》卷十九）

（5）又方取樗根白皮，切一升，<u>泔</u>漬，煮三沸，納孔中，亦可漬之。（《千金翼方·雜病下·沙虱第六》卷二十）

宋代：

（1）**二物湯** 辣桂半兩 石菖蒲二錢 上銼。每服二錢半，<u>新水</u>煎，細呷。（《仁齋直指方論（附補遺）·聲音證治》卷之八）

（2）**遠志丸** 遠志薑汁醃，取肉，焙 茯神去末 黃芪炙 熟地黃洗 人參各一兩 石菖蒲半兩 當歸三分 上末，<u>粟米</u>糊丸桐子大。每二十丸，<u>米飲</u>下。（《仁齋直指方論（附補遺）·虛勞證治》卷之九）

（3）**六味地黃丸** 每服五六十丸，空心<u>白湯</u>下，寒月溫酒下，如腎虛有飲作痰喘，生薑湯下。（《仁齋直指方論（附補遺）·附諸方》卷之九）

（4）**雄麝丸** 上細末，<u>軟粳飯頭</u>揉和杵丸桐子大。每二十粒，桃仁十四個去皮研，煎湯，月初五更，空心下。（《仁齋直指方論（附補遺）·勞瘵證治》卷之九）

（5）**家韭子丸** 家韭子六兩，炒 鹿茸四兩，酥炙 蓯蓉酒浸，焙 牛膝熟地黃洗，曬 當歸各二兩 巴戟去心 菟絲子酒浸，研，焙。各一兩半 杜仲銼，薑淹炒 石斛 桂心 乾薑生。各一兩 上末，<u>酒</u>調，<u>糯米</u>為糊丸桐子大。

每服七十丸，空心鹽湯下。亦治胞冷遺尿。(《仁齋直指方論（附補遺）·漏濁證治》卷之十)

金元：

（1）**不換金丹** 荊芥穗 白僵蠶炒 天麻 甘草各一兩 羌活去蘆 川芎 白附子生 川烏頭生 蠍梢去毒炒 藿香（葉）各半兩 薄荷三兩 防風一兩 右為細末，煉蜜丸彈子大，每服細嚼，茶清下。如口喎向左，即右腮上塗之，即止。(《醫學起源·六氣方治·風》卷中第十一)

（2）又云：苦，陰中之陽，治外治上，酒浸，銼細用。(《醫學啟源·用藥備旨·藥類法象》卷下第十二)

（3）治脛足濕腫，加白術。泔浸，刮去皮用。(《醫學啟源·用藥備旨·藥類法象》卷下第十二)

（4）《主治秘要》云：甘，陽中微陰，引經酒浸，治經枯、乳汁不下。湯洗，去心用。(《醫學啟源·用藥備旨·藥類法象》卷下第十二)

（5）**當歸拈痛湯** 羌活半兩 防風三錢，二味為君 升麻一錢 葛根二錢 白術一錢 蒼術三錢 當歸身三錢 人參二錢 甘草五錢 苦參酒浸二錢 黃芩一錢炒 豬苓三錢 澤瀉三錢 右銼如麻豆大，每服一兩，水二盞半，先以水拌濕，候少時，煎至一盞，去滓溫服，待少時，美膳壓之。(《醫學啟源·用藥備旨·五行制方生剋法》卷下第十二)

（6）**防風湯** 防風去蘆，一錢半 人參 黃芩 麥門冬去心 右為末，每服二錢，沸湯點服，食後，日三服。(《衛生寶鑒·眼目諸病並方》卷十)

（7）**人參清鎮丸** 人參 柴胡各一兩 黃芩 半夏 甘草炙，各七錢 麥門冬 青黛各三錢 陳皮二錢 五味子十三個 右為末，麵糊丸桐子大。每服三十丸，溫白湯送下，食後。(《衛生寶鑒·咳嗽門》卷十二)

（8）**大利膈丸** 牽牛四兩，生用 半夏 皂角酥炙 青皮各二兩 槐角一兩，炒 木香半兩 右六味為末，生薑汁糊和丸桐子大。每服五十丸，食後生薑湯送下。(《衛生寶鑒·咳嗽門》卷十二)

（9）**苦參丸** 苦參不以多少 右為末，粟米飯丸如桐子大。每服五十丸，空心米飯湯送下。(《衛生寶鑒·瘰腫門》卷十三)

明清：

（1）**乳香止痛散** 乳香 沒藥各一錢 丁香五分 粟殼 白芷 陳皮
甘草炙·各二錢 上作一服，<u>水二盅</u>，煎至一盅，食遠服。（《外科集
驗方·五發癰疽論·五發癰疽通治方》卷上）

（2）**雌雄散** 斑蝥一雌一雄足翅全者，新瓦焙焦去頭翅足 貫眾二錢 鶴
虱 甘草各一錢 上細末，作二服，飽飯後<u>好茶濃</u>點一盞調下。（《外
科集驗方·療虱論》卷上）

（3）**瓜蒂散** 甜瓜蒂炒黃 赤小豆 共為末，<u>熟水或酸齏水</u>調下，
量人虛實服之。吐時須令閉目，緊束肚皮，吐不止者，<u>蔥白湯</u>解之。
（《醫方集解·湧吐之劑》）

（三）中藥義 NP

中藥義 NP 作狀語，發端於漢代，晉代大幅度增加，唐宋、金元時期持續
穩定增長，到了明清時期陡然下降，作狀語的中藥義 NP 能產性受到限制，但
一致延續到中醫古籍中，現代漢語很少直接用中藥義 NP 作狀語。介賓構式的
中藥義 NP 在明清時期乃至現代漢語，比「NP＋VP」構式更常見。漢至清，
中藥義 NP 主要是膏藥類、湯劑類、動植物類中藥材及礦物類名詞性詞語。例
如：

漢代：

（1）一，取無（蕪）夷（荑）中（核），冶，豶膏以糒，<u>熱膏沃</u>
冶中，和，以傅。（《五十二病方·胕瘜》）

（2）一，黎（藜）盧二，礜一，<u>豕膏和</u>，而膝以熨疣。（《五十
二病方·身疕》）

晉代：

（1）《古今錄驗》療妖魅貓鬼病患不肯言鬼方。<u>鹿角屑搗散</u>，
以水服方寸匕，即言實也。（《附廣肘後方·治卒得鬼擊方第四·附
方》卷一）

（2）又方 <u>鼉肝一具</u>，熟煮，切。食之令盡，亦用蒜虀。（《附廣
肘後方·治卒中五屍第六》卷一）

（3）又方 燒馬蹄作灰，細末，<u>豬脂和</u>，塗綿以導下部，日數

度，瘥。(《附廣肘後方·治傷寒時氣溫病方第十三》卷二第 43 頁)

　　(4) 又方　治狂邪發無時，披頭大叫，欲殺人，不避水火。苦參以蜜丸如梧子大。每服十丸，<u>薄荷湯</u>下。(《附廣肘後方·治卒發癲狂病方第十七》卷三)

　　(5) 又方　用鹿角、桂、雞屎，別搗，燒，合和，<u>雞子白</u>和塗，乾復上。(《附廣肘後方·治癰疽妒乳諸毒腫方第三十六》卷七)

唐宋：

　　(1) **秦王九疸散**方胃疸食多喜飲，梔子仁主之。心疸煩心心中熱，<u>茜根主之</u>。腎疸，唇乾，<u>葶藶子主之</u>熱。脾疸，尿赤出少，惕惕恐，<u>栝蔞主之</u>。膏疸，飲少尿多，<u>秦椒瓜蒂主之</u>。椒，汗。膏，一作肺。舌疸，渴而數便，<u>鍾乳主之</u>。肉疸，小便白，<u>凝水石主之</u>。研。髓疸，目眶深，多嗜臥，<u>牡蠣澤瀉主之</u>。肝疸，胃熱飲多，水激肝，<u>白術主之</u>。上一十一味，等分，隨病所在加半兩，搗篩為散。飲服五分匕，日三，稍稍加至方寸匕。(《千金翼方·雜病上·黃疸第三》卷十七)

　　(2) 又方<u>青羊髓塗之</u>，佳。無青羊，白、黑羊亦得。(《千金翼方·雜病下·金瘡第五》卷二十)

　　(3) **天麻防風丸**　人參　天麻　防風各一兩　全蠍炒　直僵蠶炒。各半兩　朱砂研　雄黃研　甘草炙。各一分　牛黃一錢　麝一字　上細末，煉蜜丸桐子大。每二丸，<u>紫蘇薄荷湯</u>嚼下。(《仁齋直指方論(附補遺)·咳嗽證治》卷之八)

　　(4) **桑螵蛸散**　桑螵蛸蒸過，略焙　遠志水浸，取肉，曬，薑汁和，焙　石菖蒲　人參　白茯神　當歸　龍骨別研　鱉甲醋炙黃。各半兩　甘草炙，二錢　上為末。每服二錢，<u>人參、茯苓</u>煎湯調下，夜臥服。(《仁齋直指方論(附補遺)·漏濁證治》卷之十)

　　(5) **固精丸**　知母炒　黃柏酒炒。各一兩　牡蠣煅　龍骨煅　芡實　蓮蕊　茯苓　遠志去心　山茱萸肉各三錢。上為末，煮山藥糊丸梧子大，<u>朱砂為衣</u>。服五十丸。(《仁齋直指方論(附補遺)·附諸方》卷之十)

金元：

　　(1) 熱甚，服大柴胡湯之下；更甚者，<u>小承氣湯</u>下之；裏熱大

甚者，調胃承氣湯下之，或大承氣湯下之。發黃者，茵陳湯下之；結胸者，陷胸湯下之。此皆大寒之利藥也。又言：身惡寒，麻黃湯汗泄之，熱去身涼即愈。（《醫學啟源·主治心法·解利外惑》卷九）

（2）柴胡瀉三焦火，黃芩佐之；柴胡瀉肝火，須用黃連佐之，膽經亦然。（《醫學啟源·用藥備旨·去臟腑之火》卷下第十二）

（3）**二仙散** 白礬生用 黃丹各等分。一方加雄黃少許，更捷 右各另研，臨用時各抄少許和勻。三棱針刺瘡見血，待血盡，上藥，膏藥蓋之，不過三易，決愈。（《衛生寶鑒·瘡腫門》卷十三）

（4）**馬兜鈴丸** 半夏湯泡七次，焙 馬兜鈴去土 杏仁各一兩，去皮尖，麩炒 巴豆二十粒，研，去皮油 右除巴豆、杏仁另研外，餘為細末，用皂角熬膏子，為丸如梧子大，雄黃為衣。每服七丸，臨臥煎烏梅湯送下，以利為度。（《衛生寶鑒·咳嗽門》卷十二）

明清：

托裏護心散 乳香明淨者，一兩 真綠豆粉四兩，上研細和勻，每服三錢，不拘時，甘草湯調服。（《外科集驗方·五發癰疽論·五發癰疽通治方》卷上）

天王補心丹補心 生地四兩酒洗 人參 元參炒 丹參炒 茯苓一用茯神 桔梗 遠志炒五錢 酸棗仁炒 柏子仁炒，研，去油 天冬炒 麥冬炒 當歸酒洗 五味子一兩炒 蜜丸，彈子大，朱砂為衣，臨臥燈心湯下一丸或嚙含化。（《醫方集解·補養之劑》）

（四）火候義NP

火候義NP主要是中藥製作過程中的與火相關的名詞性詞語，如「火」「慢火」「微火」「猛火」「緩火」「文武火」「桑火」等。火候義NP從漢至清，都是中藥製作不可或缺的能量。中藥烹製過程中，人們對火候的掌握與運用，直接關係到不同藥劑的功效。「NP＋VP＋（O）」作狀語中的火候義「NP」，在晉唐與金元時期都比較能產，明清時期急劇萎縮，經歷了此長彼消的過程。例如：

晉代：

（1）《千金方》治風癲百病。麻仁四升，水六升，猛火煮，令牙

生，去滓，煎取七合，旦空心服，或發或不發，或多言語，勿怪之。（《附廣肘後方·治卒發癲狂病方第十七》卷三）

（2）又方　搗梨汁一升，酥一兩，蜜一兩，地黃汁一升。<u>緩火煎</u>。細細含咽。凡治嗽皆須待冷，喘息定後方食，熱食之反傷矣，冷嗽更極不可救。如此者，可作羊肉湯餅飽食之，便臥少時。（《附廣肘後方·治卒上氣咳嗽方第二十三》卷三）

（3）《博濟方》，治陰陽二毒，傷寒黑龍丹，舶上硫黃一兩，以柳木槌研，三兩日，巴豆一兩和殼記個數，用二升鐺子一口，先安硫黃鋪鐺底，次安巴豆，又以硫黃蓋之，釅醋半升，已來澆之，盞子蓋合令緊密，更以濕紙周回固濟縫，勿令透氣，縫紙乾，更以醋濕之，<u>文武火熬</u>，常著人守之，候裏面巴豆作聲。（《附廣肘後方·治傷寒時氣溫病方第十三》卷二）

唐代：

（1）**枳茹酒**枳茹枳上青皮刮取其末，欲至心止得茹五升，<u>微火</u>熬去濕氣。以酒一斗漬，<u>微火煖</u>，令得藥味。隨性飲之。（《千金翼方·中風上·諸酒第一》卷十六）

（2）**霹靂煎方**好濃酒一盞　鹽一大錢上二味，和於鐺內，<u>文火煎</u>，攪勿住手，可丸，得就鐺丸如小繭大。納肛腸中，不過三，必通。如不通者，數盡也，神效。酒當作蜜。（《千金翼方·雜病中·淋病第二》卷十九）

（3）**造麋鹿二角膠法**　二月九月為上時，取新角連臺骨者上，細銼，大盆中浸一宿，即淘汰使極淨，待澄，去下惡濁汁，取上清水，還浸一宿，又淘汰如前，澄去下惡濁，取汁浸三宿，澄取清水並所漬骨角，<u>微微火煮</u>……。（《千金翼方·雜病中·雜療第八》卷十九）

宋代：

（1）**秘傳當歸膏**　上各細銼，和足，以水十斤，<u>微火煎</u>之如，再加水十斤，如此四次，如法濾去滓，取汁，<u>文武火煎</u>之，漸加至三分，後以文武火煎之，如法為度，每斤加煉熟淨蜜四兩，春五兩，夏六兩，共熬成膏如法。（《仁齋直指方論（附補遺）·附諸方》卷之九）

（2）**四獸湯** 半夏製 人參 茯苓 白術 橘紅 草果 生薑 烏梅 大棗各等分 甘草炙·減半 上㕮咀，以鹽少許淹食頃，濕紙厚裹，<u>慢火</u>煨香熟。每服四錢，水一碗煎半，溫服。（《仁齋直指方論（附補遺）·痎瘧證治》卷之十二）

金元：

（1）《內經》云：寒淫所勝，以辛散之，此之謂也。水洗，<u>慢火</u>炙製，銼用。（《醫學啟源·用藥備旨·藥類法象》卷下第十二）

（2）**消毒膏** 治一切腫毒結硬疼痛。右件藥三十三味，入油內浸七日七夜，於淨銀石器內，<u>慢火</u>熬，候白芷焦黃色，放溫，以白綿濾去粗，於瓷罐內密封三晝夜，候取出，傾於鍋內，<u>慢火</u>溫，再濾去粗，傾入好燒鍋中，<u>慢火</u>再熬，次下黃蠟十五兩，用竹蓖不住手攪令勻，次下黃丹，攪勻，以慢火再熬動，出火攪勻，續次再上火三日，方欲膏盛於磁合子內密封。每用時，以軟白絹上攤勻，貼患處。（《衛生寶鑒·瘡腫門》卷十三）

（3）**乳香丸** 乳香另研 穿山甲 當歸各五錢 豬牙皂角 木鱉子各七錢 右用松枝，<u>火</u>燒存性為細末，入乳香研勻，煉蜜丸如彈子大。每服一丸，溫酒化下，食前。（《衛生寶鑒·瘡腫門》卷十三）

明清：

（1）漏蘆湯 漏蘆 白蘞 黃芩去黑心 麻黃去節 枳實去穰，麩炒 升麻 芍藥 甘草炙 朴硝以上各一兩 大黃二兩 上除硝外，餘㕮咀，與硝同和勻，每服三錢，氣實人五錢，水一盞半，<u>文武火</u>煎七沸，去粗，空心熱服。（《外科集驗方·五發癰疽論·五發癰疽通治方》卷上）

（2）烏龍骨一名烏金散 木鱉子去殼 半夏各二兩 小粉四兩 草烏半兩 上於鐵銚內，<u>慢火</u>炒令轉焦，為細末，出火毒，再研。以水調稀稠得所，敷瘡四圍，中留頂出毒瓦斯，或用醋調亦得。（《外科集驗方·五發癰疽論·五發癰疽通治方》卷上）

（3）**龜鹿二仙膏**補氣血 鹿角十斤 龜板五斤 枸杞二斤 人參一斤 先將鹿角龜板鋸截刮淨，水浸，<u>桑火</u>熬煉成膠，再將人參枸杞熬膏和入，每晨酒服三錢。（《醫方集解·補養之劑》）

（五）調料義 NP

調料義 NP 從漢至清，基本上沒有變化，主要是「鹽」「醋」「蜜」「油」等詞語。作為狀語表達式「NP＋VP＋（O）」中的調料義 NP，晉代能產性最高，唐代與元代持平，明清逐漸削弱。現代漢語更加趨向於介賓構式作狀語，口語中繼續遺留。例如：

晉代：

（1）若小腹滿，不得小便方：細末雌黃，蜜和丸，取如棗核大，納溺孔中，令半寸，亦以竹管注陰，令痛朔之通。（《附廣肘後方·治傷寒時氣溫病方第十三》卷二）

（2）《聖惠方》治白駁。用蛇蛻燒末，醋調，敷上，佳。（《附廣肘後方·治中風諸急方第十九》卷三）

（3）《楊文蔚方》，治癭未潰。栝蔞根，赤小豆，等分為末，醋調塗。（《附廣肘後方·治癰疽妒乳諸毒腫方第三十六》卷七）

唐宋：

（1）又方昆布二兩上一味，切如指大，酢漬含咽，汁盡，愈。（《千金翼方·雜病下·癭病第七》卷二十）

（2）又方燒桃葉，鹽和煮作湯，洗之。（《千金翼方·雜病下·金瘡第五》卷二十）

（3）**大麝香丸**上二十三味，搗為末，蜜和，搗三千杵，飲服如小豆一丸，日二，蛇蜂蠍所中，以摩之，愈。一方地膽作蚹蛇膽。（《千金翼方·雜病下·備急第一》卷二十）

金元：

（1）**菖蒲挺子** 菖蒲一兩 附子半兩，炮，去皮臍 右為末，每用少許，油調滴耳中，立效。（《衛生寶鑒·眼目諸病並方》卷十）

（2）**又方** 治飛蛾入耳 醬汁灌入耳即出。（《衛生寶鑒·眼目諸病並方》卷十）

（3）**祛濕散** 蠶砂四兩 薄荷半兩 右為末，生油調搽之，濕者乾糝之。（《衛生寶鑒·瘡腫門》卷十三）

（4）**仙方香棱丸** 木香 丁香各五錢 荊三棱切，酒浸一宿 青皮去白枳殼麩炒 川楝子 茴香炒，各一兩 廣茂一兩切，酒浸一宿，將三棱，廣茂，用去

皮巴豆三十粒，同炒，巴豆黃色，去豆不用 右為末，<u>醋</u>糊丸如桐子大，用朱砂為衣，每服二十丸，炒生薑鹽湯下，溫酒亦得。食後，日進三服。（《衛生寶鑒・腹中積聚》卷十四）

明清：

（1）四虎散 天南星 草烏頭 半夏生用 野狼毒各等分 上為細末，<u>醋蜜</u>調敷，留頭出氣。（《外科集驗方・五發癰疽論・五發癰疽通治方》卷上）

（2）拔毒散 南星上等大白者，一兩 草烏頭 白芷各半兩 木鱉子仁一個，研 上為細末，分兩次，<u>法醋</u>入蜜調敷，紗貼之。（《外科集驗方・五發癰疽論・五發癰疽通治方》卷上）

（3）蝙蝠散 蝙蝠一個 貓頭一個 上同燒作灰，撒上黑豆，煆其灰骨化碎為細末。濕即乾摻，乾則<u>油</u>調敷，內服五香連翹湯。（《外科集驗方・瘰癧論》卷上）

（4）**硇砂丸**一切積聚，本事 治一切積聚痰飲，心脅引痛。硇砂 巴豆去油 三棱 乾薑 白芷五錢 木香 青皮 胡椒二錢半 大黃 乾漆炒一兩 檳榔 肉豆蔻一個 為末。<u>釅醋二升</u>煮巴豆五七沸，再下三棱、大黃末，同煎五七沸，入硇砂熬成膏，和諸藥杵丸，綠豆大，每五丸薑湯下。（《醫方集解・攻裏之劑》）

（六）組合義 NP 與它類義 NP

作狀語的「NP＋VP＋（O）」中的組合義 NP 與它類義 NP 主要出現在晉代。組合義 NP 是中藥義 NP、飲食義 NP、調料義 NP 等的組合，它們共同放在謂語中心語 VP 的前面作狀語。它類義 NP 是個例，晉代出現的數量結構放在謂語中心語 VP 前作狀語，如「二七枚」。例如：

（1）救卒死而壯熱者。<u>礜石半斤，水一斗半</u>，煮消以漬腳，令沒踝。（《附廣肘後方・救卒中惡死方第一》卷一）

（2）又方 <u>粳米二升，水六升</u>，煮一沸服之。（《附廣肘後方・治卒中五屍第六》卷一）

（3）又方 治肝虛轉筋。用赤蓼莖葉切，<u>三合水一盞，酒三合</u>，煎至四合，去滓，溫分二服。（《附廣肘後方・治卒霍亂諸急方第十二・附方》卷二）

（4）又方　黃連三兩，黃柏，黃芩各二兩，梔子十四枚，水六升，煎取二升，分再服，治煩嘔不得眠。（《附廣肘後方‧治傷寒時氣溫病方第十三》卷二）

（5）又方　<u>醋酒</u>浸雞子一宿，吞其白數枚。（《附廣肘後方‧治傷寒時氣溫病方第十三》卷二）

（6）《經驗後方》，治脾胃進食。茴香二兩，生薑四兩，同搗令勻，淨器內濕紙蓋一宿，次以銀石器中，文武火炒，令黃焦為末，酒丸如梧子大，每服十九至十五丸，<u>茶酒</u>下。（《附廣肘後方‧治脾胃虛弱不能飲食方第三十四》卷四）

（7）又方　正月朔旦及七月，吞麻子、小豆各二七枚。又<u>各二七枚</u>投井中。又以附子二枚，小豆七枚，令女子投井中。（《附廣肘後方‧治瘴氣疫癘溫毒諸方第十五》卷二）

（七）小　結

「NP＋VP＋（O）」狀語表達式中的「NP」，從漢至清的發展與演變中，其語義特徵體現在：

（1）從共時比較看：名詞作狀語中的「NP」在各時代的語義基本上遵循著飲食義 NP、中藥義 NP、工具義 NP、火候義 VP 與調料義 VP 的順序，放在謂語中心語 VP 前面作狀語，其中飲食義 NP、中藥義 NP 與工具義 NP 始終占主要語義類型，飲食義 NP 居主導地位。各時代尤以晉代為突出表徵。

（2）從歷時比較看，名詞作狀語中的「NP」表飲食義，從漢至清，最為高產，占整個漢語史 60.4%。歷時發展中，晉代和金元時期，「NP＋VP＋（O）」作狀語表達式占比較多，處於優勢地位，到了明清這種狀語表達形式，急劇下降，遺留在現代漢語口語或方言中。「NP」各語義類型從漢至清的發展中，都經歷了高峰與低谷，形成此長彼消的發展趨勢。各語義類型 NP 在各自時代發展中又呈現不同的面貌，如工具義 NP 在唐代頻率最高，占比 37.7%，金元時期也大量出現，占比 23%。唐代工具義 NP 主要集中在器具類和袋裝類詞語上，金元時期工具義 NP 語義豐富，基本上囊括了各類工具義類別詞語，其中人體部位類 NP「手」，最早在漢代出現，元代沿用。

二、歷時 VP

考察漢至清「NP＋VP＋（O）」狀語表達式中謂語中心語「VP」的語義，根據其出現在歷時語料中的特點，「VP」語義類型分為製藥義、醫治義、用藥義、服藥義與它類義。漢至清時期，「VP」各語義類型的使用頻率見下表。

表 14　漢至清「NP＋VP＋（O）」中「VP」的語義類型使用頻率

時代	作品	VP 的語義類型					合計
		製藥義	醫治義	用藥義	服藥義	它類義	
漢	病方	1	3	3	0	0	7
晉	後方	290	19	31	143	1	484
唐	翼方	68	24	15	104	0	211
宋	方論	68	2	0	85	0	155
金	醫學	26	40	0	30	0	96
元	衛生	79	23	10	108	0	220
明	驗方	68	2	17	35	0	122
清	醫方	25	10	1	27	0	63
合　計		625	123	77	532	1	1358
頻　率		46.0%	9.1%	5.7%	39.2%	0.1%	100

（一）製藥義 VP

製藥義 VP 在漢代就存在；晉代異軍突起，大規模出現；唐代急劇下降，減半延續；宋代以降趨於穩定。製藥義 VP 在整個漢語史構成的名詞作狀語構式中，穩定而多產，主要動作動詞是製藥過程中的蒸煮義動詞、製藥準備前的動作動詞以及製藥過程中的貯存義動詞。比如：「煮」「煎」「浸」「漬」「調」「和」「炙」「貯」等。製藥義 VP 以單音節詞為主，複音節詞較少。例如：

漢代：

（1）一，黎（藜）盧二，礜一，豕膏和，而膝以熨疕。（《五十二病方·身疕》）

晉代：

（1）又方 吳茱萸二升，生薑四兩，豉一升。酒六升，煮三升半。分三服。（《附廣肘後方·治卒心痛方第八》卷一）

（2）又方 治肝虛轉筋。用赤蓼莖葉切，三合水一盞，酒三合，煎至四合，去滓，溫分二服。（《附廣肘後方·治卒霍亂諸急方第十

二·附方》卷二）

（3）趙泉黃膏方：大黃、附子、細辛、乾薑、椒桂各一兩，巴豆八十枚，去心皮，搗細，苦酒<u>漬</u>之。（《附廣肘後方·治瘴氣疫癘溫毒諸方第十五》卷二）

（4）治一切瘧，烏梅丸方：甘草二兩，烏梅肉_熬、人參、桂心、肉蓯蓉、知母、牡丹各二兩，常山、升麻、桃仁_{去皮尖，熬}、烏豆皮_{熬膜取皮}各三兩。桃仁<u>研</u>，欲丸入之，搗篩，蜜丸，蘇屠白<u>搗</u>一萬杵。（《附廣肘後方·治寒熱諸瘧方第十六》卷二）

（5）又方　烏雌雞一頭，治如食法，以生地黃一斤，切，飴糖二升，納腹內，急縛，銅器<u>貯</u>甑中，蒸五升米久，須臾取出，食肉飲汁，勿啖鹽。（《附廣肘後方·治癰疽妒乳諸毒腫方第三十六》卷七）

唐宋：

（1）**枳茹酒**枳茹枳上青皮刮取其末，欲至心止得茹五升，微火<u>熬</u>去濕氣。以酒一斗漬，微火<u>煖</u>，令得藥味。隨性飲之。（《千金翼方·中風上·諸酒第一》卷十六）

（2）蠼螋瘡方　又方取野狐矢燒灰，臘月豬膏<u>和</u>，封孔上。（《千金翼方·雜病下·沙虱第六》卷二十）

（3）上三十三味，搗篩為散，每煮以水三升，納散三兩，煮取一升，綿<u>濾</u>去滓，頓服之，日別一服。（《千金翼方·中風下·中風第一》卷十七）

（4）**地黃飲**　生地黃<u>搗</u>汁，入薑汁少許服之，以熱退為度，或利則止。（《仁齋直指方論（附補遺）·虛勞證治》卷之九）

（5）**燒髮方**　生髮燒存性，為末，水<u>調</u>，空心服。此亦用枕骨之意。（《仁齋直指方論（附補遺）·虛勞證治》卷之九）

（6）**雞清丸**　圓白半夏_生　上為末，用雞子清丸桐子大，稍乾以木豬苓末夾和，慢火同<u>炒</u>，丸子裂為度，留木豬苓末養藥，磁器密收。每三十丸，食前白茯苓<u>煎</u>湯下，或用鹽湯。（《仁齋直指方論（附補遺）·漏濁證治》卷之十）

（7）**金櫻子丸**　真龍骨　厚牡蠣_煅　桑螵蛸各一兩　上以雄黑豆一盞

淘濕，將前三件置豆上，蒸半日，去豆，焙三件為末，入白茯苓一兩末，金櫻子四十九枚，去刺並穰蒂，洗淨，搥碎，磁器內入水一盞，濃煮汁<u>濾</u>清，調茯苓末為糊丸桐子大。(《仁齋直指方論(附補遺)·漏濁證治》卷之十)

(8) **四獸湯** 半夏^製 人參 茯苓 白術 橘紅 草果 生薑 烏梅 大棗^{各等分} 甘草^{炙，減半} 上㕮咀，以鹽少許淹食頃，濕紙厚<u>裹</u>，慢火<u>煨</u>香熟。每服四錢，水一碗<u>煎</u>半，溫服。(《仁齋直指方論(附補遺)·瘧癉證治》卷之十二)

金元：

(1) 又云：用溫水洗去土，酒<u>製</u>過，或焙或曬乾，血病須去蘆頭用。(《醫學啟源·用藥備旨·藥類法象》卷下第十二)

(2)《主治秘要》云：苦甘，陰中微陽，治傷寒發黃。去枝莖，用葉，<u>手</u>搓。(《醫學啟源·用藥備旨·藥類法象》卷下第十二)

(3) **酒蒸黃連丸** 用黃連半斤，酒一升，湯內重蒸，伏時取出，曬乾為末，滴水<u>為</u>丸如梧子大。每服五十丸，溫水下。(《衛生寶鑒·咳嗽門》卷十二)

(4) **神效接骨丹** 乳香 沒藥 白膠香 蜜陀僧^{各四兩，各另研} 紅豆香白芷 大豆 貫芎 赤芍藥 自然銅^{火煅，醋淬如銀為度} 瓜子仁 當歸^{洗三次，焙} 水蛭^{各四兩} 右先以自然銅，<u>火</u>燒紅，醋<u>淬</u>燒如銀為度，用四兩入前十二味藥，各等分，同為末，以黃蠟為丸如彈子大，每服一丸，以黃米酒一盞煎開，和柤溫服。(《衛生寶鑒·瘡腫門》卷十三)

(5) **化蟲丸** 鶴虱^{去土} 檳榔 苦楝根^{去浮皮} 胡粉^{炒，各一兩} 白礬^{枯，二錢半} 右為末，水<u>糊</u>丸如麻子大。(《衛生寶鑒·腹中諸蟲》卷十四)

明清：

(1) **追毒烏金散** 巴豆^{五錢} 寒食麵^{一兩} 好細墨^{一錠} 上為細末，用水和麵作餅子，將巴豆包定，休教透氣，文武火<u>燒</u>成深黑色為細末，量瘡貼之。用膽汁就和成錠子，新水<u>磨</u>用，掃五七次妙。(《外科集驗方·五發癰疽論·五發癰疽通治方》卷上)

(2) **二氣丹** 硝石、硫黃等分，為末。石器<u>炒</u>成砂，再研糯米糊丸，梧子大，每服四十丸，井水下，治伏暑傷冷。二氣交錯，中脘

痞結，或嘔或泄，霍亂厥逆。(《醫方集解‧補養之劑》)

（3）**參蘆散**_{吐虛痰} 人參蘆<u>研</u>為末，水調下一二錢，或加竹瀝和服。_{竹瀝滑痰。}(《醫方集解‧湧吐之劑》)

（二）醫治義 VP

醫治義 VP 在漢語史的發展中，經歷了高低起伏的過程。金元時期醫籍醫治義 VP 是其高峰期，明清時期逐漸衰弱，由醫治義 VP 構成的名詞作狀語「NP＋VP＋（O）」表達式，相對於製藥義 VP 來說，不穩定。現代漢語基本上用介賓構式表達。醫治義 VP 基本上與介賓構式中的動作動詞一致，以單音節詞為主，複音詞發展極其緩慢。尤其金元時期，醫治義 VP 以單音節「主」「治」為主要動作動詞。例如：

漢代：

（1）一，踐而涿（瘃）者，燔地穿而入足，如食頃而已，即□蔥<u>封</u>之，若烝（蒸）蔥熨之。(《五十二病方‧身疕》)

（2）一，取雄雞矢，燔，以薰其痏。□□□□□□□□□□鼠令自死，煮以水，□布其汁中，傅之。毋【以】手<u>操</u>痏。(《五十二病方‧蟲蝕》)

晉代：

（1）又方 搗雄黃，細篩，管<u>吹</u>納兩鼻中。桂亦佳。(《附廣肘後方‧治卒魘寐不寤方第五》卷一)

（2）又方 生漆<u>塗</u>之，綿<u>導</u>之。(《附廣肘後方‧治傷寒時氣溫病方第十三》卷二)

（3）《修真方》，神仙方。菟絲子一斗，酒一斗，浸良久，漉出曝乾，又浸，以酒盡為度，每服二錢，溫酒下，日二服，後吃三五匙，水飯<u>壓</u>之。(《附廣肘後方‧治卒患腰脅痛諸方第三十二》卷四)

（4）《深師方》療久咳逆上氣，體腫豆氣脹滿，晝夜倚壁不得臥，常作水雞聲者，白前湯<u>主</u>之。《附廣肘後方‧治卒上氣咳嗽方第二十三》卷三)

（5）又方 取研米槌煮令沸，絮中覆乳，以熨上，當用二枚，牙

慰之，數十回止，姚雲神效。(《附廣肘後方·治癰疽妒乳諸毒腫方第三十六》卷七)

唐宋：

（1）第五之水，先從足趺腫，名曰黑水，其根在腎，連翹主之。(《千金翼方·雜病中·水腫第三》卷十九)

（2）**茯苓丸** 茯苓 茵陳 乾薑各一兩 半夏洗 杏仁去皮尖、雙仁，熬，各三分 商陸半兩甘遂一分 枳實五分，炙 蜀椒二合，汗，去目、閉口 白術五分，切，熬，令變色上一十味，搗篩為末，煉蜜和丸如蜱豆三丸，以棗湯下之。夫患黃膽，常須服此。夫患黃膽，常須服此。若渴欲飲水，即服五苓散。若妨滿，宛轉丸治之，五苓散見傷寒中。(《千金翼方·雜病上·黃疸第三》卷十八)

（3）**咳逆方** 蘇合香丸 用丁香柿蒂湯調下。噫逆即咳逆，胃寒所致也。良薑為要藥，人參、白茯苓佐之。良薑溫胃，能解散胃中風邪。(《仁齋直指方論（附補遺）·咳嗽證治》卷之八)

金元：

（1）肺，虛則五味子補之，實則桑白皮瀉之。如無他證，實則用錢氏瀉白散，虛則用阿膠散。虛則以甘草補之，補其母也；實則瀉子，澤瀉瀉其腎水。(《醫學啟源·主治心法·五臟補瀉法》卷九)

（2）發汗吐下後，虛煩不得眠，若劇者必反覆顛倒，心中懊憹，梔子豉湯主之。(《衛生寶鑒·煩躁門》卷十三)

明清：

（1）拔毒散 寒水石生用 石膏生用，各四兩 黃柏 甘草以上各一兩 上為細末，每用新水調掃之，或油調塗之，或紙花上攤貼亦妙，涼水潤之。(《外科集驗方·五發癰疽論·五發癰疽通治方》卷上)

（2）**瓜蒂散** 甜瓜蒂炒黃 赤小豆 共為末，熟水或酸虀水調下，量人虛實服之。吐時須令閉目，緊束肚皮，吐不止者，蔥白湯解之。(《醫方集解·湧吐之劑》)

（3）**參蘇飲**外感內傷·元戎 此手足太陰藥也。風寒宜解表，故用蘇葛、前胡。勞傷宜補中，故用參苓、甘草、橘半除痰止嘔，枳桔

利膈寬腸，木香<u>行氣</u>破滯，使內外俱和，則邪散矣。(《醫方集解‧
表裏之劑》)

(三) 用藥義 VP

用藥義 VP 在歷時發展中，整體上能產性不高，宋金時期比較少見，晉代
和唐代有相當用例，明清時期嚴重萎縮。由用藥義 VP 構成的「NP＋VP＋（O）」
狀語表達式，從漢至清的發展與演變中，先秦時期比較多見，近代漢語從唐代
開始逐漸減少，現代漢語一般遺存在口語中，書面語較少用。用藥義 VP 常見
的動作動詞有：「塗」「傅／敷」「貼」「拭」。晉代開始用藥義 VP 複音詞較多，
如「調塗」「和塗」「磨敷」「和敷」「調敷」「染拭」「接敷」「裹塞」「調捈」「塗
貼」等。例如：

漢代：

（1）一，牝痔之有數竅，蟯白徒道出者方：先道（導）以滑夏
鋌，令血出。穿地深尺半，袤尺，【廣】三寸，【燔】□炭其中，段
（煆）駱阮少半斗，布炭上，【以】布<u>周蓋</u>，坐以薰下竅。(《五十二
病方‧【牝】痔》)

晉代：

（1）又方　治時氣頭痛不止，用朴硝三兩，搗羅為散，生油<u>調
塗</u>頂上。(《附廣肘後方‧治傷寒時氣溫病方第十三》卷二第 43 頁)

（2）又治癜瘍風。酢<u>磨</u>硫黃<u>敷</u>之，止。(《附廣肘後方‧治中風
諸急方第十九》卷三)

（3）又方　末半夏，雞子白<u>和塗</u>之，水<u>磨敷</u>，並良。(《附廣肘後
方‧治癰疽妒乳諸毒腫方第三十六》卷七第)

（4）《小品》方治疽初作。以赤小豆，末醋<u>和敷</u>之，亦消。(《附
廣肘後方‧治癰疽妒乳諸毒腫方第三十六》卷七)

（5）又方　治乾癬，積年生痂，搔之黃水出，每逢陰雨即癢。用
斑蝥半兩微炒為末，蜜<u>調敷</u>之。(《附廣肘後方‧治瘑癬疥漆諸惡瘡
方第三十九》卷七)

（6）又主大人小兒風疹。茱萸一升，酒五升，煮取一升，帛<u>染
拭</u>之。(《附廣肘後方‧治瘑癬疥漆諸惡瘡方第三十九》卷七)

（7）葛氏，男子陰瘡損爛：煮黃柏洗之，又白蜜塗之。（《附廣肘後方‧治卒陰腫痛頹卵方第四十二》卷七）

唐代：

（1）**丹參膏** 丹參 蒴根各四兩 秦艽三兩羌活 蜀椒汗，去目閉口者 牛膝 烏頭去皮連翹 白術各二兩 躑躅 菊花 莽草各一兩上一十二味，切，以苦酒五升，麻油七升，合煎苦酒盡，去滓。用豬脂煎成膏，凡風冷者用酒服，熱毒單服，齒痛綿沾嚼之。（《千金翼方‧中風上‧諸膏第三》卷十六）

（2）**白芥子** 主射工及疰氣，發無常處，丸服之，或搗為末，醋和塗之，隨手有驗。（《千金翼方‧雜病中‧雜療第八》卷十九）

（3）治漆瘡方 又方 漆姑草接敷之。（《千金翼方‧雜病下‧金瘡第五》卷二十）

金元：

（1）**龍腦膏** 龍腦一錢二分，研 椒目半兩 杏仁二錢半，浸去皮尖，雙仁右為末，研杏仁膏，和如棗核大。綿裹塞耳中，日二易之。（《衛生寶鑒‧眼目諸病並方》卷十）

（2）**藺茹散** 水銀一錢 好茶二錢 藺茹三錢 輕粉少許 右為細末，每用不以多少，油調搽之。（《衛生寶鑒‧瘡腫門》卷十三）

（3）**拔毒散** 寒水石生用 石膏生用，各四兩 黃藥 甘草各一兩 右為末，每用生水調掃於赤腫處。或紙花子塗貼之，如干則水潤之。（《衛生寶鑒‧瘡腫門》卷十三）

（4）**鉛紅散** 舶上硫黃 白礬灰各半兩 右為末，入黃丹少許，染與病人面色同。每上半錢，津液塗之。（《衛生寶鑒‧眼目諸病並方》卷十）

明代：

（1）拔毒散 南星上等大白者，一兩 草烏頭 白芷各半兩 木鱉子仁一個，研 上為細末，分兩次，法醋入蜜調敷，紗貼之。（《外科集驗方‧五發癰疽論‧五發癰疽通治方》卷上）

（2））病輕者不必用針，只以手指甲爬動於瘡頭頂上安此藥，

水沉膏<u>貼</u>之。其瘡即時紅腫為度，去其敗肉為妙，用之神效立驗。

（《外科集驗方·疔瘡論》卷上）

（四）服藥義 VP

服藥義 VP 在漢代罕見，晉代突然激增，唐代延續高頻次出現，宋代大幅度回落，金元又迅猛增長，明清逐漸減少，經歷了不均衡發展的過程，晉代和元代是兩個高峰期。從漢至清的整個漢語史看，由服藥義 NP 構成的「NP＋VP＋（O）」的狀語表達式具有極高的能產性，對比介賓構式的狀語表達式，更具有生命力。

服藥義 VP 在漢語史的發展中，動作動詞類型從先秦到近代，乃至現代漢語，基本未變，如「服」「下」「投」「灌」「調下」「送下」「吞下」「任下」「嚼下」「調服」等。晉代是服藥義複音詞大量出現的時期，唐代基本是單音節服藥義 VP，如「服」，宋代主要服藥義 VP 是單音節動詞「下」和由其組合而成的複合詞，如「送下」「調下」「任下」等。元代服藥義複音詞繼續沿用，並產生新造詞，如「化開」「裹含」「噙含」「點服」「咽下」「灌入」「化下」「調下」「送下」等，元代罕用唐代單音詞服藥義動詞「服」。明代繼承前代服藥義動詞用法，少有新造詞，如「下」「送下」「調下」「調服」「任下」等。清代又以單音節服藥動詞「下」為主，複音詞較少。例如：

晉代：

（1）救卒死而四肢不收，矢便者。馬屎一升，水三斗，煮取二斗以洗之。又取牛洞一升，溫酒<u>灌</u>口中。（《附廣肘後方·救卒中惡死方第一》卷一）

（2）又方　熨其兩脅下，取灶中墨如彈丸，漿水和<u>飲</u>之，須臾三四；以管吹耳中，令三四人更互吹之。（《附廣肘後方·救卒死屍厥方第二》卷一）

（3）又方　燒桔梗二兩，末。米<u>飲服</u>，仍吞麝香如大豆許，佳。（《附廣肘後方·救卒客忤死方第三》卷一）

（4）又方　桂末若干、薑末二藥，並可單用，溫酒<u>服</u>方寸匕，須臾，六七服，瘥。（《附廣肘後方·治卒心痛方第八》卷一）

（5）《經驗後方》治心痛。薑黃一兩，桂穰三兩。為末，醋湯<u>下</u>一錢匕。（《附廣肘後方·治卒心痛方第八》卷一）

（6）又方，生大豆屑，酒和服，方寸匕。（《附廣肘後方·治卒霍亂諸急方第十二》卷二）

（7）《聖惠方》治久患勞瘧、瘴等方。用鱉甲三兩，塗酥炙令黃，去裙為末。臨發時溫酒調下二錢匕。（《附廣肘後方·治寒熱諸瘧方第十六》卷二）

（8）急救稀涎散：豬牙皂角四挺須是肥實不蛀，削去黑皮，晉礬一兩光明通瑩者。二味同搗，羅為細末，再研為散。如有患者，可服半錢，重者三字匕，溫水調灌下。（《附廣肘後方·治中風諸急方第十九》卷三）

（9）《經驗後方》，治頭風化痰。川芎不計分兩，用淨水洗浸，薄切片子，日乾或焙，杵為末，煉蜜為丸，如小彈子大，不拘時，茶酒嚼下。（《附廣肘後方·治胸膈上痰癊諸方第二十八》卷四）

（10）《勝金方》，治風痰。白僵蠶七個直者，細研，以薑汁一茶腳，溫水調灌之。（《附廣肘後方·治胸膈上痰癊諸方第二十八》卷四）

（11）《經驗方》，治嘔逆反胃散。大附子一個，生薑一斤，細銼煮研如麵糊，米飲下之。（《附廣肘後方·治卒胃反嘔啘方第三十》卷四）

（12）又方 治諸癤不消已成膿，懼針不得破，令速決。取白雞翅下第一毛，兩邊各一莖，燒灰，研，水調服之。（《附廣肘後方·治癰疽妒乳諸毒腫方第三十六》卷七第）

唐宋：

（1）**防風散**防風二兩 白芷一兩白朮三兩上三味，搗篩為散，酒服方寸匕，日二服。（《千金翼方·中風上·風眩第六》卷十六）

（2）若痰積、食積作咳嗽者，用香附、瓜蔞仁、貝母、海石、青黛、半夏曲、軟石膏、山楂子、枳實、薑炒黃連為末，蜜調噙化。（《仁齋直指方論（附補遺）·咳嗽治例》卷之八）

（3）**六味地黃丸** 每服五六十丸，空心白湯下，寒月溫酒下，如腎虛有飲作痰喘，生薑湯下。（《仁齋直指方論（附補遺）·附諸方》卷之九）

（4）**經驗養榮丸**　每服八十丸，白鹽湯<u>送下</u>。寒月鹽酒<u>送下</u>。（《仁齋直指方論（附補遺）·附諸方》卷之九）

（5）**大補黃芪湯**　黃芪蜜炙　防風　川芎　山茱萸肉　當歸　白術炒　肉桂　甘草炙　五味子　人參　肉蓯蓉各一兩　白茯苓一兩半　熟苄二兩　上每服五錢，棗二枚，水<u>煎服</u>。（《仁齋直指方論（附補遺）·虛寒證治》卷之九）

（6）**人參固本丸**　生地黃　熟地黃各酒洗浸　天門冬去心，酒浸　麥門冬去心，酒浸。各二兩　人參一兩　上為末，煉蜜為丸梧子大。每服五十丸，空心，溫酒、淡鹽湯<u>任下</u>。（《仁齋直指方論（附補遺）·附諸方》卷之九）

金元：

（1）耳聾目瞀及口偏，邪中藏也，病在裏也，當先疏大便，然後行經。白芷、柴胡、防風、獨活各一兩，又川芎半兩，薄荷半兩。右為末，煉蜜丸彈子大，每服一丸，細嚼，溫酒<u>下</u>，茶清亦可。（《醫學啟源·主治心法·中風》卷九）

（2）**防風湯**　防風去蘆，一錢半　人參　黃芩　麥門冬去心　右為末，每服二錢，沸湯<u>點服</u>，食後，日三服。（《衛生寶鑒·眼目諸病並方》卷十）

（3）**又方**　治飛蛾入耳　醬汁<u>灌入</u>耳即出。（《衛生寶鑒·眼目諸病並方》卷十）

（4）**碧玉散**　青黛　盆硝　蒲黃　甘草各等分　右為末和勻，每用少許，乾糝於咽喉內，細細咽津。綿裏<u>噙化</u>亦得。（《衛生寶鑒·咽喉口齒門》卷十一）

（5）**黃連升麻散**　升麻一兩半　黃連七錢半　右為末，綿<u>裏含</u>，咽汁。（《衛生寶鑒·咽喉口齒門》卷十一）

（6）**乳香丸**　乳香另研　穿山甲　當歸各五錢　豬牙皂角　木鱉子各七錢　右用松枝，火燒存性為細末，入乳香研勻，煉蜜丸如彈子大。每服一丸，溫酒<u>化下</u>，食前。（《衛生寶鑒·瘡腫門》卷十三）

（7）**磨積三棱丸**　木香　麥蘖　荊三棱炮　廣茂　枳殼麩炒　石三陵去皮　杏仁麩炒，各半兩　乾漆炒煙盡，三錢　雞爪三棱半兩　葛根三錢　官桂二錢半

黑牽牛半兩,半生半熟 丁香 檳榔 香附子 青皮去白,各二錢 縮砂三錢 白牽牛半兩,半生半熟 陳皮去白,三錢 右為末,醋糊丸如桐子大。每服二十丸,生薑湯<u>下</u>,食後,日二服。病大者四十日消,溫水<u>送下</u>亦得。(《衛生寶鑒‧腹中積聚》卷十四)

（8）**聖散子** 硇砂 川大黃各八錢 麥蘗六兩 乾漆三兩,炒煙盡 萹蓄 茴香炒 檳榔 瞿麥各一兩 右為末,每服五錢,臨睡溫酒<u>調下</u>,仰臥。(《衛生寶鑒‧腹中積聚》卷十四)

（9）**袪毒牛黃丸** 人參 犀角取末 南琥珀研 桔梗 生地黃沉水者佳 南硼砂各半兩 牛黃研,三錢半 雄黃一兩,飛 南玄參 升麻各三錢 蛤粉四兩,水飛 朱砂研,七錢 腦子 鉛白霜各一錢 寒水石擾,去火毒,二兩 右為細末,研習,煉蜜丸如小彈子大,金箔為衣,瓷器內收。每服一丸,濃煎薄荷湯化下,或新汲水<u>化服</u>亦得。食後,日進三服。嚼化亦得。(《衛生寶鑒‧咽喉口齒門》卷十一)

（10）每用一粒,新汲水少許<u>化開</u>,時時點之。忌酒、濕麵、豬肉、蕎麥。(《衛生寶鑒‧眼目諸病並方》卷十)

（11）每服一丸,用薄荷湯或新汲水化下。若細嚼並嚼化,津液<u>咽下</u>皆可,食後臨臥服。(《衛生寶鑒‧咽喉口齒門》卷十一)

明清：

（1）**托裏護心散** 乳香明淨者,一兩 真綠豆粉四兩,上研細和勻,每服三錢,不拘時,甘草湯<u>調服</u>。(《外科集驗方‧五發癰疽論‧五發癰疽通治方》卷上)

（2）**護心散** 甘草炙,一錢 綠豆粉炒,二錢 朱砂一錢,水飛過 上為細末,作一服,白湯<u>調下</u>。(《外科集驗方‧五發癰疽論‧五發癰疽通治方》卷上)

（3）每服五十丸至百丸,無時候酒飲<u>任下</u>此藥,不特治癰疽,大能止渴並治五痔諸瘻等證。(《外科集驗方‧五發癰疽論‧五發癰疽通治方》卷上)

（4）如病患不能嚼蔥,擂碎裹藥丸在內,<u>熱酒送下</u>。(《外科集驗方‧疔瘡論》卷上第)

（5）**本事方破陰丹** 治陰中伏陽，煩躁，六脈沉伏，硫黃、水銀各一兩，陳皮、青皮各五錢，先將硫黃入銚鎔開，次下水銀，鐵杖攪勻，令無星。細研糊丸，每服三十丸，如煩躁，冷鹽湯<u>下</u>。陰證，艾湯<u>下</u>。（《醫方集解・補養之劑》）

四、小　結

「NP＋VP＋（O）」狀語表達式，從漢至清的歷時發展與演變中，呈現出的面貌體現在：

（1）共時層面：「NP＋VP＋（O）」作狀語時，謂語中心語 VP 的語義在各時代的使用情況表明，服藥義 VP 是主要謂語中心語，能產性最高，尤其是晉代與金元時期，服藥義 VP 構成的名詞作狀語表達式大量出現，製藥義 VP 基本上讓位於服藥義 VP 的使用。晉代是一個特殊的時代，製藥義 VP 的使用頻率是服藥義 VP 的 2 倍多，但在其他時代的共時比較看，服藥義 VP 一度超過製藥義 VP 的使用，在漢語史中處於相對比較穩定的地位。

（2）歷時層面：「NP＋VP＋（O）」作狀語時，從漢至清的發展與演變中，製藥義 VP 在漢語史中總體上保持主流地位，占比 45.9%，但從唐代至清代，服藥義 VP 的發展迅速而穩定，尤其金元時期，共出現 138 頻次，占服藥義總頻次的 26%，而製藥義 VP 在金元時期的頻次共 105，占製藥義總頻次的 17%。漢至清，服藥義 VP 的快速發展，構成大量的名詞作狀語表達式，躋身於醫治義 VP 之前，與介賓構式「介＋NP＋VP＋（O）」中的 VP 優選等級次序：製藥義 VP＞醫治義 VP＞用藥義 VP＞服藥義 VP 不同，「NP＋VP＋（O）」狀語在歷時發展中，形成的優選等級次序是製藥義 VP＞服藥義 VP＞醫治義 VP＞用藥義 VP。

第五節　介＋NP 和 NP

名詞作狀語的共時與歷時發展中，出現了類似中介語性質的狀語表達式，如「介＋NP」和「NP」兩種語言形式。「介＋NP」在晉代、金元時期有數十用例，宋代偶見，而在唐代和明清時期異常罕見，這表明「介＋NP」的狀語表達式不能成為主流語言形式，生命力不強，語義透明度不高，最終被漢語史淘汰。這種狀語表達形式，在漢語中曇花一現。處在金元蒙古語與漢語的

融合時期，語言接觸的結果是不被漢語系統接納。李崇興（2001）對於蒙古語對漢語的影響，認為：「漢語對它們的取捨決定於漢語自身的語法體系及其發展規律，如果外來的東西跟這個體系相容而不相背，符合這個體系的發展規律，那就可能被接受；否則只能被拒之門外。」〔註4〕「介＋NP」從晉代出現，發展到金元時期，語言融合也無法被漢語系統吸收。

「NP」直接用名詞作狀語，主要在金元時期出現，表現出了這個特定時代的語言特徵。金元醫籍出現「NP」作狀語，是對比同類句法語義而判定，而這類「NP」基本上是中藥義NP和飲食義NP，體現了醫籍文獻的獨特性。因「NP」直接作狀語，語言經濟而語義不明確，最終成為一種狀語的過渡形式，讓位於介賓構式「介＋NP＋VP＋（O）」或「NP＋VP＋（O）」狀語表達式。

一、介＋NP

「介＋NP」中「介」主要是介詞「以」，表介引的對象。「NP」是丸藥、中草藥、薑汁類、酒水類名詞性詞語。例如：

（1）又方 搗女背屑重一錢匕，開口納喉中，<u>以水苦酒</u>，立活。（《附廣肘後方・救卒中惡死方第一》卷一）

（2）又方 白馬尾二七莖，白馬前腳目二枚，合燒之，<u>以苦酒丸如小豆</u>。開口吞二丸，須臾，服一丸。（《附廣肘後方・救卒死屍厥方第二・附方》卷一）

（3）又方 治狂邪發無時，披頭大叫，欲殺人，不避水火。苦參<u>以蜜丸如梧子大</u>。每服十丸，薄荷湯下。（《附廣肘後方・治卒發癲狂病方第十七》卷三）

（4）《勝金方》，治風痰。白僵蠶七個直者，細研，<u>以薑汁一茶腳</u>，溫水調灌之。（《附廣肘後方・治胸膈上痰癊諸方第二十八》卷四）

（5）又方 治膈壅風痰。半夏不計多少，酸漿浸一宿，溫湯洗五七遍，去惡氣，日中曬乾，搗為末，漿水搜餅子，日中乾之，再為末，每五兩，入生腦子一錢，研勻，<u>以漿水濃腳丸</u>，雞頭大，紗

〔註4〕李崇興：《元代直譯體公文的口語基礎》，《語言研究》2001年第2期。

袋貯，通風處陰乾，每一丸，好茶或薄荷湯下。(《附廣肘後方·治胸膈上痰癊諸方第二十八》卷四)

(6)脾，虛則甘草、大棗之類補之，實則以枳殼瀉之。如無他證，虛則<u>以錢氏益黃散</u>，實則瀉黃散。心乃脾之母，以炒鹽補之；肺乃脾之子，以桑白皮瀉肺。(《醫學啟源·主治心法·五臟補瀉法》卷九)

二、NP

名詞直接作狀語，沒有謂語中心語 VP，在金元時期比較常見。這類「NP」主要是中藥義名詞，飲食義名詞。例如：

(1)小兒但見上竄及搖頭咬牙，即是心熱，<u>黃連、甘草</u>。目連閃，肝熱，<u>柴胡、防風、甘草</u>。(《醫學啟源·主治心法·婦人》卷九)

(2)潮熱者，<u>黃連、黃芩、生甘草</u>。辰戌時變，加羌活；午間發，<u>黃連</u>；未間發，<u>石膏</u>；申時發，<u>柴胡</u>；酉時，<u>升麻</u>；夜間，<u>當歸根</u>。若有寒者，加黃芪、人參、白術。(《醫學啟源·主治心法·潮熱》卷九)

(3)**神功丸** 大黃_{四兩}，麵煨 麻仁二兩，別研 人參二兩 訶子皮四兩 右一處研，煉蜜丸如梧子大，每服三十丸，溫水下，<u>酒亦得</u>，食後服。如大便不通，倍服，利為度。(《醫學起源·六氣方治·燥》卷中第十一)

第八章　名詞作狀語表達式的
　　　　　　特徵比較與原因探析

金元醫籍名詞作狀語變換形式，主要有兩種表達形式：「介＋NP＋VP＋（O）」與「NP＋VP＋（O）」。它們在共時層面與歷時比較中表現了各自的語義特點，如名詞性詞語 NP 與修飾的謂語中心語 VP，有共同也有相異之處。介賓構式與名詞直接作狀語的表達式的選擇，有其內在的動因機制與外部誘因。

第一節　介＋NP＋VP＋（O）與 NP＋VP＋（O）特徵比較

狀語表達式「介＋NP＋VP＋（O）」與「NP＋VP＋（O）」特徵比較，主要從 NP 與 VP 上對比。它們從漢至清的歷時發展與演變中，使用頻率的不同，呈現出漢民族語言使用習慣的差異與語言成分中語義選擇的偏向，解釋了特定時代語言表達式的生命力與能產性，為語義組合與選擇提供參考。

一、NP 語義比較

（一）工具義 NP 的比較

「介＋NP＋VP＋（O）」與「NP＋VP＋（O）」兩種狀語表達式中的「NP」都可以是工具義名詞性詞語，它們主要是器具類名詞、袋裝類名詞、封包材料

．

類名詞、人體部位和禽羽類名詞及植物枝幹類名詞。「NP」音節從晉代開始，複音詞逐漸增多。從兩者狀語中 NP 語義的基本詞彙看，「NP＋VP＋（O）」比「介＋NP＋VP＋（O）」更為豐富（前面章節用例已經表述）。具體使用情況如下表。

表 15　介＋NP＋VP＋（O）與 NP＋VP＋（O）中工具義 NP 的比較

時代　　　語義　狀語	介＋NP＋VP＋（O）	NP＋VP＋（O）	合　計
漢	33	4	37
晉	76	49	125
唐	45	19	64
宋	10	8	18
金	3	4	7
元	66	26	92
明	58	14	72
清	7	6	13
合　計	298	130	428

例如：

漢代：

（1）一，以小童弱（溺）漬陵（菱）枝（芰），以瓦器盛，以布蓋，置突上五、六日，□【敷】之。（《五十二病方·加（痂）》）

（2）一，（癩）及瘻，取死者叕烝（蒸）之，而新布裹，以囊□□□□前行☒。（《五十二病方·積（癩）》）

晉代：

（1）又方　取灶下熱灰，篩去炭分，以布囊貯，令灼灼爾。便更番以熨痛上，冷，更熬熱。（《附廣肘後方·治卒心痛方第八》卷一）

（2）又方，芫花、菊花等分，躑躅花半斤，布囊貯，蒸令熱，以熨痛處，冷復易之。（《附廣肘後方·治卒患腰脅痛諸方第三十二》卷四）

（3）又方　搗雄黃，細篩，管吹納兩鼻中。桂亦佳。（《附廣肘後方·治卒魘寐不寤方第五》卷一）

唐代：

（1）狗咬方即以冷水洗瘡，任血出勿止之，水下血斷，<u>以帛裹</u>，即愈。（《千金翼方・雜病下・沙虱第六》卷二十）

（2）治灸瘡膿壞不瘥方臘月豬脂一斤　薤白十枚　胡粉一兩上三味，先煎薤令黃，去之，<u>綿裹</u>石灰一兩煎數沸去之，入胡粉膏中，令調塗故帛上貼之，日三度。（《千金翼方・雜病下・金瘡第五》卷二十）

（3）**赤膏**生地黃汁二升　生烏麻脂二兩薰陸香末　丁香末各二錢匕黃丹四錢蠟如雞子黃二枚上六味，先極微火煎地黃汁、烏麻脂三分減一，乃下丁香、薰陸香，煎三十沸，乃下黃丹，次下蠟，煎之使消。<u>以匙攪之數千回</u>，下之停凝用之。（《千金翼方・中風上・諸膏第三》卷十六）

（4）治一切風虛方常患頭痛欲破者杏仁九升，去皮尖、兩仁者，曝乾上一味，搗作末，以水九升研濾，如作粥法，緩火煎，令如麻浮上，<u>匙取和羹粥</u>，酒納一匙服之，每食即服，不限多少，服七日後大汗出，二十日後汗止，慎風冷、豬、魚、雞、蒜、大醋。（《千金翼方・中風下・中風第一》卷十七）

宋代：

（1）**甲字號十灰散**　大薊　小薊　柏葉　荷葉　茅根　茜根　大黃　山梔　牡丹皮　棕櫚皮各等分　上各燒灰存性，研極細末，<u>用紙包</u>，碗蓋於地上一夕，出火毒。（《仁齋直指方論（附補遺）・附諸方》卷之九）

（2）**四獸湯**　半夏製　人參　茯苓　白術　橘紅　草果　生薑　烏梅大棗各等分　甘草炙，減半　上㕮咀，以鹽少許淹食頃，<u>濕紙厚裹</u>，慢火煨香熟。每服四錢，水一碗煎半，溫服。（《仁齋直指方論（附補遺）・痎瘧證治》卷之十二）

（3）**牡蠣丸**　圓白半夏一兩，湯洗十次，每個作二片，以木豬苓去皮二兩為粗末，同半夏浸火炒黃，放地出火毒一宿。上末，用木豬苓，入煆過厚牡蠣粉一兩同末，以山藥糊丸桐子大。留木豬苓養藥，<u>磁器密收</u>。每三十丸，茯苓煎湯下。（《仁齋直指方論（附補遺）・漏濁證治》卷之十第337頁）

（4）**雄黃散** 雄黃 安息香各一分 露蜂房去子，燒灰 桃仁去皮，炒。各二分 麝少許 上為末。每用一錢，生艾葉入生蜜研汁夾和，臨臥含化，仍燒艾，以管子吹煙薰喉。（《仁齋直指方論（附補遺）·咳嗽證治》卷之八）

金元：

（1）《主治秘要》云：能發汗，通關節，除勞渴，冷搗和醋封毒腫，去枝莖以手搓碎用。（《醫學啟源·用藥備旨·藥類法象》卷下第十二）

（2）《主治秘要》云：辛，陽，明目之劑，手搓細用。（《醫學啟源·用藥備旨·藥類法象》卷下第十二）

（3）**太乙膏** 腦子一錢，研 輕粉 乳香各二錢，研 麝香三錢，研 沒藥四錢，研 黃丹五兩 右用清油一斤，先下黃丹熬，用柳枝攪。又用憨兒蔥七枝，先下一枝熬焦。再下一枝，蔥盡為度。下火不住手攪，覷冷熱得所，入腦子等藥攪勻，瓷器盛之，用時旋攤。（《衛生寶鑒·瘡腫門》卷十三）

（4）**夜光散** 治赤眼翳膜昏花。宜黃連 訶子各二兩 當歸一兩 銅綠一錢 右咀，以河水三升，同浸兩晝夜，於銀石器熬取汁，約一大盞，內八分來得所，看粗黑色為度。生絹紐取汁，再上文武火熬，槐柳條攪，滴水成朱為度。（《衛生寶鑒·眼目諸病並方》卷十）

明清：

（1）或恐偶然熬火太過，稍硬難於用，卻少將蠟熬麻油在內，以瓷器盛封蓋，於甑上蒸，乘熱攪調收用。（《外科集驗方·五發癰疽論·五發癰疽通治方》卷上）

（2）萬金膏 龍骨 鱉甲 苦參 烏賊魚骨 黃蘗 草烏 黃連 豬牙皂角 黃芩 白芨 白薇 木鱉子 當歸 白芷 川芎 厚朴去粗皮各一兩 槐枝 柳枝各四寸長二十一條 沒藥另研 乳香另研，各半兩 黃丹水飛淨炒過一斤八兩 清麻油四斤，入前藥煎紫赤色去粗，稱淨油三斤 上除乳、沒、丹外，餘藥入油內慢火煎，候白芷焦色，去粗，入黃丹一半，不住手攪令微黑色，更入黃丹仍攪，待滴入水中成珠不黏手為度，攪溫下乳沒末亦攪勻，瓷器盛。用時量瘡大小，攤紙貼之。（《外科集驗方·五發癰

疽論·五發癰疽通治方》卷上）

（3）**金液丹** 硫黃十兩，研末，瓷盆盛水，和赤石脂，封口，<u>鹽泥固濟</u>。日乾，地內埋一小罐，盛水令滿，安盆在內，<u>用泥固濟</u>，慢火養七日七夜，加頂火一斤煅，取出，研末，蒸餅丸，米飲下，治久寒錮冷，勞傷虛損，傷寒陰證，小兒慢驚。（《醫方集解·補養之劑》）

從工具義 NP 在兩種狀語表達式中的使用看，漢至清，介賓構式更具有優勢，占 69.6%，大約是「NP＋VP＋（O）」構式的 2.3 倍。從漢至清，前者數量急劇縮減，後者相對較多，但自身也經歷了不平衡的發展過程。無論那種構式作狀語，晉代和金元時期都是名詞作狀語的高峰時期。兩者相爭，從漢至清都在逐漸衰落，以致在清代呈零星分布狀態。NP 詞形相同或類似，在同一時代或不同時代交互出現，也體現了兩種狀語表達式的競爭。如漢代的「以瓦器盛」，到宋代的「磁器密收」與明清的「瓷器盛」；晉代的「管吹納兩鼻中」，到宋代的「以管吹煙薰喉」，這是超越時空，在不同時代以兩種狀語表達式交替出現。以上用例是兩種狀語表達式的句法表現，同一時代替換使用，不同時代隔空交替，相互競爭，工具義 NP 在兩種狀語構式中，都受到不同程度的限制，但最終結果是在介賓構式中相對占住優勢地位。

（二）飲食義 NP 的比較

飲食義 NP 在「介＋NP＋VP＋（O）」與「NP＋VP＋（O）」狀語表達式中，都是最能產的狀語形式，「NP」主要是「水」「酒」「茶」「湯」「飲」「麵」「餅」「粥」等單音節詞及其飲食義語素組合而成的複合詞，如「蒸餅」「米飲」「寒食麵」「乳汁」「冷水」「溫湯」「水飯」「漿水」等。從漢至清，飲食義 NP 類型基本未變。兩者狀語形式的飲食義 NP 在歷時比較中，各時代起起落落，但總體上「NP＋VP＋（O）」狀語形式更佔優勢地位。具體使用情況，如下表。

表16　介＋NP＋VP＋（O）與 NP＋VP＋（O）中飲食義 NP 的比較

語義 狀語 時代	介＋NP＋VP＋（O）	NP＋VP＋（O）	合　計
漢	38	1	39
晉	257	308	565
唐	284	121	405

宋	18	84	102
金	3	47	50
元	22	145	167
明	38	77	115
清	4	37	41
合　計	664	820	1484

例如：

晉代：

（1）一，<u>以水一斗煮葵種一斗</u>，溶取其汁，<u>以其汁煮膠一廷（梃）</u><u>半</u>，為汁一參，而☒。（《五十二病方·【人】病馬不間（癇）者》）

（2）一，踐而涿（瘃）者，燔地穿而入足，如食頃而已，即□<u>蔥封之</u>，若烝（蒸）蔥熨之。（《五十二病方·身疕》）

漢代：

（1）又方 取比輪錢二十枚，<u>水五升，煮取三沸</u>。日三服。（《附廣肘後方·治心腹俱痛第十》卷一）

（2）又方 麻黃二兩，苓、桂各一兩，生薑三兩，<u>以水六升，煮</u><u>取二升</u>，分為四服。（《附廣肘後方·治傷寒時氣溫病方第十三》卷二）

（3）又方 治心痛。當歸為末。<u>酒服方寸匕</u>。（《附廣肘後方·治卒心痛方第八》卷一）

（4）《外臺秘要》方療歷節諸風，百節酸痛不可忍。松脂三十斤，煉五十遍，不能五十遍，亦可二十遍。用以煉酥三升，溫和松脂三升，熟攪令極稠，旦空腹<u>以酒服方寸匕</u>，日三。數食麵粥為佳，慎血腥、生冷、酢物、果子一百日，瘥。（《附廣肘後方·治中風諸急方第十九》卷三）

唐代：

（1）**芫青酒**芫青 巴豆（去皮心·熬） 斑蝥各三十枚，去翅足，熬附子去皮 躑躅 細辛烏頭去皮乾薑 桂心 蜀椒去目、閉口者，汗 天雄去皮黃芩各一兩上一十二味，切，<u>以酒一斗漬十日</u>，每服半合，日二。應苦煩悶飲一升水解之，以知為度。（《千金翼方·中風上·諸酒第一》卷十六）

（2）**小半夏湯**半夏一升，洗去滑　生薑半斤上二味，切。以水一斗，煮取二升，分再服。一法以水七升煮取一升半（《千金翼方‧雜病上‧黃疸第三》卷十八）

（3）**治尿血方**車前葉，切，五升，水一斗，煮百沸，去滓，納米煮為粥服之。（《千金翼方‧雜病上‧吐血第四》卷十八）

（4）**杜仲酒**杜仲八兩，炙　乾地黃四兩　當歸　烏頭去皮　芎各二兩上五味，切，酒一斗二升漬，服之如上法。（《千金翼方‧中風上‧諸酒第一》卷十六）

（5）**金牙散**上四十五味，為散，酒服一刀圭，日再，稍加，如有蟲，皆隨大小便出矣。（《千金翼方‧雜病下‧備急第一》卷二十）

宋代：

（1）**秘傳大補元丸**　每服八十丸，空心淡鹽湯下。寒月可用溫酒送下。（《仁齋直指方論（附補遺）‧附諸方》卷之九）

（2）**六味地黃丸**　每服五六十丸，空心白湯下，寒月溫酒下，如腎虛有飲作痰喘，生薑湯下。（《仁齋直指方論（附補遺）‧附諸方》卷之九）

（3）**密陀僧散**　密陀僧即是爐底，研極細　上每服挑一大錢匕，無熱者，用熱酒調下；有熱者，沸湯泡麝香調下。亦治暗風，頗有奇效。出《夷堅志》。（《仁齋直指方論（附補遺）‧驚悸證治》卷之十一）

（4）**貓肝方**　黑貓生取肝，曬乾。上為末。月首五更，空心，醇酒調服，或用酒浸而食之。（《仁齋直指方論（附補遺）‧勞瘵證治》卷之九）

金元：

（1）**丁香附子**　丁香半兩　檳榔一個，重三錢　黑附一個，重半兩，炮，去皮臍　舶上硫黃去石研　胡椒各二錢　右先將四味為末，入硫黃和勻。每服二錢，用附子一個去毛翅足腸肚，填藥在內，濕紙五七重裹定，慢火燒熱取出嚼。食後用溫酒送下，日三服。如不食葷酒，粟米飲下，不計時。（《衛生寶鑒‧煩躁門》卷十三）

（2）**聖靈丹**　乳香五錢　烏梅去核，五枚　萬苣子一大盞，炒黃色，二兩八錢　白米一撚　右為末，煉蜜丸如彈子大。每服一丸，細嚼，熱酒送

下，吃一服。不痛勿服，如痛再服。（《衛生寶鑒·瘡腫門》卷十三）

（3）**解毒雄黃丸** 鬱金 雄黃各一兩 巴豆去皮膜，研出油，十四枚 右為末，醋糊為丸綠豆大。<u>用熱茶清下七丸</u>，吐出頑涎，立便蘇省。未吐再服。（《衛生寶鑒·咽喉口齒門》卷十一）

（4）**龍腦飲子** 青蛤粉 穀精草各半兩 龍膽草 羌活各三錢 麻黃二錢半 黃芩炒 升麻各二錢 蛇蛻皮 川鬱金 甘草炙，各半錢 右為末，每服二錢，食後<u>茶清調下</u>。忌辛熱物。（《衛生寶鑒·眼目諸病並方》卷十）

（5）**人參蛤蚧散** 蛤蚧一對全者，河水浸五宿，逐日換水，洗去腥，酥炙黃色 杏仁去皮尖，炒 甘草炙，各五兩 知母 桑白皮 人參 茯苓去皮 貝母各二兩 右八味為末，淨磁合子內盛。每日<u>用如茶點服</u>，永除神效。（《衛生寶鑒·咳嗽門》卷十二）

（6）**防風湯** 防風去蘆，一錢半 人參 黃芩 麥門冬去心 右為末，每服二錢，<u>沸湯點服</u>，食後，日三服。（《衛生寶鑒·眼目諸病並方》卷十）

明清：

（1）**拔毒散** 寒水石生用 石膏生用，各四兩 黃柏 甘草以上各一兩 上為細末，每<u>用新水調掃之</u>，或油調塗之，或紙花上攤貼亦妙，涼水潤之。（《外科集驗方·五發癰疽論·五發癰疽通治方》卷上）

（2）**寸金丹** 麝香一分 南乳香 烏金石 輕粉 雄黃 狗寶 沒藥以上各一錢 蟾酥二錢 粉霜 黃蠟以上各三錢 硇砂五錢 鯉魚膽乾用 狗膽以上各一個，乾用 金頭蜈蚣七條全者，酥炙黃色 頭首男孩兒乳一合 上件為細末，除黃蠟、乳汁二味，熬成膏子，同和丸如綠豆大，小兒丸如芥子大。每服一丸，病重者加三丸。白丁香七個研爛，<u>新汲水調送下</u>。用衣服蓋之睡，勿令透風。汗出為度，大段疼痛。如無頭瘡腫，不過三服立效，服藥後吃白粥瓜虀就睡大妙。（《外科集驗方·五發癰疽論·五發癰疽通治方》卷上）

（3）**牛膠飲** 牛皮膠通明好者淨洗乾，稱四兩為準 上用酒一碗，入膠內重湯煮，令膠溶透攪勻傾出，更浸酒，隨意飲盡。若能飲者，以醉為度，不能飲者，<u>亦用酒煎</u>，卻浸以白湯，飲盡為佳，此法活人甚多。浸音侵（《外科集驗方·五發癰疽論·五發癰疽通治方》卷上）

（4）瞿麥散桂心　赤芍藥　當歸　黃　芪　瞿麥　白薇　麥門冬各等分

赤小豆一合，酒浸，炒乾　上咬咀，每服四錢，<u>酒煎溫服</u>。（《外科集驗方·

五發癰疽論·五發癰疽通治方》卷上）

從兩種狀語表達式中飲食義 NP 使用頻率對比，可以看出，飲食義 NP 在晉代異軍突起，陡然增長。在「介＋NP＋VP＋（O）」中，飲食義 NP 從宋代開始大幅度回落，清代越來越少。對比「NP＋VP＋（O）」，飲食義 NP 在唐宋下降後，在金元時期達到另一個高峰，明清時期還有相當大的用例。這表明飲食義 NP 在介詞構式中隨著時代的推移，越來越受限制，而在名詞直接作狀語的構式中，仍保持著高頻率的使用。用介詞與否，在同一飲食義 NP 狀語表達式中，形成對比，兩種狀語構式在各時代同時並存。從使用頻率看，飲食義名詞直接放在謂語中心語 VP 前作狀語的構式，在各時代都有頑強的生命力與能產性，遠遠超過介詞構式的使用度。

（三）中藥義 NP 的比較

中藥義 NP 主要是中醫經方使用的膏藥類、湯劑類、草藥類、動植物類、礦石類名詞。這是中藥文獻的主要特色，也是治病救人的主要方法。經過漢至清的發展，介詞構式中的中藥義 NP，相比名詞直接作狀語的 NP，更具有活躍度，更符合中藥行醫治病的習慣。兩種狀語表達式中的中藥義 NP，在漢至清的使用情況，如下表。

表 17　介＋NP＋VP＋（O）與 NP＋VP＋（O）中藥義 NP 的比較

時代 ＼ 語義 狀語	介＋NP＋VP＋（O）	NP＋VP＋（O）	合　計
漢	35	2	37
晉	121	60	181
唐	50	41	91
宋	43	52	95
金	40	44	84
元	73	26	99
明	60	9	69
清	42	15	57
合　計	464	249	713

例如：

漢代：

（1）一，取無（蕪）夷（荑）中（核），冶，貛膏以　　，熱膏沃冶中，和，以傅。（《五十二病方·胕膫》）

（2）一，黎（藜）盧二，礜一，豕膏和，而膝以熨疕。（《五十二病方·身疕》）

晉代：

（1）葛氏，療癰發數十處方：取牛屎燒搗末，以雞子白和塗之，乾復易，神效。（《附廣肘後方·治癰疽妒乳諸毒腫方第三十六》卷七）

（2）又方　用鹿角、桂、雞屎，別搗，燒，合和，雞子白和塗，乾復上。（《附廣肘後方·治癰疽妒乳諸毒腫方第三十六》卷七）

（3）又方　末藜蘆，以臘月豬膏和塗之，五月漏蘆草燒作灰，膏和使塗之。皆先用鹽湯洗，乃敷。（《附廣肘後方·治瘑癬疥漆諸惡瘡方第三十九》卷七）

（4）又方　取蛇床子合黃連二兩，末。粉瘡上用者，豬脂和塗，瘥。（《附廣肘後方·治卒發丹犬惡毒瘡方第三十八》卷七）

唐宋：

（1）陷脈散烏賊魚骨一分　白石英半兩　石硫黃一分　紫石英半兩　鍾乳半兩,粉　乾薑一兩　丹參三分　琥珀一兩　大黃一兩　蜀附子一兩,炮,去皮上一十味，搗為散，貯以韋囊，勿令洩氣。若瘡濕即敷，無汁者以豬膏和敷之，日三四，以乾為度。（《千金翼方·雜病下·瘻病第七》卷二十）

（2）又方取五月五日蛇皮燒灰，臘月豬膏和敷之。（《千金翼方·雜病下·沙虱第六》卷二十）

（3）治小便不通方　滑石二兩　葵子一兩　榆白皮一兩　上三味，為散。濃煮麻子汁一升半，取一升，以散二方寸匕和服兩服，即通。（《千金翼方·雜病中·淋病第二》卷十九第216）

（4）麥門冬散麥門冬去心　石膏研　柏子仁　甘草炙,各半兩　桂心一分　上五味，搗篩為散，酸漿和服方寸匕，日三夜一。煩滿，氣上脹

逆，長服之佳。(《千金翼方・雜病下・金瘡第五》卷二十)

（5）**白丸子**　治陰陽不調，清濁相干，小便渾濁。方見身疼門。<u>用茯苓湯送下</u>。(《仁齋直指方論（附補遺）・漏濁證治》卷之十)

（6）**牡蠣丸**　圓白半夏一兩，湯洗十次，每個作二片，以木豬苓去皮二兩為粗末，同半夏浸火炒黃，放地出火毒一宿。上末，用木豬苓，入煆過厚牡蠣粉一兩同末，以山藥糊丸桐子大。留木豬苓養藥，磁器密收。每三十丸，<u>茯苓煎湯下</u>。(《仁齋直指方論（附補遺）・漏濁證治》卷之十)

金元：

（1）凡解利傷寒，<u>以甘草為君</u>，防風、白朮為佐，是其寒宜甘發散也。(《醫學啟源・主治心法・用藥凡例》卷九)

（2）凡痢疾腹痛，以白芍藥、<u>甘草為君</u>，當歸、白朮為佐，見血先後，分三焦熱論。(《醫學啟源・主治心法・瀉痢水泄》卷九)

（3）**仙方香棱丸**　木香　丁香各五錢　荊三棱切，酒浸一宿　青皮去白　枳殼麩炒　川楝子　茴香炒，各一兩　廣茂一兩切，酒浸一宿，將三棱、廣茂，用去皮巴豆三十粒，同炒，巴豆黃色，去豆不用　右為末，醋糊丸如桐子大，<u>用朱砂為衣</u>，每服二十丸，炒生薑鹽湯下，溫酒亦得。食後，日進三服。(《衛生寶鑒・腹中積聚》卷十四)

（4）**八物定志丸**　遠志去心　菖蒲　麥門冬　茯神　白茯苓去心，各一兩　白朮半兩　人參一兩半　牛黃二錢，另研　右為末，入牛黃勻，煉蜜丸如桐子大，<u>朱砂為衣</u>。每服二三十丸，熟水送下，無時。(《衛生寶鑒・煩躁門》卷十三)

（5）**紅芍藥散**　歌曰：心病口瘡，紫桔紅瘡，三錢四兩，五服安康。右用紫苑、桔梗、紅芍藥、蒼朮等分為末，羊肝四兩，批開糝藥三錢。麻扎定，火內燒令香熟，空心食之，大效。後<u>用白湯下</u>。(《衛生寶鑒・咽喉口齒門》卷十一)

（6）**二薑丸**　乾薑炮　良薑　右二味等分，為細末，麵糊為丸，梧子大。每服二三十丸，食後<u>陳皮湯下</u>，妊婦不宜服。(《衛生寶鑒・心胃痛及腹中痛》卷十三)

明清：

（1）神仙太乙膏一切風赤眼，用膏捏作小餅貼太陽穴，後服，

以山梔子湯送下。打撲傷損外貼，內服，橘皮湯下。腰膝痛者，患
處貼，內服鹽湯送下。唾血者，桑白皮湯下。諸痛，先以鹽湯洗淨。
諸瘡，並量大小，以紙攤貼。每服一丸如櫻桃大，蛤粉為衣。其膏
可收十年不壞，愈久愈烈。一方久遠療鬎同上，瘑瘡，鹽湯洗貼，
酒下一丸。婦人血脈不通，甘草湯下。一切瘡癬並腫痛瘡及疥癩，
別煉油少許，和膏塗之。(《外科集驗方・五發癰疽論・五發癰疽通
治方》卷上)

（2）**三黃石膏湯**發表清裏　石膏半兩　黃芩　黃連　黃蘗七錢　梔子三十
個　麻黃　淡豉二合　每服一兩，薑三片，棗二枚，細茶一撮，煎熱服。
此足太陽手少陽藥也。表裏之邪俱盛，欲治內則表未除，欲發表則
裏又急，故以黃芩瀉上焦之火，黃連瀉中焦之火，梔子通瀉三焦之
火，而以麻黃、淡豉發散表邪。石膏體重，瀉胃火，能解肌，亦表
裏分消之藥也。(《醫方集解・表裏之劑》)

（3）**大青龍湯**　成氏曰：桂枝主中風，麻黃主傷寒，今風寒兩
傷，欲以桂枝解肌驅風，而不能已其寒，欲以麻黃發汗散寒，而不
能去其風。仲景所以處青龍而兩解也。麻黃甘溫，桂枝辛熱，寒傷
營，以甘緩之。風傷衛，以辛散之。故以麻黃為君，桂枝為臣。(《醫
方集解・發表之劑》)

從兩種狀語表達式中中藥義 NP 使用頻率對比，可以看出：中藥義 NP 直接
放在謂語中心語 VP 前作狀語早在漢代就零星出現，從晉代到金元時期，出現
頻次相對穩定，元代以後大幅度萎縮，遺留在中醫文獻中。相反介賓構式的中
藥義 NP，晉代後斷崖式下降，但從唐代到明清，基本保持穩定狀態，還有相當
的生命力。兩種狀語表達式從唐至元時期，達到相對平衡狀態，語法構式互相
滲透、複製，但總體上介賓構式是名詞作狀語構式的近 2 倍。這表明介賓構式
中的中藥義 NP 相對直接作狀語的中藥義 NP 更適合狀語的表達方式，也更易
被語言使用者接受。

（四）調料義 NP 的比較

調料義 NP 在兩種狀語表達式中，基本詞彙從漢至清方發展中，沒有本質
變化，都是日常生活調味品，如「油」「鹽」「醋」「糖」「蜜」等。它們在中醫

藥的調製與配伍中充當著中藥的調味劑，是中藥製作與服用不可或缺的調料。
兩種狀語表達式的使用情況，對比如下表。

表18 介＋NP＋VP＋（O）與 NP＋VP＋（O）調料義 NP 的比較

語義＼狀語 時代	介＋NP＋VP＋（O）	NP＋VP＋（O）	合 計
漢	3	0	3
晉	24	25	49
唐	11	14	25
宋	2	2	4
金	0	0	0
元	9	14	23
明	10	8	18
清	0	2	2
合 計	59	65	124

例如：

漢代：

（1）濡，以鹽敷之，令牛肔（舐）之。（《五十二病方·（☒）》）

（2）一，以冥蠶種方尺，食衣白魚一七，長足二七。熬蠶種令
黃，靡（磨）取蠶種冶，亦靡（磨）白魚、長足。節三，並以醯二
升和，以先食飲之。嬰以一升。（《五十二病方·癩（癩）》）

晉代：

（1）若不飲酒，即取莎草根十兩，加桂心五兩，蕪荑三兩，和
搗為散，以蜜和為丸，搗一千杵，丸如梧子大。每空腹以酒及薑蜜
湯飲汁等下二十丸，日再服，漸加至三十丸，以瘥為度。（《附廣肘
後方·治卒得驚邪恍惚方第十八》卷三）

（2）大戟、烏翅末各二兩。搗篩，蜜和丸，丸如桐子大。旦服
二丸，當下漸退，更取令消，乃止之。（《附廣肘後方·治卒身面腫
滿方第二十四》卷三）

（3）又方 礬石三分燒，斑蝥一分，炙，去頭足，搗下，用醋
和，服半匕。須臾，癰蟲從小便中出，刪繁方。（《附廣肘後方·治
卒得蟲鼠諸癰方第四十一》卷七）

（4）方 燒鯉魚作灰，<u>酢和</u>，塗之一切腫上，以瘥為度。（《附廣肘後方·治癰疽妒乳諸毒腫方第三十六》卷七）

（5）《聖惠方》，主婦人乳癰不消。右用白麵半斤，炒令黃色，<u>用醋煮為糊</u>，塗於乳上，即消。（《附廣肘後方·治癰疽妒乳諸毒腫方第三十六》卷七）

（6）補骨脂一斤，酒浸一宿，放乾，卻用烏油麻一升，和炒，令麻子聲絕，即播去，只取補骨脂為末，<u>醋煮麵糊</u>，丸如梧桐子大，早晨溫酒，鹽湯下二十九。（《附廣肘後方·治虛損羸瘦不堪勞動方第三十三》卷四）

唐宋：

（1）蠷螋尿瘡方 取茱萸東引根下土，<u>以醋和塗</u>。（《千金翼方·雜病下·沙虱第六》卷二十）

（2）蠷螋瘡方 取小豆末，<u>醋和塗之</u>，乾即易，小兒以水和。（《千金翼方·雜病下·沙虱第六》卷二十）

（3）若痰積、食積作咳嗽者，用香附、瓜蔞仁、貝母、海石、青黛、半夏曲、軟石膏、山楂子、枳實、薑炒黃連為末，<u>蜜調嚥化</u>。（《仁齋直指方論（附補遺）·咳嗽治例》卷之八）

（4）如痰盛，先用飴糖拌消化丸吞下，卻<u>嚥嚼此丸</u>，仰臥，使藥流入肺腔，則肺清潤，其嗽退除，七日病痊。（《仁齋直指方論（附補遺）·附諸方》卷之九）

金元：

（1）**硫黃散** 硫黃 川椒 石膏 白礬各等分 右為末，<u>以生油調搽</u>，神驗。（《衛生寶鑒·瘡腫門》卷十三）

（2）**祛濕散** 蠶砂四兩 薄荷半兩 右為末，<u>生油調搽之</u>，濕者乾糝之。（《衛生寶鑒·瘡腫門》卷十三）

（3）**雷金散** 雷丸末·八分 鬱金末·七分 黑牽牛末·一錢半 右三件末，和勻，<u>以生油調下三兩匙</u>，飯壓之。（《衛生寶鑒·腹中諸蟲》卷十四）

（4）**補金散** 鶴虱生 雷丸 定粉 錫灰各等分 右為末，每服三錢，空心食前，<u>少油調下</u>。（《衛生寶鑒·腹中諸蟲》卷十四）

明清：

（1）烏龍骨_{一名烏金散} 木鱉子_{去殼} 半夏_{各二兩} 小粉_{四兩} 草烏_{半兩} 上於鐵銚內，慢火炒令轉焦，為細末，出火毒，再研。以水調稀稠得所，敷瘡四圍，中留頂出毒瓦斯，或<u>用醋調</u>亦得。（《外科集驗方·五發癰疽論·五發癰疽通治方》卷上）

（2）四聖旋疔散 治疔瘡生於四肢，其勢微者，先以好醋調藥塗上，以紙封之；次服內托裏之藥，其疔自旋出根。巴豆仁_{五分} 白僵蠶 輕粉 硇砂_{以上各二錢半} 上為細末，<u>醋調用之</u>。（《外科集驗方·疔瘡論》卷上）

（3）**來復丹** 太陰元精石、舶上硫黃，硝石各一兩，五靈脂_{去砂石} 青皮、陳皮各一兩，<u>醋糊丸</u>，米飲下，治伏暑泄瀉，身熱脈弱。（《醫方集解·補養之劑》）

從兩種狀語表達式中調料義 NP 使用頻率對比，可以看出：調料義 NP 在漢代、金代和清代都罕見用例，在晉代兩種狀語表達式使用情況基本一致，唐宋和金元時期相對平衡，總體而言名詞直接作狀語比介賓構式佔優勢。

（五）火候義 NP 的比較

火候義 NP 在兩種狀語表達式中，主要是與火相關的名詞性詞語。從漢至清，火候義 NP 在介賓構式中比較受限制，在名詞直接作狀語中相對較多，總體而言，火候義 NP 作狀語傾向於少用前置介詞的表達式。兩種狀語表達式中火候義 NP 的使用情況，如下表。

表 19　介＋NP＋VP＋（O）與 NP＋VP＋（O）火候義 NP 的比較

語義　狀語 時代	介＋NP＋VP＋（O）	NP＋VP＋（O）	合　計
漢	0	0	0
晉	9	20	29
唐	4	15	19
宋	6	9	15
金	2	1	3
元	3	9	12
明	8	14	22

清	0	3	3
合　計	32	71	103

例如：

（1）《千金方》治風癲百病。麻仁四升，水六升，<u>猛火煮</u>，令牙生，去滓，煎取七合，旦空心服，或發或不發，或多言語，勿怪之。（《附廣肘後方‧治卒發癲狂病方第十七》卷三）

（2）黃疸身目皆黃，皮肉曲塵出者方。茵陳一把‧切 栀子仁二十四枚 石膏一斤上三味，以水五升，煮二味，取二升半，去滓，<u>以猛火燒石膏令赤</u>，投湯中，沸定，服一升，覆取汗，周身以粉粉之，不汗更服。（《千金翼方‧雜病上‧黃疸第三》卷十八）

（3）治癖癖乃至鼓脹方。取烏牛尿一升，<u>微火煎如稠糖</u>，空腹服大棗許一枚，當鳴轉病出，隔日更服。忌口味。（《千金翼方‧雜病中‧癖積第五》卷十九）

（4）**秘傳當歸膏** 上各細銼，和足，以水十斤，<u>微火煎乏如</u>，再加水十斤，如此四次，如法濾去滓，取汁，<u>文武火煎之</u>，漸加至三分，後<u>以文武火煎之</u>，如法為度，每斤加煉熟淨蜜四兩，春五兩，夏六兩，共熬成膏如法。吐血加牡丹皮二兩；骨蒸加青蒿汁二碗，童便二碗；勞瘵加鍾乳粉一兩。（《仁齋直指方論（附補遺）‧附諸方》卷之九）

（5）**消毒膏** 治一切腫毒結硬疼痛。右件藥三十三味，入油內浸七日七夜，於淨銀石器內，<u>慢火熬</u>，候白芷焦黃色，放溫，以白綿濾去租，於瓷罐內密封三晝夜，候取出，傾於鍋內，<u>慢火溫</u>，再濾去租，傾入好燒鍋中，<u>慢火再熬</u>，次下黃蠟十五兩，用竹蒚不住手攪令勻，次下黃丹，攪勻，<u>以慢火再熬動</u>，出火攪勻，續次再上火三日，方欲膏盛於磁合子內密封。每用時，以軟白絹上攤勻，貼患處。（《衛生寶鑒‧瘡腫門》卷十三）

（6）**倒倉法**陳垢積滯，丹溪 黃牡牛肉肥嫩者二三十斤 切碎，洗淨，用長流水，桑柴火煮糜爛、濾去滓，取淨汁，再入鍋中，<u>文武火熬</u>至琥珀色，則成矣。（《醫方集解‧攻裏之劑》）

從兩種狀語表達式中火候義 NP 使用頻率對比，可以看出：火候義 NP 在漢

代罕見用例，在晉代頻率攀升，而後唐代介賓構式和名詞直接作狀語大幅度回落，但名詞直接作狀語形式在宋元明時期相對持平，清代兩種狀語形式呈現零星分布狀態，逐漸消失。

（六）小　結

對比「介＋NP＋VP＋（O）」與「NP＋VP＋（O）」狀語表達式的特徵，從「NP」與「VP」考察來看，「NP」在各自時代起伏不定，表現了各時代不平衡的發展特點。如：

（1）從工具義 NP 在兩種狀語表達式中的使用看，漢至清，介賓構式更具有優勢，占 69.6%，大約是「NP＋VP＋（O）」構式的 2.3 倍。從漢至清，前者數量急劇縮減，後者相對較多，但自身也經歷了不平衡的發展過程。

（2）在「介＋NP＋VP＋（O）」中，飲食義 NP 從宋代開始大幅度回落，清代越來越少。對比「NP＋VP＋（O）」，飲食義 NP 在唐宋下降後，在金元時期達到另一個高峰，明清時期還有相當大的用例。這表明飲食義 NP 在介詞構式中隨著時代的推移，越來越受限制，而在名詞直接作狀語的構式中，仍保持著高頻率的使用。

（3）中藥義 NP 直接放在謂語中心語 VP 前作狀語早在漢代就零星出現，從晉代到金元時期，出現頻次相對穩定，元代以後大幅度萎縮，遺留在中醫文獻中。相反介賓構式的中藥義 NP，晉代後斷崖式下降，但從唐代到明清，基本保持穩定狀態，還有相當的生命力。兩種狀語表達式從唐至元時期，達到相對平衡狀態，語法構式互相滲透、複製，但總體上介賓構式是名詞作狀語構式的近 2 倍。這表明介賓構式中的中藥義 NP 相對直接作狀語的中藥義 NP 更適合狀語的表達方式，也更易被語言使用者接受。

（4）調料義 NP 在漢代、金代和清代都罕見用例，在晉代兩種狀語表達式使用情況基本一致，唐宋和金元時期相對平衡，總體而言名詞直接作狀語比介賓構式佔優勢。

（5）火候義 NP 在漢代罕見用例，在晉代頻率攀升，而後唐代介賓構式和名詞直接作狀語大幅度回落，但名詞直接作狀語形式在宋元明時期相對持平，清代兩種狀語形式呈現零星分布狀態，逐漸消失。

二、VP 語義比較

（一）製藥義 VP 的比較

製藥義 VP 是製藥前、製藥中和製藥後的動作動詞。兩種狀語表達式中，製藥義 VP 是能產性最高，生命力最強的謂語中心語，後面可帶可不帶賓語，賓語一般是指示代詞「之」。兩種狀語表達式中，唐代介賓構式中 VP 以複音詞居多，其他時代 VP 表製藥義時，以單音節詞占主流；名詞直接作狀語構式中 VP 以單音節詞為主，複音詞較少。兩種狀語表達式中製藥義 VP 使用情況，見下表。

表 20　介＋NP＋VP＋（O）與 NP＋VP＋（O）製藥義 VP 的比較

時代　　語義　　狀語	介＋NP＋VP＋（O）	NP＋VP＋（O）	合　計
漢	65	1	66
晉	331	290	621
唐	268	68	336
宋	61	68	129
金	10	26	36
元	95	79	174
明	102	68	170
清	20	25	45
合　計	952	625	1577

例如：

漢代：

（1）一，黎（藜）盧二，礜一，<u>豕膏和</u>，而膝以熨疕。（《五十二病方·身疕》）

（2）嬰兒病間（癇）方：取雷尾〈屎矢（矢）〉三果（顆），冶，<u>以豬煎膏和之</u>。（《五十二病方·嬰兒病間（癇）方》）

晉代：

（1）又《張仲景諸要方》 麻黃四兩，杏仁七十枚，甘草一兩。<u>以水八升，煮取三升</u>，分令咽之。通治諸感忤。（《附廣肘後方·救卒客忤死方第三》卷一）

（2）又方 雄黃一分，梔子十五枚，芍藥一兩。<u>水三升，煮取一升半</u>，分再服。（《附廣肘後方·治卒中五屍第六》卷一）

唐宋：

（1）**紫石酒**紫石英一斤 鍾乳研防風 遠志去心桂心各四兩 麻黃去節 茯苓白術甘草炙，各三兩上九味，切，<u>以酒三斗漬</u>，如上法，服四合，日三，亦可至醉，常令有酒氣。（《千金翼方·中風上·諸酒第一》卷十六）

（2）**杜仲酒**杜仲八兩，炙 乾地黃四兩 當歸 烏頭去皮 芎各二兩上五味，切，<u>酒一斗二升漬</u>，服之如上法。（《千金翼方·中風上·諸酒第一》卷十六）

（3）**秘傳金鎖思仙丹** 蓮花蕊十兩暖，無毒，鎮心，忌硫黃、蒜 石蓮子十兩味甘平溫，無毒，經秋正黑，次水者是也。本功益氣安心，澀精止痛，取淨粉用 雞頭實十兩味甘平，無毒，益精氣，強志。取其實並中子搗爛曝乾，再搗，篩取淨粉上以金櫻子三斤，取霜後半黃者，木臼中轉杵，卻刺勿損，擘為兩片，去水淘淨，爛搗，入大鍋，<u>以水煎</u>，不絕火，約水耗半取出，濾過重煎，如稀餳，市肆乾者焙之，<u>用水浸軟</u>，去子，煎令如法，入前藥末，和丸桐子大。每服三十丸，空心鹽湯下。（《仁齋直指方論（附補遺）·附諸方》卷之十）

（4）**主方** 川芎 熟地黃各一錢 白芍藥炒 當歸酒洗。各一錢三分 黃柏七分，水拌炒 知母一錢，蜜水拌炒 生地黃酒浸 甘草炙。各五分 白術二錢三分 天門冬一錢，去心 陳皮七分 乾薑三分，炒紫色 生薑三片，<u>水煎</u>，空心溫服。（《仁齋直指方論（附補遺）·附諸方》卷之九）

金元：

（1）氣刺痛，用枳殼，看何經，分以引經藥導之。眼痛不可忍者，用黃連、當歸根，<u>以酒浸煎</u>。（《醫學啟源·主治心法·隨證治病用藥》卷九）

（2）又云：苦，陰中之陽，治外治上，<u>酒浸</u>，銼細用。（《醫學啟源·用藥備旨·藥類法象》卷下第十二）

（3）**金露膏** 治一切眼，神效。淄州黃丹 蕤仁槌碎，各一兩 黃連半兩 蜜六兩 右先將黃丹鐵鍋內炒紫<u>色</u>，入蜜攪勻，下長流水四升，

以嫩柳枝五七條，把定攪之，次下莪仁，滾十數沸，又下黃連，<u>以柳枝不住手攪</u>，熬至二升，筭籬內傾藥在紙上，慢慢滴之，無令塵污。(《衛生寶鑒‧眼目諸病並方》卷十)

（4）**夜光散** 治赤眼翳膜昏花。宜黃連 訶子各二兩 當歸一兩 銅綠一錢 右咀，以河水三升，同浸兩晝夜，於銀石器熬取汁，約一大盞，內八分來得所，看粗黑色為度。生絹紐取汁，再上文武火熬，<u>槐柳條攪</u>，滴水成朱為度。(《衛生寶鑒‧眼目諸病並方》卷十)

明清：

（1）治疗走了黃，打滾將死者 牡蠣 大黃 山梔子 金銀花 木通 連翹 牛蒡子 地骨皮 乳香 沒藥 皂角刺 栝蔞 上各等分銼碎，每服半兩。氣壯者加朴硝。<u>用水一碗，酒半碗煎</u>。一服定愈，救命仙方。(《外科集驗方‧疗瘡論》卷上)

（2）**榮衛返魂湯** 何首烏不犯鐵 當歸 木通去皮 赤芍藥炒 白芷不見火 茴香炒 土烏藥炒 枳殼麩炒 甘草 上㕮咀，各等分，每服五錢，<u>水一盞，酒一盞，煎至八分</u>，隨病上下服之，若流注加獨活。(《外科集驗方‧五發癰疽論‧五發癰疽通治方》卷上)

（3）**金液丹** 硫黃十兩，研末，瓷盆盛水，和赤石脂，封口，<u>鹽泥固濟</u>。日乾，地內埋一小罐，<u>盛水令滿</u>，安盆在內，<u>用泥固濟</u>，慢火養七日七夜，加頂火一斤煆，取出，研末，蒸餅丸，米飲下，治久寒錮冷，勞傷虛損，傷寒陰證，小兒慢驚。(《醫方集解‧補養之劑》)

從兩種狀語表達式中製藥義 VP 使用頻率對比，可以看出：介賓構式在晉代達到高峰，唐代稍稍回落，宋代至清代此起彼伏，經歷了不平衡的發展過程。名詞直接作狀語，漢代罕見，晉代同樣是高峰期，相對介賓構式有所下降，但從唐代以來，基本上保持穩定狀態，清代兩種狀語表達式逐漸減少。總體而言，介賓構式占主流，是名詞作狀語的 1.5 倍。介賓構式的 VP 不僅出現複音化，還出現狀中結構複雜化。

（二）醫治義 VP 的比較

醫治義 VP 在兩種狀語表達式中，從漢至清都有一定的生命力，介賓構式 VP 動作動詞更為複雜而豐富，而名詞作狀語構式中的 VP 相對簡單，以單音節

詞為主，複音節詞發展比較緩慢。醫治義 VP 後可帶可不帶賓語，以帶賓語為常。兩種狀語表達式中的 VP 使用情況如下表。

表 21　介＋NP＋VP＋（O）與 NP＋VP＋（O）醫治義 VP 的比較

語義　　　　狀語 時代	介＋NP＋VP＋（O）	NP＋VP＋（O）	合　計
漢	5	3	8
晉	69	19	88
唐	38	24	62
宋	8	2	10
金	67	40	107
元	61	23	84
明	41	2	43
清	37	10	47
合　計	326	123	449

例如：

漢代：

（1）顛（癲）疾：先侍（偵）白雞、犬矢。發，即<u>以刀剺（劙）其頭</u>，從顛到項，即以犬矢【濕】之，而中剺（劙）雞□，冒其所以犬矢濕者，三日而已。已，即孰（熟）所冒雞而食之，□已。(《五十二病方・顛（癲）疾》)

（2）一，踐而涿（瘃）者，燔地穿而入足，如食頃而已，即□<u>蔥封之</u>，若烝（蒸）蔥熨之。(《五十二病方・身疕》)

晉代：

（1）又方　<u>以蘆管吹兩耳</u>，並取病患髮二七莖，作繩納鼻孔中，割雄雞冠取血，<u>以管吹入咽喉中</u>，大效。(《附廣肘後方・治卒魘寐不寤方第五》卷一)

（2）又方　末灶下黃土，<u>管吹入鼻中</u>。末雄黃並桂，吹鼻中，並佳。(《附廣肘後方・治卒得鬼擊方第四》卷一)

（3）又方，煮桃皮煎如飴，<u>以綿合導之</u>。(《附廣肘後方・治傷寒時氣溫病方第十三》卷二)

（4）又方　生漆塗之，<u>綿導之</u>。(《附廣肘後方・治傷寒時氣溫

病方第十三》卷二）

唐宋：

（1）蛇齧方以人屎濃塗，<u>以帛裹縛</u>，登時毒消。（《千金翼方·雜病下·沙虱第六》卷二十）

（2）**甘菊膏** 甘菊花 防風 大戟 黃芩 芎藭 甘草各一兩 芍藥 細辛 黃芪 蜀椒去目、閉口者，汗 大黃 杜仲各半兩，炙 生地黃四兩上一十三味，搗篩，以臘月豬膏四升煎，五上五下，芍藥色黃，膏成，<u>綿布絞去滓</u>，敷瘡上，日三。（《千金翼方·雜病下·金瘡第五》卷二十）

（3）**咳逆方** 蘇合香丸 用丁香柿蒂湯調下。噫逆即咳逆，胃寒所致也。良薑為要藥，<u>人參、白茯苓佐之</u>。良薑溫胃，能解散胃中風邪。（《仁齋直指方論（附補遺）·咳嗽證治》卷之八）

金元：

（1）肝欲散，急食辛以散之，川芎。<u>以辛補之</u>，細辛。<u>以酸瀉之</u>，白芍藥。（《醫學啟源·用藥備旨·藏氣法時補瀉法》卷下第十二）

（2）肺，虛則<u>五味子補之</u>，實則<u>桑白皮瀉之</u>。如無他證，實則用錢氏瀉白散，虛則用阿膠散。虛則以甘草補之，補其母也；實則瀉子，<u>澤瀉瀉其腎水</u>。（《醫學啟源·主治心法·五臟補瀉法》卷九）

（3）**肺熱喉腥治驗** 梁濟民因膏粱而飲，因勞心過度，肺氣有傷，以致氣出腥臭，唾涕稠黏，口舌乾燥，<u>以加減瀉白散主之</u>。（《衛生寶鑒·咽喉口齒門》卷十一）

（4）發汗吐下後，虛煩不得眠，若劇者必反覆顛倒，心中懊憹，<u>梔子豉湯主之</u>。若汗若下之後而煩熱者，胸中窒者，亦以梔子豉湯。仲景云：病人舊微溏者，不可與之。（《衛生寶鑒·煩躁門》卷十三）

明清：

（1）神秘散 如小便痛澀，<u>以蔥茶解之</u>，或木通燈心煎湯利之。（《外科集驗方·療癧論》卷上）

（2）**瓜蒂散** 甜瓜蒂炒黃 赤小豆 共為末，熟水或酸齏水調下，

量人虛實服之。吐時須令閉目，緊束肚皮，吐不止者，<u>蔥白湯解之</u>。

（《醫方集解·湧吐之劑》）

　　從兩種狀語表達式中醫治義 VP 使用頻率對比，可以看出：介賓構式中的 VP 相對名詞作狀語中的 VP，漢代起點較低，晉代增長迅猛，經過宋代的低谷後，金元明清達到平衡狀態，而名詞作狀語中的醫治義 VP 經過宋代後，經歷了金元高峰期，明清低谷期，隨後急劇萎縮。醫治義 VP 在介賓構式中的使用更佔優勢，是名詞作狀語構式的近 2.7 倍。介賓構式中的 VP 傾向於單音節詞。

（三）用藥義 VP 比較

　　用藥義 VP 在兩種狀語表達式中，名詞作狀語構式比介賓構式相對萎縮，兩者在宋金時代沒有生命力，名詞作狀語在唐代急劇下降，而介賓構式在唐代開始上升，兩種發展狀態正好相反，但在元明時期相對穩定，介賓構式更勝一籌。用藥義 VP 以動詞「塗」「敷／傅」「拭」「貼」以及它們組合而成的複音詞為主。介賓構式從唐代開始複音詞開始增多，名詞作狀語構式從晉代開始複音詞較多。用藥義 VP 基本詞彙從漢至清沒有多大變化，一直延續到現代漢語中。兩種狀語表達式中的 VP 使用情況如下表。

表 22　介＋NP＋VP＋（O）與 NP＋VP＋（O）用藥義 VP 的比較

時代＼語義狀語	介＋NP＋VP＋（O）	NP＋VP＋（O）	合　計
漢	39	3	42
晉	43	31	74
唐	57	15	72
宋	1	0	1
金	0	0	0
元	28	10	38
明	25	17	42
清	2	1	3
合　計	195	77	272

例如：

漢代：

（1）辇（蕿）蘭，以酒沃，飲其汁，<u>以宰（滓）封其病</u>，數更之，以薰▢。（《五十二病方·蚖》）

（2）一，踐而浛（瘩）者，燔地穿而入足，如食頃而已，即▢<u>蔥封之</u>，若烝（蒸）蔥熨之。（《五十二病方·身疕》）

晉代：

（1）葛氏，療癰發數十處方：取牛屎燒搗末，<u>以雞子白和塗之</u>，乾復易，神效。（《附廣肘後方·治癰疽妬乳諸毒腫方第三十六》卷七）

（2）又方 用鹿角、桂、雞屎，別搗，燒，合和，<u>雞子白和塗</u>，乾復上。（《附廣肘後方·治癰疽妬乳諸毒腫方第三十六》卷七）

唐宋：

（1）蠼螋尿瘡方 取茱萸東引根下土，<u>以醋和塗</u>。（《千金翼方·雜病下·沙虱第六》卷二十）

（2）蠼螋瘡方 取小豆末，<u>醋和塗之</u>，乾即易，小兒以水和。（《千金翼方·雜病下·沙虱第六》卷二十）

（3）**觀音丸** 圓白半夏生 烏梅肉 母丁香 川巴豆不去油。每件各十枚 上為末，薑、麵糊丸麻子大，上下<u>以厚紙蓋貼烹</u>，有油又再易紙。每服五丸，臨臥冷水下。（《仁齋直指方論（附補遺）·瘕瘧證治》卷之十二）

金元：

（1）**硫黃散** 硫黃 川椒 石膏 白礬各等分 右為末，<u>以生油調搽</u>，神驗。（《衛生寶鑒·瘡腫門》卷十三）

（2）**祛濕散** 蠶砂四兩 薄荷半兩 右為末，<u>生油調搽之</u>，濕者乾糁之。（《衛生寶鑒·瘡腫門》卷十三）

（3）**送花散** 白礬半兩，枯 麻勃 木香 松脂 花胭脂各二錢半 右為末，先用綿淨拭膿盡後，<u>以藥滿耳填</u>，取效。（《衛生寶鑒·眼目諸病並方》卷十）

（4）**龍腦膏** 龍腦一錢二分，研 椒目半兩 杏仁二錢半，浸去皮尖，雙仁 右為末，研杏仁膏，和如棗核大。<u>綿裹塞耳中</u>，日二易之。（《衛生寶鑒·眼目諸病並方》卷十）

明清：

（1）**蟾酥膏** 治疔瘡。上取蟾酥，以白麵黃丹搜作劑，丸如麥顆狀。用指甲抓動瘡上插入，重者針破瘡頭，以一粒納之，仍<u>以水沉膏貼之</u>。（《外科集驗方·疔瘡論》卷上）

（2）病輕者不必用針，只以手指甲爬動於瘡頭頂上安此藥，<u>水沉膏貼之</u>。（《外科集驗方·疔瘡論》卷上）

（3）鐵井欄 芙蓉葉_{重陽前收} 蒼耳_{端午前收，燒灰存性} 上為末，<u>以蜜水調敷之</u>。（《外科集驗方·五發癰疽論·五發癰疽通治方》卷上）

（4）**退毒散** 木鱉子_{去油} 大南星 半夏_生 赤小豆 白芷 草烏_{連皮尖，等分} 上為細末，硬則<u>法醋調敷</u>，熱燉則<u>蜜水調敷</u>。（《外科集驗方·五發癰疽論·五發癰疽通治方》卷上）

（5）**拔毒散** 寒水石_{生用} 石膏_{生用，各四兩} 黃柏 甘草_{以上各一兩} 上為細末，每用新水調掃之，或<u>油調塗之</u>，或<u>紙花上攤貼</u>亦妙，涼水潤之。（《外科集驗方·五發癰疽論·五發癰疽通治方》卷上）

（6）本方單用燒鹽熟水調飲，<u>以指探吐</u>，名燒鹽探吐法。治傷食痛連胸膈，痞悶不通，手足逆冷，尺脈全無。（《醫方集解·湧吐之劑》）

（7）本方除赤豆，加鬱金韭汁，<u>鵝翎探吐</u>，亦名三聖散，治中風、風癇。（《醫方集解·湧吐之劑》）

從兩種狀語表達式中用藥義 VP 使用頻率對比，可以看出：介賓構式在漢代、晉代和唐代都保持了較高頻率的出現形式，宋金突然萎靡，元明又相對穩定。名詞作狀語構式，漢代少見，晉代陡增，唐代減半，宋金罕見，元明延存。到了清代兩種狀語表達式基本不用用藥義 VP，生命力急劇削弱。從漢至清歷時發展看，介賓構式的使用頻率是名詞作狀語的 2.5 倍，但各自都經歷了大起大落的發展過程。謂語中心語 VP 在兩種狀語表達式中呈現同質化的複雜變化，或帶賓語、或變成複音詞、亦或兩者兼而有之。

（四）服藥義 VP 比較

服藥義 VP 在兩種狀語表達式中，從漢至清，基本詞彙沒有實質變化。從晉代開始介賓構式中的 VP 以單音節詞為主，零星出現複音詞；宋代以來，服

藥義複音詞基本上繼承前代，新造詞較少。名詞直接作狀語中的服藥義 VP，從晉代開始複音詞大量出現，除了唐代基本是單音節詞「服」外，宋元、明清以複音詞為主，尤其元代複音詞持續發展，出現新造詞，如「裹含」「噙含」「咽下」「灌入」等。從詞彙個體覆蓋率看，唐代以單音節佔優勢。從詞彙整體覆蓋率看，仍然是單音節詞占主流。兩種狀語表達式中的 VP 使用情況如下表。

表23　介＋NP＋VP＋（O）與 NP＋VP＋（O）服藥義 VP 的比較

時代 ＼ 語義狀語	介＋NP＋VP＋（O）	NP＋VP＋（O）	合　計
漢	2	0	2
晉	57	143	200
唐	37	104	141
宋	12	85	97
金	2	30	32
元	12	108	120
明	10	35	45
清	2	27	29
合　計	137	532	669

例如：

漢代：

（1）毒烏（喙）者：炙□□，飲小童弱（溺）若產齊赤，而以水飲□。（《五十二病方·毒烏（喙）者》）

（2）屑勺（芍）藥，以□半桮（杯），以三指大撮（撮）飲之。（《五十二病方·毒烏（喙）者》）

晉代：

（1）又方　牛膝莖葉一把切。以酒三升服，令微有酒氣，不即斷。更作，不過三服而止。（《附廣肘後方·治寒熱諸瘧方第十六》卷三）

（2）又方，桂、半夏等分，末，方寸匕，水一升和服之，瘥。（《附廣肘後方·治卒霍亂諸急方第十二》卷二）

（3）又方　剔左角髮，方二寸，燒末，以酒灌，令入喉，立起也。（《附廣肘後方·救卒死屍厥方第二》卷一）

（4）神驗烏龍丹：川烏頭去皮臍了、五靈脂各五兩。上為末，入龍腦、麝香，研令細勻，滴水丸如彈子大。每服一丸，先以生薑汁研化，<u>次暖酒調服之</u>，一日兩服，（《附廣肘後方·治中風諸急方第十九》卷三）

唐宋：

（1）**大三五七散** 天雄炮，去皮 細辛各三兩山茱萸 乾薑各五兩 薯蕷 防風各七兩上六味，搗篩為散，<u>以酒服五分匕</u>，日再，不知稍增，以知為度。（《千金翼方·中風上·風眩第六》卷十六）

（2）治折跌瘀血，蒲黃散方蒲黃一升 當歸二兩上二味，搗篩為散，<u>酒服方寸匕</u>，日三，先食訖，服之。（《千金翼方·雜病下·從高墮下第四》卷二十）

（3）**白丸子** 治陰陽不調，清濁相干，小便渾濁。方見身疼門。<u>用茯苓湯送下</u>。（《仁齋直指方論（附補遺）·漏濁證治》卷之十）

（4）**經驗養榮丸** 每服八十丸，<u>白鹽湯送下</u>。寒月<u>鹽酒送下</u>。（《仁齋直指方論（附補遺）·附諸方》卷之九）

金元：

（1）**紅芍藥散** 歌曰：心病口瘡，紫桔紅瘡，三錢四兩，五服安康。右用紫苑、桔梗、紅芍藥、蒼術等分為末，羊肝四兩，批開糝藥三錢。麻扎定，火內燒令香熟，空心食之，大效。後用<u>白湯下</u>。（《衛生寶鑒·咽喉口齒門》卷十一）

（2）**又方** 治飛蛾入耳 <u>醬汁灌入耳</u>即出。（《衛生寶鑒·眼目諸病並方》卷十）

（3）若細嚼並嚥化，<u>津液咽下</u>皆可，食後臨臥服。（《衛生寶鑒·咽喉口齒門》卷十一）

（4）**黃連升麻散** 升麻一兩半 黃連七錢半 右為末，<u>綿裹含</u>，咽汁。（《衛生寶鑒·咽喉口齒門》卷十一）

（5）**碧玉散** 青黛 盆硝 蒲黃 甘草各等分 右為末和勻，每用少許，乾糝於咽喉內，細細咽津。<u>綿裹嚥化</u>亦得。若作丸，用砂糖和丸，每兩作五十丸。每服一丸，嚥化咽津亦得。（《衛生寶鑒·咽喉口齒門》卷十一）

（6）**九仙散** 人參 款冬花 桑白皮 桔梗 五味子 阿膠 烏梅各一

兩 貝母半兩 御米殼八兩，去頂，蜜炒黃 右為末，每服三錢，白湯點服，

嗽住止後服。（《衛生寶鑒·咳嗽門》卷十二）

明清：

（1）神仙黃礬丸 白礬一兩，要明亮好者，研 黃蠟半兩，要黃色好者，熔

開，一方用七錢 上和丸如梧桐子大，每服十丸，漸加至三十丸，熱水或

溫酒送下。如未破則內消，已破即便合，如服金石發動致疾，更用

白礬末一二匙頭，以溫酒調下，亦三五服見效。有人遍身生瘡，狀

如蛇頭，服此亦效。（《外科集驗方·五發癰疽論·五發癰疽通治方》

卷上）

（2）栝蔞子散 栝蔞子 連翹 何首烏 皂莢子仁 牛蒡子微炒 大

黃微炒 白螺殼 梔子仁 漏蘆 牽牛微炒 甘草生，各一兩 上為細末，每

服二錢匕，食後溫酒調下。（《外科集驗方·瘰癧論》卷上）

（3）本方單用燒鹽熱水調飲，以指探吐，名燒鹽探吐法。治傷

食痛連胸膈，痞悶不通，手足逆冷，尺脈全無。（《醫方集解·湧吐

之劑》）

（4）**參苓白術散** 人參 白術土炒 茯苓 甘草炙 山藥炒 扁豆炒

薏仁炒 蓮肉炒，去心 陳皮 砂仁 桔梗 為末，每三錢，棗湯或米飲調

服。（《醫方集解·補養之劑》）

從兩種狀語表達式中服藥義 VP 使用頻率對比，可以看出：介賓構式中的服

藥義 VP 從唐代開始，逐漸萎縮，乃至明清零星分布；名詞直接作狀語，晉代急

劇增加，宋代有所回落，金元又保持高頻率出現，明清有所下降，但相對介賓構

式來說，持續穩定出現在醫籍文獻中。從漢至清，服藥義 VP 在名詞作狀語的使

用頻率遠遠高於介賓構式，是其近 4 倍。名詞直接作狀語中，服藥義 VP 複音化

的程度比介賓構式中的 VP 更進一步加深，除唐代外，宋元明清以降，複音詞大

量出現也促使了名詞作狀語的語義更加明確，語義透明度進一步提升。

（五）小 結

對比「介＋NP＋VP＋（O）」與「NP＋VP＋（O）」狀語表達式的特徵，從

「NP」與「VP」考察來看，「VP」在各時代表現出了不平衡的發展特點。如：

1. 製藥義 VP 在介賓構式中占主流，是名詞作狀語的 1.5 倍。介賓構式的

VP 不僅出現複音化，還出現狀中結構複雜化。

2. 醫治義 VP 在介賓構式中的使用更佔優勢，是名詞作狀語構式的近 2.7 倍。介賓構式中的 VP 傾向於單音節詞。

3. 用藥義 VP 在介賓構式的使用頻率是名詞作狀語的 2.5 倍，但各自都經歷了大起大落的發展過程。

4. 服藥義 VP 在名詞作狀語中的使用頻率遠遠高於介賓構式，是其近 4 倍。名詞直接作狀語中，服藥義 VP 複音化的程度比介賓構式中的 VP 更進一步加深，除唐代外，宋元明清以降，複音詞大量出現也促使了名詞作狀語的語義更加明確，語義透明度進一步提升。

第二節　名詞作狀語的內外動因

兩種狀語表達式的競爭關係：同質性、重構性等是語義演變中的選擇機制在起作用。漢至清，各個時代狀語構式成分的音節與語義特徵，也是選擇機制的結果。車淑婭（2005）指出：「選擇機製作用的原理是，在同時或歷時存在的各種語言形式中，自然選擇那些符合當時語言環境和規律的形式，選擇機製作用的結果就是，舊的語言形式不斷淘汰，語言不斷演變。但這種自然選擇必須借助某種契機，選擇機制借助一定的契機作用於語言系統的各個部分，這導致了系統內部各個方面都不斷地發生演變。選擇機制發生作用的契機可以存在於語言內部，也可以存在於語言外部。」〔註1〕醫籍文獻中狀語表達式的選擇，既有構式成分語言本身的音節與語義的內部契機，也有語體特徵與特定時代的外部契機。

一、音節驅動與語義制約

（一）NP 音節與語義

NP 音節在兩種狀語表達式中，從漢代開始產生複音詞〔註2〕，唐宋、明

〔註 1〕 車淑婭：《論語言演變中的選擇機制》，《鄭州大學學報》（哲學社會科學版）2005 年第 1 期。

〔註 2〕 王雲路：《論核心義在複音詞研究中的價值》，《浙江社會科學》2017 年第 7 期。她指出「那麼從漢代以來產生的大量複音詞的義項，是否義項也可以用核心義理論去闡釋呢？筆者的答案是肯定的。」這句話也表明漢代是複音詞大量產生的時代，與醫籍文獻狀語表達式 NP 的複音詞從漢代開始產生不謀而合，而且語義是複合詞產生的主體動因。

清逐漸增加。如工具義 NP 從漢代以來，複音詞居多，單音節較少，兩種狀語表達式表現出了高度同質性。複音詞的大量出現，使語義表達更加精確，也是複音詞造詞手段之一，如唐子恒（2004）〔註3〕。從漢至清，「介＋NP＋VP＋（O）」和「NP＋VP＋（O）」作狀語時，NP 的音節發展如下表。

表 24　介＋NP＋VP＋（O）與 NP＋VP＋（O）NP 音節發展表

狀語	語義	漢		晉		唐		宋		金		元		明		清		合計
		單	複	單	複	單	複	單	複	單	複	單	複	單	複	單	複	
A	工具	9	24	35	41	25	20	5	5	3	0	14	52	13	45	3	4	298
	飲食	14	24	37	220	47	237	6	12	2	1	0	22	6	32	0	4	664
	中藥	3	32	5	116	2	48	0	43	0	40	3	70	4	56	2	40	464
	火候	0	0	5	4	1	3	3	3	0	2	0	3	2	6	0	0	32
	調料	2	1	9	15	4	7	0	2	0	0	1	8	3	7	0	0	59
	小計	28	81	91	396	79	315	14	65	5	43	18	155	28	146	5	48	1517
	合計	109		487		394		79		48		173		174		53		1517
	比例	26%	74%	19%	81%	20%	80%	18%	82%	10%	90%	10%	90%	16%	84%	9%	91%	
B	工具	1	3	15	34	8	11	0	8	4	0	8	18	4	10	0	6	130
	飲食	1	0	91	217	104	17	10	74	18	29	5	140	7	70	8	29	820
	中藥	0	2	0	60	0	41	1	51	0	44	0	26	0	9	0	15	249
	火候	0	0	11	9	0	15	0	9	0	1	2	7	1	13	0	3	71
	調料	0	0	19	6	12	2	0	2	0	0	6	8	5	3	1	1	65
	小計	2	5	136	326	124	86	11	144	22	74	21	199	17	105	9	54	1335
	合計	7		462		210		155		96		201		122		63		1335
	比例	29%	71%	29%	71%	59%	41%	7%	93%	23%	77%	10%	90%	14%	86%	14%	86%	
備註	A 代表介＋NP＋VP＋（O），B 代表 NP＋VP＋（O）。「單」代表單音節詞，「複」代表複音節詞。百分比約取整數。																	

表中數據分析：

（1）從橫向比較看：「介＋NP＋VP＋（O）」和「NP＋VP＋（O）」兩種狀語表達式，NP 音節總體上都是以複音節詞為主，複音節詞是單音節詞的數倍之多，與有無介詞沒有必然關聯。個別時代呈現特殊性，如唐代介賓構式「介＋NP＋VP＋（O）」作狀語，NP 語義表示工具義時，NP 音節以單音節詞為主，

〔註3〕唐子恒：《也談漢語詞複音化的原因》，《文史哲》2004 年第 6 期。

其他 NP 語義基本上以複音節詞占主流；NP 在「NP＋VP＋（O）」狀語表達式中表示調料義與飲食義時，NP 音節以單音節詞占主流。金代 NP 在兩種狀語表達式中表示工具義時，都是以單音節詞更常見。漢至清，兩種狀語表達式中的 NP 音節以複音節詞占主流，同質性特徵高度一致。

（2）從縱向比較看：宋金元時期「NP＋VP＋（O）」中 NP 複音節詞數量大大超過「介＋NP＋VP＋（O）」中 NP 複音節數量，此時 NP 語義表示以飲食義、中藥義、火候義為主。NP 音節特性和 NP 語義共同起作用，漢語史出現兩種狀語形式相互競爭的局面。

從 NP 語義在兩種狀語表達式的歷時對比看，NP 的語義類型在介賓構式和名詞作狀語構式中出現頻率不同，反映了語義選擇偏向及其語言演變規律。在兩種構式中，工具義 NP、中藥義 NP，介賓構式的使用率高於名詞作狀語的使用率，飲食義 NP、調料義 NP、火候義 NP，名詞直接作狀語構式的使用率高於介賓構式。兩種構式從漢至清的演變中，NP 音節的複音化逐漸增強，語義透明度不斷加深，符合漢語史發展與演變的規律。晉代和金元是名詞作狀語的高峰時期，雖然各自從漢至清經歷了此起彼伏的發展過程，但都有一段相對穩定的平衡時期。NP 詞形相同或類似，在同一時代或不同時代交互出現，也體現了兩種狀語表達式的競爭。超越時空，不同時代交替出現的用例，比比皆是。這既是語言表達形式在漢語史自身發展的需要，也是中醫文獻具有較高傳承度的體現。NP 語義在狀語構式中的選擇偏向如下表。

表 25　介＋NP＋VP＋（O）與 NP＋VP＋（O）NP 語義選擇偏向

NP 語義	介＋NP＋VP＋（O）	比較	NP＋VP＋（O）
工具義	A	＞	B
飲食義	A	＜	B
中藥義	A	＞	B
調料義	A	＜	B
火候義	A	＜	B
備註	A 代表介＋NP＋VP＋（O）；B 代表 NP＋VP＋（O）		

（二）VP 音節與語義

從 VP 語義的歷時比較看，從漢至清，兩種狀語表達式中的 VP 音節的單音節性質，促使了介賓構式和名詞作狀語的語義選擇偏向。如製藥義 VP、醫治義

VP、用藥義 VP 在介賓構式中的使用頻率高於名詞作狀語構式；服藥義 VP，名詞作狀語構式的使用率高於介賓構式使用率。

　　從漢語史的角度看，漢語的複音詞從先秦開始產生，漢代大量出現。從單音節詞為主轉向複音詞的大量出現，標誌著上古漢語向中古漢語的轉變。近代漢語中，複音詞繼續發展。徐時儀（2000）〔註4〕指出「古白話中複音詞佔了絕對優勢，並大量進入了基本詞彙範圍。」調查醫籍文獻文白夾雜的口語詞彙，在不同語法結構中，單音節詞的比例仍然很大。李如龍（2009）就指出：「單音節詞仍然是詞彙系統的核心和語法系統的基點。單音節詞在漢語詞彙系統中有許多特性：穩定、常用、能產、多義、多音。」〔註5〕「介＋NP＋VP＋（O）」和「NP＋VP＋（O）」兩種狀語表達式中的 VP 音節就是單音節詞佔優勢，複音詞間或超出單音節詞比例。VP 音節從漢至清的發展如下表。

表26　介＋NP＋VP＋（O）與 NP＋VP＋（O）VP 音節發展

狀語	語義	漢 單	漢 複	晉 單	晉 複	唐 單	唐 複	宋 單	宋 複	金 單	金 複	元 單	元 複	明 單	明 複	清 單	清 複	合計
A	製藥	61	4	219	112	97	171	46	15	4	6	56	39	69	33	14	6	952
	醫治	5	0	65	4	30	8	7	1	66	1	55	6	30	11	22	15	326
	用藥	37	2	31	12	47	10	0	0	0	0	22	6	15	10	0	2	195
	服藥	1	1	52	5	29	6	6	6	2	1	7	5	5	5	0	2	133
	小計	104	7	367	133	203	195	59	23	72	8	140	56	119	59	36	25	1606
	合計	111		500		398		82		80		196		178		61		1606
	比例	94%	6%	73%	27%	51%	49%	72%	28%	90%	10%	71%	29%	67%	33%	59%	41%	
B	製藥	1	0	185	105	58	10	57	11	18	8	62	17	43	25	18	7	625
	醫治	2	1	17	2	20	4	2	0	40	0	19	4	2	0	8	2	123
	用藥	3	0	15	16	10	5	0	0	0	0	4	6	3	14	0	1	77
	服藥	0	0	112	31	102	2	55	30	19	11	45	63	9	26	17	10	532
	小計	6	1	329	154	190	21	114	41	77	19	130	90	57	65	43	20	1357
	合計	7		483		211		155		96		220		122		63		1357
	比例	86%	14%	68%	32%	90%	10%	74%	26%	80%	20%	59%	41%	47%	53%	68%	32%	
備註		A 代表介＋NP＋VP＋（O），B 代表 NP＋VP＋（O）。「單」代表單音節詞，「複」代表複音節詞。百分比約取整數。																

〔註4〕徐時儀：《古白話詞彙研究論稿》，上海教育出版社 2000 年版，第 11 頁。
〔註5〕李如龍：《論漢語的單音詞》，《語文研究》2009 年第 2 期。

表中數據分析：

（1）從橫向比較看：「介＋NP＋VP＋（O）」和「NP＋VP＋（O）」兩種狀語表達式，VP 音節以單音節為主，漢至清，各時代 VP 音節的發展呈現高度的同質性，漢代、晉代和宋代都嚴格遵守這一發展規律。從唐代開始，VP 音節在兩種狀語表達式中也出現複音節詞超過單音節的現象，如唐代，介賓構式中 VP 表製藥義時，複音詞是單音節詞的近 1.8 倍。名詞作狀語中 VP 表示服藥義時，元代複音詞是單音節詞的 1.4 倍，明代複音詞是單音節詞的近 2.9 倍。元明服藥義 VP 以複音詞占主流，尤其元代複音詞持續發展，出現新造詞，如「裹含」「噙含」「咽下」「灌入」等。VP 表其他語義時，兩種狀語表達式中也出現複音詞分布略高於單音節詞的現象，如金代，在介賓狀語中 VP 表製藥義時，複音詞出現頻次高於單音節詞。元明時期，在「NP＋VP＋（O）」狀語中，VP 表用藥義時，複音詞頻次高於單音節詞。但總體看，狀語表達式中 VP 音節以單音節詞為主流，唐代開始出現異化。複音詞也受語體限制〔註6〕，在醫籍文獻中，謂語中心語 VP 遵循語言的經濟原則或省力原則，讓位於單音節詞。從 VP 音節的個體使用率看〔註7〕，「介＋NP＋VP＋（O）」狀語表達式中的複音節是單音節的 46%：54%，「NP＋VP＋（O）」狀語表達式中的複音詞是單音節詞的 44%：56%。總體上看，漢至清，醫籍文獻中，作狀語時 VP 單音節詞占上風。

（2）從縱向比較看：漢至清，每個時代 VP 音節在兩種狀語表達式中，都是單音節詞比例大大超過複音節詞比例，體現了名詞作狀語在醫籍文獻中的獨特性，與是否用介詞沒有必然聯繫，單音節詞的謂語中心語 VP 更具有生命力。VP 單音節性質是漢語詞彙的核心與語法手段滋生的基礎。

VP 語法結構的複雜化，也進一步提高了語義精確性。如從單一的光杆動

〔註6〕車錄彬：《漢語詞彙複音化的再思考》，《寧夏大學學報》（人文社會科學版）2009 年第 6 期。他通過調查 COCO 語料庫中的「北京話口語實錄」不同語體材料中的單、複音詞使用狀況，認為：「複音化還存在語體差別的問題，一般來說，書面語體色彩越強的語言材料複音化程度越高，而口語色彩越強的語言材料複音化程度越低。」漢至清的醫籍文獻，是文白夾雜的語言材料，複音詞與單音節詞的此高彼低，也是語體特色的體現。

〔註7〕田啟濤，俞理明：《漢語詞彙複音化的觀察視點和方法——以早期（魏晉）天師道文獻為例》，《中國語文》2016 年第 3 期。文中提到複音詞的綜合評價，其中個體使用率是複音詞的評價方法之一。

詞，發展成為語法結構複雜的謂語成分，如「把定攪之」「不住手攪」「合導」「裏縛」「絞去滓」「蓋貼烹」「調捈」「淨拭」「裏塞」等。漢至清，VP 音節特性與語義特徵，共同促使了兩種狀語表達式中的語義選擇偏向。具體情況如下表。

表 27　介＋NP＋VP＋（O）與 NP＋VP＋（O）VP 語義選擇偏向

NP 語義	介＋NP＋VP＋（O）	比較	NP＋VP＋（O）
製藥義	A	＞	B
醫治義	A	＞	B
用藥義	A	＞	B
服藥義	A	＜	B
備註	A 代表介＋NP＋VP＋（O）；B 代表 NP＋VP＋（O）		

綜上所述，「介＋NP＋VP＋（O）」和「NP＋VP＋（O）」兩種狀語表達式中，表達同一語義或表達同一句法構式，與是否使用介詞沒有必然聯繫，也不存在介詞省略說法，因為名詞作狀語自古有之，或可以說是介詞語義缺省，常見介詞是「以」「用」等，介詞對狀語表達式的選擇不起決定作用，介詞對賓語沒有很強的制約性。從漢至清，兩種狀語表達式體現了各個時代語言的發展規律。從醫籍文獻的歷時發展看，「介＋NP＋VP＋（O）」和「NP＋VP＋（O）中的 VP 總體上以單音節詞為主，VP 語義制約表現在製藥義、醫治義、用藥義與服藥；NP 是以複音詞為主，NP 表示的事物名詞基本上是無界名詞〔註8〕，語義制約表現在工具義、飲食義、調料義、中藥義、火候義。VP 和 NP 各自音節與語義特徵，決定了狀語表達式的選擇偏向。

二、語言接觸

（一）語言接觸契機

金元醫籍是金元四大家在特殊的歷時時期著述的醫學典籍。他們生逢亂世，處在金兵與蒙古鐵騎的蹂躪之下，潛心著書、治病救人。他們醫學蘊含著醫理，形成各自的治療特色，如劉完素（1120～1200）河北河間人，稱為

〔註8〕沈家煊：《「有界」與「無界」》，《中國語文》1995 年第 5 期。文中指出：「無界事物的內部是同質（homogeneous）的，有界事物的內部是異質（heterogeneous）的。」NP 表示的工具義、飲食義、中藥義、調料義、火候義名詞類詞語分割出來的性質沒有變化，「NP＋VP＋（O）」中的 NP 都是同質的，屬於無界事物名詞。

「寒涼派」；張從正（1156～1228）河南民權人，稱為「攻下派」；李杲（1180～1251）河北正定人，稱為「補土派」；朱震亨（1281～1358）浙江婺州人，稱為「滋陰派」。醫學著作是醫家的思想與語言的反映，誕生於特定的時代。

　　金朝歷經 1115 年到 1234 年，而蒙古軍 1215 年就已經攻打了北方都城燕京，隨後兵戈高進，「相繼佔領河北、山東、山西等地，1234 年蒙古人奄有淮北以北金國全部舊地。」（李崇興 2009）〔註9〕蒙古人忽必烈 1260 年即位，蒙古統治中心移到中原，1274 年攻佔南方，定都大都，實現南北統一，但統治中心都在北方。在這樣連年戰爭、金元民族的政治、經濟和文化的統治下，漢語勢必受到阿爾泰少數民族語言的滲透。這種口語滲透，不僅僅存在於直譯體書面語〔註10〕、純漢語作品〔註11〕中，如元代的南戲、雜劇、散曲、話本等，還在韓國史部文獻中，如《高麗史》《李朝實錄》〔註12〕等，而且在金元時期的醫籍文獻中也受到了不同程度的影響。如名詞作狀語，不用介詞，直接用名詞放在謂語中心語前面作狀語。金元時期大量出現。漢語一般用前置介詞與名詞一起，組成介賓短語作狀語。蒙古語不用介詞，主要通過格標記等後綴成分，表示介詞介引的對象等語法意義。

　　金元醫籍文白夾雜，口語成分豐富。醫理不分東西，而醫家分南北。地域接觸的南北差異與語言接觸的南北差異高度吻合，如李崇興（2009）〔註13〕、曹瑞炯（2014）〔註14〕。朱丹溪身處南方金華，當時南方在宋朝的統治之下，蒙古人非常少，受蒙古語的影響較少。劉完素、張從正、李杲身處河北、河

〔註9〕　李崇興，祖生利，丁勇：《元代漢語語法研究》，上海教育出版社 2009 年版，第 262頁。

〔註10〕　李崇興：《元代直譯體公文的口語基礎》，《語言研究》2001 年第 2 期。他指出「漢、蒙兩種語言混雜的特殊口語以及直譯體書面書都是元代特殊的歷時條件下形成的，是語言接觸的結果。」

〔註11〕　張彧彧：《接觸語言學視角下的元代白話》，《社會科學戰線》2013 年第 5 期。作者認為純漢語這類文獻主要有：「南戲、雜劇、散曲和各類話本，其口語基礎是『純漢語』。」

〔註12〕　汪維輝：《〈高麗史〉和〈李朝實錄〉中的漢語研究資料》，《漢語史學報》2010 年第九輯。

〔註13〕　李崇興：《元代漢語語法研究》，上海教育出版社 2009 年版，第 262 頁。他指出：「從接觸持續的時間長短和強度來看，北方和南方存在明顯的地域差異。北方地區，特別是大都地區語言接觸最早，而且程度也最強烈；南方地區語言接觸晚，而且程度較輕。」

〔註14〕　曹瑞炯：《〈原本老乞大〉語法研究》，中國社會科學院研究生院 2014 年博士學位論文，第 208 頁。他指出：「元代漢語的地域差異和語言接觸的地域差異相吻合。」

南，屬於北方統治區，受蒙古語的影響非常大。他們在醫學著述中，無形當中受到了蒙古語後置詞系統的影響，大量出現不用漢語前置介詞的語法構式。以朱丹溪代表的南方為例，「NP＋VP＋（O）」有 754 例，占整個金元醫籍 2202 例的 34.2%，以劉完素、張從正、李杲為代表的北方為例，「NP＋VP＋（O）」占 65.8%，處於優勢地位。《元史·世祖十四》卷十七記述：「丙午，河南、福建行中書省臣請詔用漢語，有旨以蒙古語諭河南，漢語諭福建。」〔註 15〕可見，蒙古族對南北方語言政策統治的差異，北方「漢人」習得蒙古語，或在自己的語言作品中相比南方「漢人」就較多的雜糅了異族語言成分。

由於介詞對狀語表達式的選擇沒有很強的制約性，金元醫籍作狀語的 NP 基本上是無界名詞，在上古漢語中就已經出現名詞直接作狀語，但最終回歸主流漢語表達式「介＋NP＋VP＋（O）」。從語言接觸的角度看，「NP＋VP＋（O）」狀語表達式從漢代開始就受到各少數民族語言的影響。徐通鏘（1981）認為「魏晉以來的民族融合已進入最後泯滅民族界限的時期，語言融合自然要早於這個時期」〔註 16〕，暗示了語言接觸的早期發生情況。羅傑瑞（1982）指出：「從公元四世紀到二十世紀間，中國北方受到北方游牧民族建立的王朝統治共達 800 餘年。這些統治者主要是曹操蒙古語或通古斯語的阿爾泰民族。漢語和阿爾泰語之間有如此長久的語言接觸，彼此自然會產生大量的語言影響。」〔註 17〕「NP＋VP＋（O）」和「介＋NP＋VP＋（O）」的歷時考察可看出，漢代、晉代、唐宋、金元、明清各個時代都受到不當時當地民族語言的滲透，形成兩種狀語表達式競爭的局面。在金元統治下，醫家南北行醫，遊走江湖，與契丹、女真、蒙古等異族語言的接觸與碰撞必不可免，在醫學著述中，尤其藥方、病症的表述既要傳承醫理，也要考慮語言的簡單明瞭，大量採用「NP＋VP＋（O）」表達形式是金元時期賦予的契機，無形中暗合了語言接觸的結果。李崇興（2005）就指出：「元代中國的語言生活使漢語具備一定的接受非漢語（主要指蒙古語）影響的條件。」〔註 18〕金元醫籍的問世，具備了歷時賦予的語言接觸的契機。

〔註 15〕〔明〕宋濂等撰：《元史》（第 2 冊），中華書局 1976 年版，第 358 頁。

〔註 16〕徐通鏘：《歷時上漢語和其他語言的融合問題說略》，《語言學論叢》1981 年第 7 輯。

〔註 17〕羅傑瑞：《漢語和阿爾泰語互相影響的四項例證》，《清華學報》（臺灣）1982 年第 14 期。

〔註 18〕李崇興：《論元代蒙古語對漢語語法的影響》，《語言研究》2005 年第 3 期。

（二）構式拷貝

金元醫籍因其作者生活的特定時代的影響，有接觸異族語言的契機。語言接觸是語法演變的誘因。語言接觸中句法結構的形式與語義因異族語言的成分的介入和漢語自身語言系統的調整，它們受影響的程度不同。張赬（2004）以近代漢語使役句役事缺省現象研究為例，指出「語言接觸中句法結構的形式與語義受影響的程度不同，在十三世紀的漢蒙語言接觸中漢語使役句的形式幾乎沒有受到影響，但是使役句的語法意義則發生了變化，偏離了漢語、蒙語使役句的語義，這是學習、使用漢語的蒙古人將蒙古語的習慣表達帶進漢語並與漢語語法系統折衷的結果。」〔註19〕金元醫籍名詞作狀語有四種表達形式，如介＋NP＋VP＋（O）、NP＋VP＋（O）、介＋NP 和 NP。後兩種是「NP＋VP＋（O）」狀語表達式的過渡形式，最終被語言系統淘汰，留下介賓構式與名詞作狀語構式的兩种競爭模式。

前置介詞的消失，NP 與 VP 共同承擔狀語的構式，句法結構形式發生變化，但語義不受影響，出現大量的構式拷貝，這是語言接觸的結果。吳福祥（2020）指出「接觸引發的語法演變有兩種類型，即語法借用和語法複製。語法複製並不等同於接觸引發的語法化，也包括語法結構複製，而後者又含語序重組和構式拷貝兩個次類」，「構式拷貝則指一個語言仿照另一個語言的模式，用自身的語言材料構建出與模式語對等的（形態／句法）結構式」〔註20〕。金元醫籍，乃至歷時比較中的漢代、晉代、唐代、宋代、金元、明清等醫籍中，表達同樣語義的構式拷貝比比皆是。金元醫籍用例，如：

（1）至於脈復而有利，方可以三一承氣湯下之，或解毒加大承氣湯尤良。（《傷寒直格論方‧主療》卷中）

（2）凡此諸可下之言大柴胡、三承氣諸下證，通宜三一承氣下之，善能開發峻效，而使之無表熱入裏而成結胸及痞之眾病也。（《傷寒直格論方‧主療》卷中）

（3）遇亢陽炎熱之時，以辛涼解之；遇久寒凝冽之時，以辛溫

〔註19〕張赬：《近代漢語使役句役事缺省現象研究——兼談語言接觸對結構形式和語義的不同影響》，《中國語文》2014 年第 3 期。

〔註20〕吳福祥：《語言接觸與語法演變》，《西南交通大學學報》（社會科學版）2020 年第 4 期。

解之。（《儒門事親‧瘧非脾寒及鬼神辯》卷一）

（4）少壯氣實之人，宜辛涼解之，老者氣衰之人，宜辛溫解之。
（《儒門事親‧立諸時氣解利禁忌式》卷一）

（5）若有宿食而煩者，仲景以梔子大黃湯主之。氣口三盛，則
食傷太陰，填塞悶亂，極則心胃大疼，兀兀欲吐，得吐則已，俗呼
「食迷風」是也。（《東垣先生試效方‧飲食勞倦門‧勞倦所傷論》
卷一）

（6）又有虛實之殊，如實痞，大便秘，厚朴、枳實主之；虛痞，
大便利者，芍藥、陳皮治之。（《東垣先生試效方‧心下痞門‧心下
痞論》卷二）

（7）客寒犯胃，草豆蔻丸用之。熱亦可用，止用一二服。草豆
蔻一錢四分，裹燒熱去皮 吳茱萸湯泡，洗去梗焙 益智仁 白僵蠶 橘皮 人參
黃芪各八分 生甘草 歸身 炙甘草 桂皮各六分 麴末 薑黃各四分 桃仁七
個，去皮 半夏一錢，洗 麥蘗一錢半，炒黃 澤瀉一錢，小便多減半用之 柴胡四分
詳膈下痛多為用之。右一十八味，除桃仁另研如泥外，餘極細末，
同桃仁研勻，用湯泡，蒸餅為丸，如桐子大。每服三十丸，食遠，
用熱白湯送下。旋斟酌多少用之。（《金匱鉤玄‧心痛》卷二）

（8）先用白朮、白芍藥，炒為末。調服後，卻服消渴藥。消渴、
養肺、降火、生血為主。分上中下治。黃連末、天花粉末、入乳生
藕汁、生地黃汁，右二物汁為膏，入上藥搜和，佐以薑汁和蜜湯為
膏，徐徐留於舌上，白湯少許送下。（《金匱鉤玄‧痰》卷一》）

根據語言接觸理論，不同語言之間的接觸，影響最大的是詞彙，語法具有
較強的排他性，但不意味著語法結構沒有滲透性。語言接觸從先秦、漢魏南
北朝、唐宋、金元、明清等都有異族語法滲透的痕跡。李崇興（2001）在質疑
王力先生「語法具有不可滲透性」的基礎上，認為：「中國境內的一些少數民
族接受漢語的影響，不僅表現為向漢語大量借詞，同時還表現為語法方面滲
進漢語的東西，就是語法不是絕對不能滲透的證明。」〔註21〕名詞作狀語的歷
時考察，表明與主流狀語形式介賓構式相比，名詞作狀語構式在漢代就有例

〔註21〕李崇興：《元代直譯體公文的口語基礎》，《語言研究》2001 年第 2 期。

證，早在先秦時期就已經產生，金元時期大量出現，明清逐漸減少，整個漢語史中占比 44.8%，尤其是宋代開始，「NP＋VP＋（O）」狀語構式異軍突起，一致延續到金元時期。這說明宋元時期，通過漢語之外的語言接觸，對語法結構造成影響，語義不變、構式拷貝是名詞作狀語的接觸結果。

朱嫣紅（2020）通過研究漢語名量結構語序變化及其動因，提出：『蒙式漢語』和『漢兒言語』是「在宋元時期以蒙古語為主的北方阿爾泰語與漢語大規模接觸的歷時背景下產生的。這一時期的漢語語法中帶有明顯的阿爾泰語法痕跡。」〔註 22〕如金元醫籍出現了句式雜糅的語言現象，它帶有語言接觸的「底層」。例如：

（1）夫婦人半產，俗呼曰小產也。或三月，或四五六月，皆為半產，已成男女故也。或因憂恐暴怒、悲哀太甚；或因勞力、打撲傷損及觸風寒；或觸暴熱。不可用黑神散、烏金散之類，內犯乾薑之故。止可用玉燭散、和經散、湯之類是也。（《儒門事親·小產》卷五）

（2）雙解丸　又一法　適於無藥處，初覺傷寒、傷食、傷酒、傷風。便服太和湯、百沸湯是。避風處先飲半碗；或以薑汁亦妙。以手揉肚，覺恍惚，更服半碗；又用手揉至恍惚，更服。以至厭飫，心無所容。探吐汗出則已。（《儒門事親·雙解丸》卷十五）

（3）治臁瘡久不愈者　用川烏頭　黃柏各等分　為末，用唾津調塗紙上貼之，大有效矣。（《儒門事親·瘡瘍癰腫》卷十五）

（4）又有太陰、陽明二經證，當進退大承氣主之。（《素問病機氣宜保命集》卷中《瀉痢論·加減平胃散》）

（5）寒水石　石膏各等分　上為細末，煎人參湯調下三錢，食後服。（《素問病機氣宜保命集》卷下《咳嗽論·雙玉散》）

（6）錢氏論虛實腹脹，實則不因吐瀉久病之後，亦不因下利，脹而喘急悶亂，更有痰有熱，及有宿食不化而脹者，宜服大黃丸、白餅子紫霜丸下之，更詳認大小便，如俱不通，先利小便，後利大便；虛則久病、吐瀉後，其脈微細，肺主目胞，脾虛腫，手足冷，

〔註22〕朱嫣紅：《漢語名量詞結構語序變化及其動因》，《語言研究》2020 年第 2 期。

當先服塌氣丸，後服異功散及和中丸、益黃散，溫其氣。(《素問病
機氣宜保命集·腫脹論》卷下)

例（1）、例（2）是判斷句與動賓句的雜糅，例（3）是介賓短語與動賓短
語的雜糅，例（4）是「V1＋O1＋（介＋O1）＋V2＋O2」句式雜糅，語義缺省
了「介＋O1」。例（5）與例（4）類似，是「V1＋O1＋V2＋O2」像似連動句式
雜糅，但不是連動句式。V1 的主語與 V2 的主語，根據百科知識認知存在不
一致的現象。例（6）是「V1＋O1＋V2＋O2」連動句式雜糅，與例（4）、例（5）
不同的是 V1 與 V2 語義相同，都表示吞服義動作動詞。例（6）在金元醫籍中
也有數例。這些句式雜糅是漢語與異族語言相互接觸後的變異結果，以例（5）
居多，從漢代至清代的醫籍中都出現過數例不是連動句式的「V1＋O1＋V2＋
O2」句式雜糅。這些句式雜糅是在向「NP＋VP＋（O）」狀語形式的過渡中出
現的「非甲非乙、亦甲亦乙的混合型」〔註23〕語言形式。正如葉建軍（2020）
所說：「如果糅合句式不能很好地適應言語交際的需要，那麼往往會走向消
亡。」〔註 24〕經過語言系統自身調整與過濾，這種句式雜糅語言形式讓位於
「介＋NP＋VP＋（O）」與「NP＋VP＋（O）」語言形式，而最終成為主流狀
語形式的是前置介詞的介賓構式。

金元時期，異族語言滲透在語言的各個方面，名詞作狀語在金元時期的大
量出現，也或多或少地受到了蒙古語法影響。蒙古語不用介詞前置系統，主要
使用後置詞系統，名詞作狀語在蒙古語中主要通過後綴或後附成分表示介詞的
語法意義，構式拷貝沒有發生語法意義的變化，沒有後置詞系統，NP 與 VP 共
同承擔起狀語的語義角色，拷貝的是句法形式。

綜上所述：根據共時分析與歷時對比，名詞作狀語在兩種狀語構式中的表
現形式，體現出了構式成分音節發展規律與語義選擇偏向。從構式成分 NP 與
VP 在金元醫籍的共時分析與漢至清的歷時演變看，名詞作狀語的內在動因主
要是構式成分的音節驅動、語義制約以及語言接觸的影響，其中音節與語義
制約共同起作用促使了狀語表達式的選擇偏向。語言接觸在金元時期較為明
顯，通過句法拷貝，一定程度上促成「NP＋VP＋（O）」狀語表達式的選擇偏
向。

〔註23〕李如龍：《論語言接觸的類型、方式和過程》，《青海民族研究》2013 年第 4 期。
〔註24〕葉建軍：《近代漢語句式糅合現象研究》，商務印書館 2020 年版，第 511 頁。

參考文獻

1. 曹瑞炯：《〈原本老乞大〉語法研究》，中國社會科學院研究生院 2014 年博士學位論文。

2. 〔元〕曾世榮：《活幼心書》，翁寧榕校注，中國中醫藥出版社 2016 年版。

3. 車錄彬：《漢語詞彙複音化的再思考》，《寧夏大學學報》（人文社會科學版）2009年第 6 期。

4. 車淑婭：《論語言演變中的選擇機制》，《鄭州大學學報》（哲學社會科學版）2005年第 1 期。

5. 陳昌琳：《試論古漢語名詞作狀語的性質和特點》，《黔南民族師範學院學報》2007 年第 1 期。

6. 〔宋〕程顥，程頤：《二程遺書》，上海古籍出版社 2020 年版。

7. 程文文，明茂修：《「皆」的語法功能探究——以出土醫書和傳世醫書為中心的考察》，《貴州工程應用技術學院學報》，2017 年第 4 期。

8. 程文文，張顯成：《先秦兩漢醫籍否定副詞「毋」「勿」研究》，《古漢語研究》2018 年第 1 期。

9. 程文文：《簡帛醫籍程度副詞研究》，《開封教育學院學報》2014 年第 8 期。

10. 崔四行：《名詞作狀語的韻律句法研究》，《華中學術》2009 年第 2 期。

11. 崔四行：《三音節結構中副詞、形容詞、名詞作狀語研究》，北京語言大學 2009 年博士學位論文。

12. 崔錫章，張寶文，陳婷：《漢代醫學典籍語法研究》，《醫古文知識》2004 年第 4期。

13. 崔錫章：《〈內經〉疊音詞釋義方法探究》，《中醫文獻雜誌》2007 年第 2 期。

14. 崔錫章：《從〈脈經〉看〈漢語大詞典〉迭音詞收錄之不足》，《中華中醫藥學會會議論文集》2009 年 10 月 29 日。

15. 董蓮池：《甲骨文中名詞作狀語探索》，《東北師大學報》（哲學社會科學版）1998 年第 1 期。

16. 范開珍：《〈內經〉〈傷寒論〉重言詞辨析》，《浙江中醫雜誌》2003 年第 2 期。

17. 范開珍：《漫談古典醫籍中名詞活用的識別》，《恩施醫專學報》1997 年 Z1 期。

18. 官會雲：《〈韓非子〉名詞研究》，西南大學 2008 年碩士學位論文。

19. 何樂士：《〈左傳〉〈史記〉名詞作狀語的比較》，《湖北大學學報》（哲學社會科學版）1997 年第 4 期。

20. 李崇興，祖生利，丁勇：《元代漢語語法研究》，上海教育出版社 2009 年版。

21. 李崇興：《論元代蒙古語對漢語語法的影響》，《語言研究》2005 年第 3 期。

22. 李崇興：《元代直譯體公文的口語基礎》，《語言研究》2001 年第 2 期。

23. 李從明：《〈本草綱目〉時間詞語類編》，《中醫藥文化》1990 年第 4 期。

24. 李從明《〈本草綱目〉時間詞語類釋》（一），《陝西中醫函授》1990 年第 4 期。

25. 李從明《〈本草綱目〉時間詞語類釋》（二），《陝西中醫函授》1990 年第 6 期。

26. 李家祥：《古代漢語名詞作狀語異議》，《貴州民族學院學報》（社會科學版）1993 年第 4 期。

27. 李如龍：《論漢語的單音詞》，《語文研究》2009 年第 2 期。

28. 李如龍：《論語言接觸的類型、方式和過程》，《青海民族研究》2013 年第 4 期。

29. 李珊珊：《〈史記〉名詞作狀語研究》，暨南大學 2008 年碩士學位論文。

30. 李張召：《〈戰國策〉中作狀語的名詞的語義分析》，瀋陽師範大學 2017 年碩士學位論文。

31. 李張召：《古漢語名詞作狀語的研究現狀綜述（一）（二）》，《佳木斯職業學院學報》2016 年第 10 期。

32. 李振彬：《〈傷寒論〉重言考析》，《國醫論壇》1988 年 3 月。

33. 劉慧清：《名詞作狀語及其相關特徵分析》，《語言教學與研究》2005 年第 5 期。

34. 劉倩倩：《古今漢語名詞作狀語的比較研究》，山西師範大學 2013 年碩士學位論文。

35. 羅傑瑞：《漢語和阿爾泰語互相影響的四項例證》，《清華學報》（臺灣）1982 年第 14 期。

36. 羅燕萍：《現代漢語普通名詞作狀語研究》，南昌大學 2008 年碩士學位論文。

37. 馬王堆漢墓帛書小組編：《馬王堆漢墓帛書·五十二病方》，文物出版社 1979 年版。

38. 〔宋〕錢乙：《小兒藥證直訣》，〔宋〕閻孝忠整理，人民衛生出版社 2006 年版。

39. 榮鴻：《醫籍譯釋應注重虛詞——評目前通行的幾本譯釋本中虛詞的疏誤》，《上海中醫藥雜誌》1986 年第 2 期。

40. 沙恒玉：《經典醫籍中疊韻詞運用的價值》，《中國中醫藥報》2008 年 1 月 7 日第 004 版。

41. 沈家煊：《「有界」與「無界」》，《中國語文》1995 年第 5 期。

42. 〔明〕宋濂等撰：《元史》（第 2 冊），中華書局 1976 年版。

43. 蘇穎：《古漢語名詞作狀語現象的衰微》，《語文研究》2011 年第 4 期。

44. 孫德金：《現代漢語名詞做狀語的考察》，《語言教學與研究》1995 年第 4 期。

45. 〔宋〕太醫院：《聖濟總錄》，鄭金生、汪惟剛校點，人民衛生出版社 2013 年版。

46. 唐子恒：《也談漢語詞複音化的原因》，《文史哲》2004 年第 6 期。

47. 田啟濤，俞理明：《漢語詞彙複音化的觀察視點和方法──以早期（魏晉）天師道文獻為例》，《中國語文》2016 年第 3 期。

48. 屠鴻生：《名詞作狀語芻議》，《佳木斯教育學院學報》1993 年第 3 期。

49. 汪維輝：《〈高麗史〉和〈李朝實錄〉中的漢語研究資料》，《漢語史學報》2010 年第九輯。

50. 王方飛：《〈內經〉中的重疊詞輯釋》，《甘肅中醫學院學報》1986 年第 1 期。

51. 王盡忠：《「宜」字用法例釋》，《中醫藥文化》1991 年第 4 期。

52. 〔明〕王肯堂：《證治準繩》，上海科學技術出版社影印 1959 年版。

53. 王利：《現代漢語名詞性狀語研究》，華中科技大學 2006 年碩士學位論文。

54. 〔唐〕王燾：《重訂唐王燾外臺秘要方》，〔明〕程衍道重訂，明代養壽院經餘居本。

55. 王雲路：《論核心義在複音詞研究中的價值》，《浙江社會科學》2017 年第 7 期。

56. 王雲路：《中古漢語詞彙史》，商務印書館 2010 年版。

57. 王志厚：《名詞作狀語種種》，《寧夏大學學報》（社會科學版）1982 年第 2 期。

58. 〔清〕魏之琇：《續名醫類案》，人民衛生出版社 1957 年版。

59. 吳福祥：《語言接觸與語法演變》，《西南交通大學學報》（社會科學版）2020 年第 4 期。

60. 吳恒泰：《古代漢語中名詞作狀語的用法》，《西北師大學報》（社會科學版）1992 年第 4 期。

61. 夏鳳梅：《名詞作狀語長期延續的修辭動因》，《華中學術》2014 年第 2 期。

62. 徐時儀：《古白話詞彙研究論稿》，上海教育出版社 2000 年版。

63. 徐通鏘：《歷時上漢語和其他語言的融合問題說略》，《語言學論叢》1981 年第 7 輯。

64. 〔明〕薛己：《外科樞要》，人民衛生出版社 1983 年版。

65. 楊立國：《詞類活用「本用」的界定及詞類活用的適用範疇》，《福州師專學報》（社會科學版）1994 年第 1 期。

66. 葉建軍：《近代漢語句式糅合現象研究》，商務印書館 2020 年版。

67. 於文霞：《〈五十二病方〉和〈武威漢代醫簡〉副詞比較研究》，華東師範大學 2007 年碩士學位論文。

68. 袁賓：《二十世紀的近代漢語研究》，書海出版社 2001 年版。

69. 袁賓：《近代漢語概論》，上海教育出版社 1992 年版。

70. 張趙：《近代漢語使役句役事缺省現象研究——兼談語言接觸對結構形式和語義的不同影響》，《中國語文》2014 年第 3 期。

71. 〔清〕張璐：《本草逢原》，劉從明校注，中醫古籍出版社 2017 年版。

72. 張倩：《現代漢語一般名詞作狀語研究》，上海師範大學 2013 年碩士學位論文。

73. 張文：《漢語名詞作狀語問題的研究》，《哲學與人文科學輯》2011 年第 S1 期。

74. 張顯成：《從簡帛文獻研究看使成式的形成》，《古漢語研究》1994 年第 1 期。

75. 張彧彧：《接觸語言學視角下的元代白話》，《社會科學戰線》2013 年第 5 期。

76. 張正霞：《〈五十二病方〉構詞法研究》，西南師範大學 2003 年碩士學位論文。

77. 周國光，黎洪：《現代漢語製作動詞的配價研究》，《安徽師範大學學報》（人文社會科學版）2001 年第 1 期。

78. 〔明〕朱橚：《普濟方》（第四冊），人民衛生出版社 1959 年版。

79. 朱嫣紅：《漢語名量詞結構語序變化及其動因》，《語言研究》2020 年第 2 期。